KB102234

경제학자
지포 민준식 선생

경제학자
지포 민준식 선생

민형종 지음

좋은땅

전남대학교 총장 재임 시절(1974~1980)의 지포 민준식 선생

지포(芝圃). 호남의 경제학자 민준식(閔俊植) 선생(1925~1992)의 호
다.[1] 여름에 흰 꽃을 피우는 여러해살이풀, 지치가 자라는 밭이란 뜻이
다. 뿌리가 약재로 쓰이는 지치를 심어 가꾸는 밭이니 평생을 강단에
서 사회의 기둥이 될 인재를 기르며 보낸 선생의 삶과 참 잘 어울린다.
호에서 그 단아한 선비의 풍모가 금방 떠오른다.

지포 선생이 세상에 나왔다 돌아간 해에서 알 수 있듯 선생은 일제
의 가혹한 식민 통치, 동족상잔의 한국전쟁, 기근에 허덕였던 보릿고
개 시절, 개발 연대와 산업화, 그리고 민주화 과정의 진통과 갈등을
다 겪었다. 격동의 20세기를 온몸으로 체험했고 중요한 역사적 사건
과 현장을 생생히 지켜봤던, 어찌 보면 반만년 우리 역사에서 가장 고
난과 시련에 시달렸던 세대였다. 그 세대라면 누구라도 조명할 가치
가 있는 역동적인 삶을 살았다.

---

1   지포라는 호는 한학자 효당 김문옥(1901~1960) 선생이 지었다. 효당이 그 호를 지을 때
동석해 있던 유학자이자 서예가 고당 김규태(1902~1966) 선생이 일필휘지로 〈芝圃書室
(지포서실)〉이라는 글씨를 써 주었는데 지포 선생은 이를 평생 방에 걸어 두고 늘 완상할
정도로 자신의 호와 당대 명필의 글씨를 무척 좋아했었다.

파란의 시대를 살았던 선생이 타계한 지 어언 서른두 해. 선생의 자취를 정리해도 되리만큼 충분한 시간이 흘렀다고 본다.

'삶의 흔적을 남기는 게 좋은가?'에 대해서는 저마다 생각이 다르지만, 기록은 남겨야 한다고 믿어 왔다. 누구든 자기의 뿌리를 찾기 마련인데 족보에 몇 자 건조하게 적히지 않고 기록이 생생하고 풍부하다면 가계 내력을 파악하는 데, 선대의 삶을 이해하고 위업을 계승해 나가는 데 도움이 될 것이다. 그걸 읽어 볼 때마다 조상에 대한 공경의 마음, 추모의 정도 느끼게 될 것이다. 그리고 세상 사람들에게 본보기로든 반면교사로든 순기능을 한다. 기록의 당사자도 자기 생각과 가치관, 삶의 철학을 후대에 전할 수 있어 소망스럽다고 할 것이다.

그래서 스스로 자서전이나 회고록을 쓰기도 하고, 다른 사람이 나서 전기, 행장(行狀)을 짓기도 한다. 심혈을 기울여 예술작품을 남기는 것도 그런 이유에서일 것이다. 기록과 유사(遺事), 유물, 유적을 통해 인간의 역사는 면면히 이어지고, 반성과 성찰이 이루어지며, 지식과 지혜가 더해져 계속 발전하는 것 아니겠는가.

『경제학자 지포 민준식 선생』은 그런 마음으로 쓴 지포 선생의 사적(事蹟)을 기록한 책이다. 일제 강점기, 벽촌에서 태어나 호롱불 아래서 공부해 올곧은 학자로 살다 간 선생의 삶과 학문에 관한 이야기이다. 선생의 32주기를 앞두고 선생이 생전에 맡았던 역할과 쌓은 업적에 비추어 지역사회, 학계에서 필요한 자료로 쓰일 수 있겠기에 책자로 엮게 되었다.

우리 인생이 유원한 인류 역사의 시간에 비하면 한순간이요, 광활한 우주의 점 하나에 지나지 않지만, 순간이나마 어떤 뜻과 가치를 지니고 살았고 그 점이 어떤 모양과 색깔이었느냐가 중요하다고 여겼던 선생의 인생관을 반조해 볼 때, 이런 기록이 나오게 되는 걸 어찌 생각하실지 알 수 없어 주저되면서도 조심스럽게 펜을 든 이유이다. 이 책의 출간으로 선생께 누가 되지 않기만 그저 바랄 뿐이다.

그런 만큼 검증된 자료를 토대로 최대한 정확하게 기술하려고 노력했다. 선생의 저서와 전남대학교 등에서 발간한 문헌자료, 언론 기사를 주로 활용했다. 그런데도 가신 이의 행적을 더듬어 가며 짜 맞추는 일이라 완전한 형태로 퍼즐을 맞출 순 없었다. 몇몇 작은 조각들, '잃어버린 고리(missing link)'를 끝내 찾지 못해 건너뛰거나 최대한 합리적인 추정에 의존한 부분이 있었다.

이 책은 모두 2부로 되어 있다. 1부는 지포 선생의 일생을 탄생·소년기, 성년기, 중장년기, 만년으로 구분하여 연대기 형식으로 정리하였다. 2부는 '정책의 학(學)'으로서 케인스(John Maynard Keynes) 경제학에 심취했지만 '하베이 로드의 전제[2]'로 표현되는 그의 엘리트 의

---

2 케인스가 고전파의 자유방임 경제관을 배격하고 정책 주체의 재량에 의한 적극적인 정책 개입과 큰 정부의 역할을 주장하게 된 근저에는 그에게 영향을 미친 몇 가지 사고가 자리 잡고 있었던 것으로 알려져 있다. 그 하나가 '하베이 로드의 전제(the presuppositions of Harvey Road)'로서 (경제성장과 투자, 고용 간 관계를 밝힌) '해로드-도마(Harrod-Domar) 모델'로 유명한 해로드(Roy Harrod)에 의해 처음 사용된 표현이다. 케인스가 제안한 모든 정책 처방이 케임브리지시 하베이 로드에 있는 그의 생가에서 만들어진 데서 연유한다. 이에 대해서는 191쪽 더 참고.

식과 지적 오만에서 오는 방만한 재량적 정책관에는 선을 그었으며, 시장의 자동 메커니즘을 중시하면서도 시장 만능의 사고와 (경제주체가 정보를 활용해 경제변수를 정확하게 예측할 수 있어 정부 개입은 필요 없다는) 합리적기대파 경제학자들(rational expectationists)의 논리적이지만 비현실적인 가정에도 동의하지 않았던 선생의 경제학자로서 세계관, 철학을 선생이 남긴 저술을 통해 조명하였다.

아무쪼록 이 책이 선생의 삶과 학문 세계를 이해하는 데 많은 도움이 되었으면 한다. 삶의 방향과 거취를 정함에 있어, 학문의 길을 걸어가면서, 그리고 인생의 굴곡을 겪을 때마다 선생의 발자취가 참고되길 바란다. 자료 수집에 협조해 준 전남대학교 홍보팀과 지역개발연구소, (사)왕인박사현창협회, 그리고 편집에 정성을 다해 준 출판사 여러분에게 감사드린다.

지포 선생을 추모하며….

2024년 6월 대모산 아래서 민형종

목차

1부

지포가 태어나 걸어간 길

1장

일제의 농산물 수탈이 기승을 부리던 무렵
남도의 벽촌에서 나고 자라다

월출산의 고장, 왕인 박사의 고향 영암에서 탄생
어린 나이에 아버지를 여의고
할아버지와 어머니의 엄한 훈육 덕분에 바르게 성장
호적 나이가 잘못되어 사범학교에 가지 못하고 크게 좌절

월출산의 고장, 왕인 박사의 고향 영암에서 탄생

**운명을 개척할 여지를, 제 복을 제가 지어야 할 동기를
많이 부여받고 태어나**

지포는 1925년 2월 28일(음력 2월 6일), 기승신경(奇勝神景)의 영묘한 산세를 이루고 있는 월출산의 고장이자 일본인들이 일본문화의 개조(開祖)로 숭모하는 백제인 왕인의 고향, 영암의 여흥 민씨 집성촌 토동에서[3] 아버지 민영훈과 어머니 박화덕 사이에 태어났다. 행정구역상 출생지는 전라남도 영암군 금정면 아천리 799번지이다.

기다리고 기다렸던 아들이었다. 누구보다도 종부로서 딸 하나만 두고 일곱 해 지나도록 대를 이을 아들을 낳지 못해 늘 애태우고 초조했던 어머니 박씨의 기쁨이 컸다. 칠거지악을 면하게 돼 창백한 산모의 얼굴에 일순 화색이 돌았을 것이다. 환력(還曆)을 맞는 해에 이마가 반듯한 귀골(貴骨)의 장손을 본 지포의 할아버지, 그리고 늘 죄스러운 마

---

3   여흥 민씨는 공자의 열 제자(孔門十哲)의 한 사람인 민자건의 후손으로 고려 중엽 사신으로 왔다 귀화해 여흥(경기도 여주)에 정착한 민칭도를 시조로 한다. 지포는 여흥 민씨 중 단양군수를 지낸 13세 민준원을 파조로, 14세 민미를 영암 입향조로 하는 단양공파 29세 손이다. 당초 민미는 영암군 덕진면 영보리에 자리를 잡았으나 후대에 토동으로 세거지를 옮겼다.

음으로 살았던 아버지의 기쁨도 이에 못지않았다. 손자가 태어나 언제든 편히 눈을 감을 수 있겠다며, 이제야 조상에 대한 예와 도리에 어긋나지 않게 되었다며 안도의 한숨을 쉬었을 것이다.

엄동설한은 지났어도 백룡산 자락에서 불어오는 바람 줄기가 꽤 차가운 날, 갓 태어난 아이 덕분에 집 안 가득 온기가 퍼졌다. 부자, 부부의 원이 모두 이루어진 날이니 그런 길일이 따로 없었다. 큰집의 희소식에 마을 일가들도 덩달아 기뻐하였다.

집안으로선 목을 빼고 기다렸던 아들이었으나 일제의 가혹한 식민지배가 완전히 뿌리를 내릴 무렵, 토지 강점과 식량 수탈의 피해가 가장 컸던 전라도[4] 두메산골 대대로 농사짓던 집안에서 태어났으니 '삶이 고단하고 신산했겠구나!'라는 생각이 절로 들 것이다. '금수저', '은수저' 운운하는 요즘의 통속적 잣대로 보면 더욱 그럴 것이다.

맞다. 지포는 어려운 시대 상황, 척박한 환경에서 이 세상에 나왔다. 그러나 좋은 때, 유복하게 태어나 일생을 수월하게 사는 것보다 노력하며 일구어 가는 삶이 더 가치 있다고 여긴다면, 역설적으로 지포는 타고난 운명을 개척할 여지를, 제 복을 제가 지어야 할 동기를 많이 부여받고 태어났다고 할 수 있다.

어려운 환경에서 태어났지만, 그런 만큼 환경이 나아질 가능성도 크

---

4   조선총독부 관보(1919.11.27.)에 따르면 일제의 토지조사사업이 끝난 1918년 12월 현재 일본인이 소유한 토지는 23만 6,586정보(1정보=3,000평)로서 이를 도별 소재지로 보면 전남·북 양도의 점유 비중이 43%나 된다. 다른 지역(황해도 등 11개 도)과는 비교가 안 될 만큼 많은 토지가 일인에게 넘어갔다. 이에 대해서는 59~60쪽과 165~167쪽 더 참고.

지포가 나고 자란 영암 토동 마을의 현재 모습

게 열려 있고, 환경을 바꿀 기회도 많이 지니고 태어난 아이가 어떤 세상을 맞아 어떻게 대처하며, 어느 길로 어떻게 헤쳐 나갔을까.

할아버지의 각별한 사랑을 받으며 자라

워낙 벽촌이라 문전옥답이라야 그저 구색을 갖춘 정도고 안산 너머, 그리고 뒷골 여기저기 흩어져 있는 다랑논이 대부분이나 소작은 면한 가세라 일대 집안 경사에 씨암탉이라도 잡았을 귀둥이로 태어난 지포는 어른들의 극진한 보살핌 속에 건강한 아이로 자랐다.

육십갑자로 자신과 같은 해(을축년)에 태어난 지포에 대한 할아버지의[5] 사랑은 각별했다고 한다. 눈에 넣어도 아프지 않을 손자였다. 아들네와 따로 살고 있었던 할아버지는 지포를 데려와 거의 끼고 살았다. 보듬었다, 무릎에 앉혔다, 뉘었다…. 한시도 눈 밖에 두지 않았다. 끼니때 어쩌다 밥상에 구운 자반이라도 올라오면 침침한 눈으로 일일이 가시를 발라 죄다 지포에게 먹이기 십상이었다. 손자의 재롱에 연신 너털웃음을 터트리며 늘그막에 찾아온 복에 마냥 흐뭇해하면서.

---

5   할아버지의 휘(諱: 생전의 본이름)는 정호, 자(字: 부르는 이름)는 자원이다.

어린 나이에 아버지를 여의고

아버지의 부재로 일찍부터 자립심, 독립심 길러져

호사다마라더니…. 지포가 다섯 살[6]이던 1929년 늦가을. 사고 후유증으로 거동이 불편하고 늘 잔병치레하던 아버지가 그만 유명을 달리하고 말았다. 서른넷의 젊은 나이였다. 집안으로도, 어린 지포에게도 일대 사건이었다. 살림도 맡아 꾸리고, 자라나는 자식도 신경 써 키워야 할 때 대주(大主)가 세상을 떴으니 그야말로 야단이었다. 병약한 지아비를 지극정성으로 구완해 왔던 어머니는 어린 남매를 키울 생각에 하늘이 무너져 내리는 것 같았을 것이다.

그런데 불행 중 다행으로, 자식을 앞세운 충격에 몸져누울 법한데도 할아버지는 꼿꼿하게 버티었다. 아비를 여읜 어린 손자가 잘못될세라 노구에 소매를 걷어붙이고 직접 훈도(訓導)에 나섰다. 속으로야 짠했겠지만 애지중지해 온 지포를 호되게 나무라기도 하고, 매도 아끼지 않았다. 비록 빈촌에서 농사지으며 살아왔지만, 서책을 늘 곁에 두고 거기 담긴 뜻에 맞게 도리와 경우를 따져 언행에 신중했고, 집안이 일어나길 바라는 마음에서 넉넉지 않은 가세에서도 될 성싶은 자식의 교

6 　당시 통용되는 나이 기준에 따랐다. 이하 같다.

육을 위해선 힘들게 이룬 전답 문서도 서슴없이 내놓았을 정도로 그릇이 컸던 분이었다.[7] 할아버지는 어느 사이 지포에게도 그런 기대를 걸었을 것이다.

상실의 아픔을 느끼기엔 지포가 아직 어렸지만, 아버지의 부재로 인한 변화만큼은 분명히 알 수 있었다. 무엇보다도 늘 내 편이었던 할아버지가 하루아침에 무서운 노인으로 변해 버린 것이 어린 지포로선 큰 충격이었다. 그게 서러워 대성통곡을 해 봐도 할아버지는 요지부동이었다. 이제 할아버지의 수염을 잡고 놀 수도 없고, 기다란 담뱃대를 휘두르며 장난칠 수도 없게 되었다. 어머니도 마찬가지였다. 일절 그런 적이 없었던 어머니도 종아리에 피멍이 들도록 회초리를 들 때도 있었다. 슬프고 눈물이 났지만 울어서 될 일이 아님을 알고서 달라진 현실에 적응해 갔다. 일찍 철이 들기 시작했다.

아버지가 명을 달리하면서 응석받이 시절이 빨리 끝난 것이 지포에게 어떤 영향을 미쳤을까. 여러 면으로 영향을 미쳤겠지만, 가정과 문중을 꾸려 가야 하는 종손으로서 책임을 생각해 보면, 그리고 훗날 지포가 그 역할을 어떻게 해냈는지를 헤아려 보면 아버지를 일찍 여읨으로써 지포의 자립심, 독립심이 빨리 길러졌던 건 분명하다.

---

7   할아버지는 그 벽촌에서 자신의 삼남인 지포의 둘째 숙부를 일본으로 유학 보낼 정도로 깨인 분이었다.

할아버지와 어머니의 엄한 훈육 덕분에 바르게 성장

다정다감한 소년으로 자라 금정공립보통학교에 입학

일찍 아버지를 잃는 불운을 겪고도 지포는 엄하고 완고한 할아버지의 울타리와 대범하면서도 자상한 어머니의 품 안에서 다정다감한 소년으로 자랐다.

아홉 살이던 1933년 4월, 걸어서 족히 한 시간 거리의 금정공립보통학교(지금의 초등학교)에 입학했다. 폭압적인 식민 통치에 저항해 온 백성이 삼천리 방방곡곡에서 분연히 일어난 3·1 만세운동 후 일제가 표면적으로 문화정치를 표방하면서 전국 여러 곳에 학교가 설립되었는데 지포가 태어나기 한 해 전 저 멀리 면사무소 인근에 세워졌던 학교였다.

지포가 보통학교에 입학할 무렵은 조선 농촌에서 생산한 쌀의 절반 이상이 헐값에 일본으로 수출되던 때였다.[8] 일제는 조선을 고의로 낙

---

8 1932~1936년 기간 중 조선미(米) 생산량에 대한 대일(對日) 수출량의 비율이 평균 51.5%에 달했다.
영목무웅(鈴木武雄). 1941. 「조선의 경제」 『일본평론사 경제전서』 13. 306쪽; 민준식. 1987. 「일제 및 미군정 시대의 경제정책과 경제구조」 『한국의 사회와 문화』 제8집. 서울:

후된 농업국으로 정체시켜 자기네 식량·원료 보급기지로 만들려고 1차적으로 병합 직후 토지조사사업을 강행하여 방대한 토지를 수탈한 데 이어, 산미증식(産米增殖)계획에 의한 식량 증산을 독려하여 이를 (인구 급증으로) 식량 부족에 시달리는 본국에 헐값에 수출하도록 했다. 이미 일본의 공산품 시장으로 전락한 상황인지라 고가의 일제 생필품 구매를 위해 자기 먹을 식량도 부족한 줄 알면서도 쌀을 헐값에 내어다 팔아 버리고 농민들은 굶주림에 시달렸던, '기아(飢餓) 수출'이 절정에 달하던 시기였다. 자본축적에 쓰여야 할 잉여농산물은 물론이고 농민들 자기 식량까지 일본인의 식탁에 올렸던 것. 농사지을 땅이 협소한 지포의 마을도 더하면 더했지, 그 참상을 비켜 가지 못했다.

이태 전 만주사변이 일어나는 등 세상은 갈수록 흉흉해졌지만, 새로운 세계에 발을 디딘 학동(學童) 지포는 학교생활에 잘 적응했다. 가는 길에 '쇠지내'라 부르는 금천이 가로막아 조금만 비가 내려도 돌다리가 잠겨 장마철엔 며칠씩 결석할 수밖에 없는 열악한 환경에서도 늘 일찍 서둘러 학교에 갔다. 수업 시간에 초롱초롱한 눈망울을 굴리며 선생님에게 집중을 잘하는 아이였다. 산수와 창가(唱歌) 수업을 특히 좋아했다.

방과 후엔 '툼벙'에서 멱 감고 미꾸라지, 메뚜기 잡는 여느 시골 아이들처럼 들판을 놀이터 삼아 마음껏 뛰놀았다. 종손이라 항렬이 낮아 동네 친구들이라 해도 대부분 '하네', 아재뻘이었지만 제법 통솔력이 있어 항렬, 나이의 위계를 극복하고 늘 골목대장 노릇을 했다.

....

한국정신문화연구원. 23쪽에서 재인용.

'호롱불 아래서 이슥하도록 공부하는 아이'

낮엔 천방지축 뛰놀다가도 집에 돌아와선 책을 잠시도 손에서 놓지 않았다. 등잔불 아래서 밤이 이슥하도록 공부하였다. 곁에서 바느질하던 어머니는 그런 지포를 흐뭇하게 바라보며 호롱 심지를 돋워 주기도 하고, 매캐한 그을음 냄새가 나면 새로 갈아 주기도 했다. 그 영향인지 만년에 이르도록 지포의 서재 아랫목엔 늘 호롱 등잔이 놓여 있었다. 언젠가 인터뷰를 위해 방문했다 방 안의 호롱에 경탄한 어느 기자가 실제로 켜기도 하냐고 묻자,

"글을 쓰거나 책을 볼 때는 전깃불을 사용하지만, 그렇지 않을 때는 호롱을 켭니다. 옛날 그대로 석유에 창호지 심지를 쓰고 있는데 저걸 켜고 있으면 참 고요해져요. 그러면 명상에 잠길 수도 있고, 또 어린 시절이 생각나고 그럽니다."[9]

호롱불은 지포의 소년기 상징 같은 것이었다.

그런 노력 덕분에 학생 수가 그다지 많지 않은 시골 학교였지만 늘 우등을 차지했다. 체육만 빼고 모두 '수(秀)'를 받았다. '호롱불 아래서 이슥하도록 공부하는 아이'로 인근 마을에까지 소문이 자자했다.

---

9 양진형. 1989. 「80년, 최선을 다했지요」 『금호문화』 48(6): 80쪽.

고요한 밤이면 호롱불을 켜곤 했던 지포(1989년)

글씨 잘 쓰고 악기도 잘 다루어

지포는 재주 많은 아이였다. 퉁소, 피리 등 손에 잡히는 악기를 곧잘 다루었다. 노래도 짓곤 했다. 지포가 어느 땐가 지은 〈토동가〉는 이름 그대로 마을 노래가 되었다. 아이들이 고샅을 누비면서, '청룡솔'이라 부르던 낙락장송이 멋들어지게 휘어진 동네 어귀에서 놀면서 시도 때도 없이 불러대 늘 동네 안팎에 울려 퍼졌다. 그 아이들이 청·장년이 되어선 논밭에서 일할 때, 그리고 술자리에서 얼큰해지면 어김없이 불렀던 노동요이면서 유행을 타지 않는 유행가였다.

〈토동가〉

뒷산에 해는 지고 안산 위에 달이 떴네
동산으로 올라서니 앞가슴이 출렁댄다
청룡솔아 소리쳐라 백룡산아 춤추어라
여기가 토동이다 여기가 토동이다
정든 고향 토동이다

글씨도 참 잘 썼다. 연필로 쓴 글씨지만 반듯하면서 힘이 넘쳤다. 어릴 적 글씨 솜씨는 해가 갈수록 갈고닦여 교단과 대학 강단에 섰을 때 '차마 지우기 아까운 판서(板書) 글씨'로 학생들 사이에 회자하곤 했다. 종손으로서 한 달에 한 번꼴의 제사와 차례 지방(紙榜)을 쓰느라 일찍부터 세필(細筆)을 들었던 지포가 본격적으로 붓글씨를 쓰기 시작한 건 40대 중반 들어서였다. 집에만 오면 방 안 가득히 화선지를 펴 놓고 벼루에 먹을 갈아 몇 시간씩 쓸 정도로 서도에 심취했다. 그러다 1974년 전남대학교 총장으로 임명되어 붓을 놓았다가 1980년 광주민주화운동의 여파로 해직되어 오랫동안 칩거하면서 마음의 평정을 찾으려 다시 붓을 들었었다.

지포의 글씨는 상당한 경지에까지 올랐다. (사)왕인박사현창협회 회장을 맡고 있을 때 영암 구림 마을의 '왕인묘(王仁廟)'에 봉안했던 위패(百濟博士王先生)를 쓰기도 했다.[10]

---

10 전석홍. 2022.『왕인박사유적지 정화와 왕인박사현창협회』. (사)왕인박사현창협회 간『성

언젠가 지포는 "(학자로서) 정도는 아닌 듯싶어 집착하지는 않았는데 글씨란 묘한 것이어서 노필(老筆)도 는다더니 정말 늙어서도 글씨가 나아지는 것 같다."라며 여기(餘技)로서 자신의 서예관을 술회한 적 있었다.

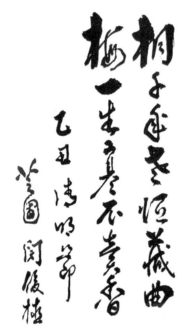

지포가 자신의 회갑 기념 논문집에 실었던 글씨[11]

11   동천년노항장곡(桐千年老恒藏曲) 매일생한불매향(梅一生寒不賣香), 오동나무는 천년을 늙어 가면서도 항상 소리를 담고 있고, 매화는 일생을 차디찬 곳에서 사나 그 향기를 팔지 않는다. 조선시대 문장가 상촌 신흠(1566~1628)이 지은 칠언절구의 첫째 행, 둘째 행으로 지포가 좋아했던 글귀이다.

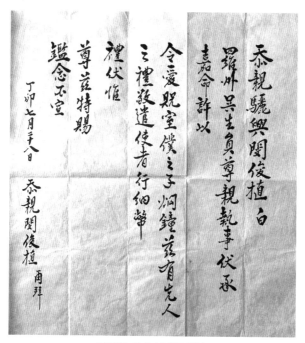

지포가 쓴 혼서지의 일부

호적 나이가 잘못되어 사범학교에 가지 못하고 크게 좌절

실제보다 네 살이나 많게 기재돼 매번 필기시험에 합격하고도 연령 초과로 두 번이나 낙방

청운의 꿈을 꾸어 오던 지포가 열네 살이던 1938년 2월 보통학교를 졸업할 무렵. 큰 절망과 좌절에 빠지는, 정말 운명의 여신들이 장난을 친 것 같은 일이 일어났다. 광주사범학교 입학시험을 보려고[12] 호적등본을 떼어 보니 실제 나이보다 네 살이나 더 먹은 것으로 되어 있지 않은가!

당시에는 영아 사망률이 높아 아이를 낳아도 바로 호적에 올리지 않고 한참 후에 올리는 게 관행이었다. 지포가 어느 정도 크자 할아버지가 마을 이장에게 면사무소에 가서 호적에 올리라고 했는데 술을 좋아하는 이 이장이 하필 술을 몽땅 먹은 날 가서 횡설수설하는 바람에 그

---

12 1923년 설립된 도립 전남사범학교가 1929년 11월 광주학생항일운동 후 폐교되고 나서 1938년 2월 도립 광주사범학교로 다시 개교한 후 첫 입학생으로 교사 완성 교육 과정인 5년제 심상과 2개 반(103명)과 소학교 교원 학력 보충·양성 과정인 강습과 5개 반(250명) 학생을 뽑았다.
(출처: 광주광역시 운영 디지털광주문화대전(www.grandculture.net) 광주향토문화백과 근대 교육기관 편)

만 그렇게 된 것이었다.

결국 약 1,200명의 응시자가 몰린 2월 10일의 필기시험에는 합격하고도 열여섯 살 이상은 받아 주질 않는 학교의 전형 기준 때문에 3월 10일 발송된 최종 합격자 명단에서 제외되고 말았다. 할 수 없이 법원에 나이 정정 재판을 신청해 놓고 1년을 기다렸다.

이듬해, "나이 때문에 시험 봤자 떨어지니까 보지 말라!"는 교장 선생님의 만류에도 불구하고 재차 광주사범에 응시해 이번에도 시험에는 합격했지만, 그때까지 재판이 끝나지 않아 또 낙방하고 말았다.[13]

일찍 아버지를 여읜 데 이어 두 번째로 당하는 불운이었다. 호적을 터무니없이 잘못 올린 마을 이장이 얼마나 원망스러웠을까. 도시 믿을 수 없는 호적 나이를 기준으로 합격, 불합격을 결정하는 학교의 처사도 이해하기 어려웠을 것이다.

진학 못 하고 낙오된 지포. 제도권 교육에서 배제당한 소년의 심정이, 그 소외감이 어땠을까. 혼자 공부해 보려고 책을 펴도 잡념만 들 뿐 글자가 눈에 들어오지 않았다. 방 안에 우두커니 앉아 있기 일쑤였다. 밖에 나가 봐도 모든 게 시들했다. 웅장한 군가처럼 들리던 청룡솔을 스쳐 지나가는 바람 소리가 쓸쓸하기만 했다. 약동하는 봄날의 들녘 풍경도 눈에 들어오지 않았다. 절망의 나날이었다.

---

13 재판 신청 후 3년이 지나서야 출생 연도는 정정되어 호적에 제 나이로 실리게 되지만 생일은 끝내 고치지 못했다. 호적에는 생일이 1월 15일로 되어 있으나 음력 2월 6일이 맞다.

이때 지포는 인생 노정(路程)에 따사로운 햇살, 자비로운 훈풍만이 아니고, 검은 구름이 끼기도 하고 거센 비바람이 휘몰아치기도 한다는 것을 배웠을 것이다. 그러면서 더 어른스러워졌을 것이다.

만부득이 일본의 중학교에 진학했다 2년 마치고 황해도 명신중에 편입하는 우여곡절 겪어

부러 웃음을 거두고 먼저 간 자식 대신 엄친(嚴親) 노릇을 해 왔던 할아버지는 내색은 안 했지만, 일찍 철이 들며 구김 없이 자라는 지포가 늘 기특하고 장했다. 그런 손자가 어른들의 잘못으로 좌절하며 실의에 찬 모습을 지켜보고 있자니 너무 가여웠다. 보다 못해 고희를 훌쩍 넘어 하루하루 쇠약해지는 노인으로서는 좀처럼 하기 힘든 결심을 했다. 누구에게 알아보았는지 지포에게 일본행을 권했다. 갈수록 흉흉해지는 세상, 대를 이어갈 장손을 곁에 끼고 있어야 할 판에 이역만리 땅으로 내보낸다니 오죽했으면 그랬겠는가. 모르는 사람은 '노인이 망령 든 것 아닐까?' 했을 것이다.[14]

그때 나라 안팎 사정은 어땠을까. 당시 농촌은 산미증식계획의 추진과 더불어 일본인 지주와 조선인 대지주의 수중으로 토지의 집중이 가

----

14   호적상 나이 때문에 광주사범뿐만 아니라 다른 학교에도 입학이 어려워 일본 유학을 권했을 것으로 추정된다.

속화되면서 소작 경영이 확대되고, 50~70%의 고율 소작료로 자작농 일부를 제외한 대부분의 농가가 춘궁기에 식량이 떨어져 초근목피로 연명하는, 이른바 보릿고개 넘기가 어려운 '맥령난월(麥嶺難越)'의 상황에 있었다.

그리고 일제가 중일전쟁 전후로 조선 전토를 대륙 침탈을 위한 전진 병참기지로 설정하여 반근대적(反近代的) 경제구조 위에 대규모 군수 산업을 일으킴으로써 엉뚱한 구조적 변동의 회오리에 휘말렸다. 일본 자본의 급격한 조선 진출과 군수 지하자원의 약탈적 개발, 중화학공업의 이식, 강제 노동 동원이 이루어지며 조선경제의 근간이 흔들리고 기형과 파행이 겹치는 변태적 경제구조로 불구화되던 무렵이었다.[15] 유럽에서도 일촉즉발의 전운이 감도는 등 국내외적으로 긴장이 고조되었다.

지푸라기라도 잡고 싶었을 지포는 할아버지의 주선으로 일본으로 유학을 떠났다. 일본 본토 남단 야마구치현 이와쿠니시에 있는 고수중학교에 입학했다. 1939년 4월의 일이었다.

뒤늦게 어려운 여건에서 낯설고 물선 이국땅의 학교에 진학했지만, 2학년 마치고 다시 돌아와 황해도 재령에 있는 명신중학교 3학년으로 편입하는 우여곡절을 겪었다.

---

15   민준식. 1987. 「일제 및 미군정 시대의 경제정책과 경제구조」 『한국의 사회와 문화』 제8집. 서울: 한국정신문화연구원. 24~28, 53~54쪽.

호적상 나이 초과로 좌절된 광주사범학교에 대한 갈망이 얼마나 컸는지, 그런 만큼 그 절망감이 어떠했을지는 스무 살 되던 1944년 명신중을 졸업하고 기어이 광주사범 강습과에 들어가 1년을 마치고 수료한 것을 보면 알 수 있다.

만년에 지포는 어떤 인터뷰에서 이때를 회상하며 "어린 나에게는 뼈아픈 시절이었지요."라고 털어놓은 적 있다. 어린 시절의 그 한스러움도 시간이 흐르면서 가셨는지 미소를 지으며 담담히 술회했지만….

일본 야마구치현 고수중학교 재학 시절의 지포(1940년)

2장

일찍 가정을 이루고 중등 교육계에 몸담다

- 열여섯에 할아버지가 정해 둔 배필과 결혼
- 황해도 명신중학교 졸업 후 광주사범 강습과 입학
- 해방 후 동국대학에서 경제학을 전공
- 중등 교육계 교사로 사회생활 시작

열여섯에 할아버지가 정해 둔 배필과 결혼

"어른들이 정해 준 대로 결혼할 바엔 차라리 도망쳐라!"

그 무렵 지포에게 늘 암울하고 답답한 일만 일어났던 건 아니다. 이성에 눈을 뜨며 청춘의 봄날로 접어들던 1940년. 고수중학교 2학년이던 지포가 방학을 맞아 고향에 돌아오니 할아버지가 대뜸 "정해 둔 배필이 있으니 곧 혼례를 치르도록 해라!" 하시지 않는가. 이미 오래전에 양가 어른들 사이에 혼담이 진행되었던 모양이다.

"예의범절을 잘 배운 벌교 사는 규수다. 우리 집안으로 봐 적당한 혼인이니 내 말대로 해라!"

그야말로 청천벽력이었다. '이제 겨우 열여섯인데 결혼이라니! 그것도 생면부지의 처자와….'

바다 건너 일본 땅에 가 처음엔 모든 게 서툴고 서먹했지만 이제 어느 정도 적응되었고, 광주사범행 좌절의 상처도 아물며 학교생활에 재미를 붙여갈 때였다. 청춘남녀 간 자유연애도 심심치 않게 봐온 터에 등하굣길에 여학생들과 마주치면 괜스레 설레며 이상의 여인상을 그리고 있을 무렵이기도 했다. 점점 어려워지는 학교 공부도 따라가야

하고, 아코디언도 배우고 싶고…. 하고 싶은 게 많았다. 지포로선 천부
당만부당이었다.

"학업 때문에 지금으로선 할아버지 뜻에 따르기 어렵습니다."

어릴 때부터 할아버지의 부리부리한 눈빛만 마주하면 주눅이 들곤
했던 지포였지만 큰 용기를 내 간곡하게 말씀드렸다.
완고한 할아버지도 지포의 반응이 무리가 아님을 아는 듯 노여움 대
신 나직한 목소리로 타일렀다.

"일찍 아비를 여읜 너로서는 그만한 집으로 장가가기 어렵다. 종가
에서 자라면서 보고 배운 게 많아 집안 대소사는 물론이고 조상님 제
사도 받들어 모셔야 할 우리 집 종부로 적당하니 내 소원이라 생각하
고 그리해라!"

지포는 심적 갈등이 컸다. 아버지 대신 여태까지 자신을 키우고 공
부시켜 준 할아버지의 뜻을 거역하기 어려웠다. 종가, 종부 운운하며
생전에 손부를 보려고 저러시는 일흔여섯 노인의 애틋한 마음을 짐작
못 할 바도 아니었다. 그러면서도 평생을 같이할 반려의 인연을 맺는
일을 서둘러 치른다는 게, 만나 보기는커녕 사진으로도 보지 못한 채
사모(紗帽)를 쓴다는 게 신식 교육을 받은 지포로선 정말 내키지 않았
다.

"절대 내 전철을 밟지 마라! 어른들이 정해 준 대로 결혼할 바엔 차라리 도망쳐라!"

신여성과의 결혼을 꿈꿨지만 그리 못 했던 일본 유학 출신 숙부도 만류하며 가출을 부추기기까지 했다.

몇 날 며칠 고민했다. 하고 싶은 대로만 할 수 없다는 걸 일찍부터 깨달아 왔던 지포. 숙고 끝에 할아버지의 뜻에 따라 순천 박씨 집안의 규수와 혼례를 치르기로 마음먹었다. 어쩔 수 없는 체념이나 자포자기의 심정에서 비롯된 부분도 없지 않았지만, 그보다는 할아버지의 은혜에 보답하고 어릴 적부터 늘 들어온 '종손으로서 도리'를 지키는 일이라 생각해서였다.

그리해 맞은 초례 날. '신부가 어떻게 생겼을까?', '심성은 고울까?' '토골'이라 부르는 지포의 마을에서 신부가 사는 벌교 고읍까지 이백 리 길 내내 궁금했다. 오솔길을 유유자적 소요할 때도 있고 험한 자갈 길을 오르기도 할 기나긴 인생 여정을 나란히, 호흡을 맞춰 가야 할 배필(配匹)이 밉상은 아니길 바랐다. 내가 처지면 기다려 주고, 앞서갈 땐 조금 숨이 가빠도 조신하게 따라올 수더분하고 너그러운 규수이길 기대했다.

고읍으로 가는 마지막 재를 넘으니, 지포의 마을에서는 볼 수 없는 넓은 들이 펼쳐졌다. 저 멀리, 새하얀 백로 떼로 덮인 빼곡한 대나무 숲 아래가 신부네 집이란다. 신선이 사는 동네처럼 보였다. 솟을대문

전라남도 보성군 벌교읍 고읍리 소재 지포의 처가 솟을대문

지포의 처가 사랑채 취송정 정경

에 들어서는 순간, "아!" 감탄이 절로 나왔다. 널찍한 마당에 안채와 사랑채가 따로 있고 제각(祭閣)도 갖춘, 종택의 기품이 드러나는 저택이었다. 연못 옆에 자리 잡은 이백 년 넘은 기와 사랑채, 취송정(翠松亭)[16]의 고아한 자태에서 문향(文香)이 물씬 풍겼다.

초례 날 처음 본 '달덩이 같은' 신부에게 반해

널찍한 마당에 차려진 초례상을 가운데 두고 처음 마주한 신부. 원삼을 걸치고 족두리를 쓴 녹의홍상의 신부를 슬며시 보았다. 고개를 숙이고 있어 자세히 볼 수는 없었으나 연지 곤지를 찍은 하얀 피부와 오뚝한 콧날이 금방 눈에 들어왔다. 밉상이 아닌 건 분명했다. 안도의 한숨이 나오며 마음이 차분해졌다. 그건 서막이었다. 화접 병풍이 놓인 신방에 들어 다소곳이 앉아 있는 신부를 가까이서 본 순간 그만 눈이 휘둥그레지고 말았다.

"달덩이같이 예뻤다!"

화촉 불빛 아래서 바라본 그윽한 눈매의 신부를 훗날 그렇게 표현했다. 열여섯의 나이에 '고읍양반'이 된 지포는 할아버지에게 효도도 하

---

16   취송정은 팔작지붕에 방은 우물천장, 마루는 연등천장으로 꾸며진 별당형 정자 건축물로서 1987년 전라남도 문화재(제136호)로 지정되어 많은 사람이 찾고 있다.

고, 마음에 쏙 드는 신부까지 맞아 몹시 기뻤다.

군량미 조달을 위한 일제의 강제 공출(供出)로 농민들의 식량 사정이 더욱 나빠져 음식도 변변히 차리지 못한 혼례였지만, 젊은 남녀가 아름다운 인연을 맺은 날 마을 사람들도 덩달아 기쁘고 들떠 잠시 시름을 잊었다.

혼례를 치른 후 지포가 멀고 먼 타지에서 10년 넘게 학교에 다니는 사이 안산에 걸린 환한 달 같은 신부는 토골에서 시어머니와 (자식도 없이 홀로된) 시숙모까지 봉양하며 아이들 키우면서 한 달에 한 번꼴의 제사를 정성을 다해 모셨다. 할아버지가 예상했던 대로.

비단결 같은 심성의 '고읍댁' 박금남(朴錦南)은 할아버지가 짝지어준 지포의 천생배필이었다.

황해도 명신중학교 졸업 후 광주사범 강습과 입학

| 가장, 호주로서 중압감을 견디며 재령에서 묵묵히 학업에 전념

　손수 고른 손부를 보고 난 이듬해인 1941년 1월, 할아버지가 별세했다. 갑작스럽게 호주가 된 지포는 일본의 고수중학교 2학년을 마치고 귀국해 황해도 재령에 있는 명신중학교 3학년에 편입해 다녔다.[17]

　1941년 12월, 일제의 진주만 공습으로 중일전쟁에서 태평양전쟁으로 전국(戰局)이 확대되면서 일제가 조선 전토를 자신들의 침략전쟁 수행을 위한 병참기지로 만들어 식량 수탈, 주요 자원의 약탈적 개발, 군수물자 생산에 대규모 노동력의 강제 동원을 자행하면서 경제가 극도로 황폐해지고 민생은 피폐화되어 갔다. 굶주림과 반예노적(半隷奴的) 생활에 견디지 못한 농민들은 일본, 만주, 시베리아 등 외지로 유산(流散)되었고 일부는 화전민으로 전전했으며 광산이나 항구 언저리에서 임금노동자로 전락했다. 일본으로 건너간 조선인 노동자는 종전 당시 100만 명에 달했고, 만주·시베리아로 떠난 유민은 150여만 명으

17　집안의 기둥이었던 할아버지의 별세에다 재판이 끝나 호적 나이가 제대로 고쳐지는 등 사정 변화로 일본에서 조기 귀국한 것으로 보인다.

로 추산되었다.[18]

그동안 좌절을 겪을 때마다 힘이 되어 주신 할아버지도 안 계시고, 세상은 갈수록 험악해졌다. 가족과 멀리 떨어져 남들보다 늦은 학업을 이어 가려니 한 가정은 물론이고 종손으로서 책임까지 짊어진 지포의 심사가 어땠을까. 중압감, 초조함으로 복잡했겠지만 이미 여러 차례 시련, 곡절을 겪었던 지포는 묵묵히 면학에만 힘썼다.

어수선한 상황 속에 교사로서 기본 소양 길러

첫딸이 태어나고 이듬해인 1944년 4월, 황해도에서 중학교를 마친 지포는 광주사범학교 강습과에 들어가 학업을 이어 나갔다. 필기시험에 합격하고도 두 차례 모두 나이 초과로 낙방한 후 일본에서 2년, 황해도에서 3년의 세월을 보내고 스무 살이 되어서야 꿈꿨던 학교의 문턱을 밟게 된 것. 애초 가려고 했던 5년제 심상과가 아니고 기존 국민학교 교원의 학력 보충과 신규 교원 양성 목적의 1년제 강습과지만 어쨌든 멀리 돌아서나마 사범학교 입학의 염원을 이루었다.

광주사범에 다니면서 교단에 서는 데 필요한 기본 소양을 길렀다. 영암 토동의 가족들과 여전히 떨어져 지냈어도 재령에 있을 때보다는

---

18 민준식. 1987. 「일제 및 미군정 시대의 경제정책과 경제구조」. 『한국의 사회와 문화』 제8집. 서울: 한국정신문화연구원. 30쪽.

그나마 마음이 가벼웠다. 잘못된 호적 문제만 없었더라면 광주사범 심상과 1회 졸업생이 될 수도 있었던 지포는 1945년 3월 강습과 6회 수료자로 과정을 마쳤다.

해방 후 동국대학에서 경제학을 전공

일제의 압제에서 벗어나며 장래에 대한 희망, 가능성 생겨나

1945년 8월 15일. 마침내 일제의 압제에서 벗어나게 되었다. 온 국민이 광복의 환희와 감격에 젖었다. 스물한 살 청년 지포도 거리 곳곳에 태극기가 휘날리는 걸 보면서 눈시울이 뜨거워지고, 암울하고 답답하던 가슴이 시원하게 툭 터졌을 것이다.

1945년 9월 9일, 한반도의 북위 38도선 이남에서 미군정이 시작되었다. 정치적으로 대립과 갈등, 혼란이 이어졌다. 경제적으로는 분단으로 (농업과 경공업은 남한이 우위에 있었고, 중공업과 전력은 북한에 편재된) '남농북공(南農北工)'의 유대가 단절되면서 생산의 전면적 위축과 인플레의 누진(累進)으로 극심한 민생고를 겪는 등 사회적 불안이 가중되어 갔다.[19]

일본인들이 일시에 물러나면서 초·중등 교원이 절대적으로 부족한 혼란 상황을 맞았다. 교사 자리를 메우기 위해 임시 교원양성소가 설치되고 사범학교가 추가로 설립되었으며, 중등교원 양성기관도 늘어났다. 한편, 그동안 일제의 교육 방침에 의해 억제되었던 고등교육기

---

19 앞의 책, 56~57쪽.

관[20]의 설립에 대한 국민의 열망이 분출하면서 여기저기서 대학이 생겨났다. 많은 것들이 바뀌어 갔다.

광복과 그 이후 전개되는 사회상은 광주사범 강습과를 마치고 교단에 설 날을 기다리던 지포로서는 커다란 상황 변화였다. 세상이 혼란스럽고 불확실성이 커지기는 했지만, 국운이 돌아오면서 전에는 기대할 수 없었던 가능성과 기회도 열릴 듯 보였다.

'초등교원의 꿈을 펼쳐 나갈까, 아니면 다른 길을 찾아볼까….'

선택의 갈림길에서 지포는 뒤도 돌아보고, 지금 자신이 처한 여건, 그리고 앞으로 닥칠 일에 대해 곰곰이 생각해 보았다. 그리고 할아버지가 돌아가신 후 얼마 남지 않은 논마지기, 밭뙈기지만 집안 살림을 꾸려 오신 어머니와 상의하였다.

아들의 학업 뒷바라지가 고단한 삶의 유일한 의미였던 여장부 기질의 어머니. 자꾸 꼬이는 운수가 어서 풀려 아들이 그만 고생에서 벗어나길 빌고 빌었던 어머니는 대학에 가고 싶다는 지포의 뜻에 추호의 망설임 없이, 흔쾌히 손을 들어주었다. 그리고 장죽(長竹)을 깊이 빨며 다짐했을 것이다.

'어떠한 어려움이 있어도 뒷바라지하마!'

지포는 자신에게 닥친 격변의 상황에서 '대학행'의 결단을 내렸다. 당시 집안 사정으로 봐선 경제적으로 어려움이 따르는 일이었으나, 결

---

20 일제하 고등교육기관으로 경성제국대학과 보성·연희·혜화 등 사립전문학교가 있었다.

과적으로 어머니의 지극한 자식 사랑이 뒷받침되어 내린 그 결정으로 인해 거듭되는 불운의 수렁에서 벗어나는 디딤돌, 부상(浮上)의 발판을 마련하게 된다.

'경세제민(經世濟民)'의 학문, 케인스 경제학에 심취해

미군정 3년째이던 1947년 9월. 반탁, 찬탁으로 어수선하지만, 거리에서나 사람들의 표정에서 해방의 감격과 환희가 아직 남아 있던 때였다. 스물세 살의 지포는 동국대학 정경학부 경제학과에 입학했다. 정치학과와 경제학과로 이루어진 정경학부가 그해 설립되었으니 1회 입학생이었다. 그 전 해인 1946년 혜화전문학교에서 대학으로 승격되며 남산 초입의 필동으로 이전한 교정엔 활력과 의욕이 넘쳐났다. 새로운 출발의 분위기가 역력했다.

지포가 경제학을 전공하게 된 것은 아무래도 자신이 나고 자란 환경의 영향이 컸을 것 같다. 일 년 내내 쉬지 않고 일해도 굶주리는 마을 사람들의 빈곤과 농촌의 낙후, 지주들만 살찌우는 소작제도의 불합리와 모순, 가난하고 힘이 약해 우리가 학문과 문화를 전파한 나라의 식민지가 되어 토지·농산물의 약탈에 노동력 착취와 강제 동원까지 당하는 참상을 목격하면서 나라와 국민이 잘살고 세상이 편안해지도록

하는 '경세제민(經世濟民)'의 학문, 경제학에 끌렸을 것이다.[21]

대학에 입학한 이듬해인 1948년 8월 15일, 정부가 수립되면서 나라의 체제가 갖추어지기 시작했다. 지포도 대학 생활과 서울 유학에 적응해 갔다. 인간 본성에 바탕을 두고 논리 정연하게 전개되는 경제학의 매력에 푹 빠졌다. 현실에 대한 깊은 통찰을 바탕으로 불황, 실업의 해결을 위해 정부의 재정·금융 정책의 역할을 강조하는 케인스 경제학에 유달리 심취했다. 정차방정식(定差方程式) 등으로 가득 찬 경제학 서적을 차분하게 읽고 소화하였다. 타고난 학구열에 일제의 식민 지배에서 벗어나 새로운 세상이 펼쳐지니 기대와 희망이 샘솟는 데다 자신을 뒷바라지하는 노모에 대한 죄송함, 이미 두 딸을 둔 가장으로서 책임감이 작용해 학업에 정려(精勵)했다.

당시 동국대 경제학과엔 한국 경제학의 1세대 경제학자인 고승제, 최호진[22] 등 쟁쟁한 교수들이 다수 포진해 있었다. 훌륭한 은사들 덕분에 지포는 경제를, 세상사를 미시적·거시적으로 꿰뚫어 볼 수 있는 안목을 기를 수 있었다. 이는 훗날 지포가 경제학자로 성장하는 데 비옥한 밑거름이 되었다. 잘못 실린 나이 때문에 초등교원을 양성하는 사범학교행이 무산된 것이 전화위복, 새옹지마의 결과를 낳게 되니 "사

---

21 지포는 1990년 전남대학교 정년을 눈앞에 두고 가진 언론 인터뷰에서 "교육자의 길을 걸어온 걸 조금도 후회하지 않는다. 경제학을 전공한 것도 흐뭇하다."라고 했을 정도로 경제학이라는 학문을 사랑했다.

22 고승제(1917~1995)는 『한국경제론』, 『한국금융사연구』, 『한국근대화론』 등을, 최호진(1914~2010)은 『근대한국경제사』, 『한국경제사개론』 등의 저서를 남겼다. 모두 대한민국 학술원 회원을 지냈다.

람의 일이란 참 묘하다!" 할 수밖에 없다.

전쟁의 포화 속에서도 다행스럽게 대학을 졸업

대학 4학년이던 1950년, 6·25전쟁이 발발하였다. 학교가 문을 닫자, 지포도 피란길에 올라 천신만고 끝에 영암 토동 고향으로 피신했다. 그것도 잠시, 파죽지세로 내려오던 북한군이 거기까지 쳐들어와 가족들을 데리고 나주 일가네로 더 깊숙이 들어갔다.

남의 집 더부살이가 길어졌다. 동족상잔의 비극으로 온 국민이 전쟁의 참화를 겪을 때이지만 자식이 넷이나 딸린 '학생 가장' 지포는 더욱 심란했을 것이다. '운명의 여신이 또 훼방을 놓나…' 불안하고 초조했을 것이다.

서울의 함락과 수복, 철수와 재탈환이 반복되는 가운데 서울에 있던 대학들이 공동으로 부산, 광주 등지에서 학생들을 모아 강좌를 열고 학점은 소속 대학의 학점으로 인정하는 전시연합대학이 설립되었다.[23] 지포는 몇 달 늦었지만 1951년 8월 대학을 졸업할 수 있었다.[24]

---

23 1951년 12월 현재 총 6,455명(부산 4,268명, 광주 527명, 대전 377명, 전주 1,283명)의 학생이 전시연합대학에 등록하였다(출처: 한국민족문화대백과, 한국학중앙연구원).

24 일제하에서 4월에 시작했던 우리나라의 학기는 미국 군정기에는 9월로 바뀌었고, 정부 수립 후인 1949년 교육법이 제정되면서 다시 4월로 변경되었다가 1961년부터 현재의 3월로 정착되었다(출처: 한국교육개발원).

전쟁의 소용돌이 속에서도 다행스러운 일이었다. 잔뜩 흐리기만 했던 지포의 인생에도 이제 서광이 비치려는 걸까.

중등 교육계 교사로 사회생활 시작

1951년 가을, 지포는 대학 졸업과 동시에 광주고등학교 교사로 사회에 첫발을 내디뎠다. 경제, 사회 과목을 맡아 전남 지역의 인재들을 동량으로 키우고자 대학에서 갓 배운 지식과 이론을 바탕으로 수업 준비와 교재 연구에 열과 성을 다했다. 사범학교에 가려 했던 것이 교단에 서려던 것이어서 그 꿈을 이룬 지포로서는 학생들을 가르치는 일이 만족스럽고 즐거웠다. 일찍이 '영재들을 가르치는 것이 군자의 즐거움의 하나(得天下英才 而教育之 三樂也)'라 그러지 않았나! 새내기 교사의 열정에 강한 인상을 받았던지 그때 지포에게서 배웠던 학생들이 졸업 후에도 오래도록 연락을 해 왔다. 사회적으로 쟁쟁한 인물이 된 제자들이 많았다.

1953년 10월부터 목포공업고등학교에서 가르치다 1954년 봄, 다시 광주여자고등학교로 전근되어 1년 반 근무하였다. 1955년 10월엔 광주여자고등학교 교사 겸 전라남도 문교사회국 학무과 장학사로 임명되어 교육행정에도 몸을 담았다. 4년여 교단 경험을 토대로 지역 중등교육의 방향을 설계하고, 일선 학교·교사를 대상으로 장학·지원 활동을 펴는 일을 주로 했다.

장학사로 근무하면서 광주에 있는 조선대학교에서 시간강사로 경제학을 강의하기도 했다.

3장

대학교수가 되어 학문의 연찬과 후진 교육, 지역사회의 발전에 힘쓰다

전남대학교 설립 초기 상과대학 전임강사로 임용

대학의 발전과 함께 교수, 학자로서 성장

전남대학보사 편집국장을 겸직하며 『전남대학보』 발행

상과대학장 시절 전남대학교 부설 경영학전공 연수생 과정과
지역개발연구소 운영

학자로서 난숙기에 경북대학교에서 경제학박사 학위 취득

전남대학교 설립 초기 상과대학 전임강사로 임용

> 대학 강단에 서게 된 것은 역량과 시운(時運)이 함께 작용한 결과

교단에 서서 학생들을 직접 가르치기도 하고 교육행정에도 종사하는 등 5년여 중등교육 현장에 몸담았던 지포는 1956년 10월, 전남대학교 상과대학 경제학과 전임강사로 발령받았다. 그것은 지포의 역량과 시운이 함께 작용한 결과였다. 비켜 지나가기만 하던 운이 따른 것이다.

해방되면서 서울뿐만 아니라 지방민들의 고등교육에 대한 열망이 분출하면서 지방에 단과대학들이 설립되기 시작했고, 이를 바탕으로 정부가 1951년 9월 광주와 함께 부산, 대구, 전주에 국립대학교 설립을 인가해 1952년 6월 9일 전남대학교가 문을 열었다.

이미 설립된 광주와 목포 지역의 4개 단과대학을 통합하고 공과대학을 신설하여 종합대학으로 출발하긴 했지만,[25] 전공별로 학생들에게

---

[25] 1946년 9월 광주 공립 의학전문학교에서 승격된 도립 광주의과대학, 1951년 9월 초급대학에서 4년제 정규대학으로 승격된 도립 광주농과대학과 도립 목포상과대학, 그리고 1948년 향교재단에서 설립한 대성대학을 통합하고, 공과대학을 신설해 5개 단과대학의 국립 전남대학교로 발족하였다.

전남대학교. 2012. 『전남대학교 60년사(1952-2012)』. 광주: 전남대학교 출판부. 15~31쪽.

제대로 된 강의를 할 수 있는 실력 있는 교수들의 확보가 급선무였다. 당시 대학교수가 되려면 대학(또는 전문대학) 졸업자여야 했는데 일제의 차별적·제한적 식민지 교육과 징용, 전쟁 등의 영향으로 한국 사회에 대학 졸업자가 그리 많지 않을 때여서 부족한 교수진 확충을 위해 이미 검증된 중등 교육계 인재 중에서 발탁하는 것이 손쉽고도 효과적인 방법이었다.[26]

상황이 그러한지라 대학으로 올라가는 사다리가 지포 앞에 놓였다. (일제 식민지 교육의 영향을 받지 않은) 정통 경제학을 공부했고, 중등 교육계에 있으면서 늘 경제학 서적을 탐독하며 한 단계 높은 수준의 이론 강의와 체계적인 학문 연구에 대한 바람이 생겨 시간강사로 대학 강단에도 서고 있던 터라 자연스레 그 사다리를 밟고 올라가게 되었다. 초등교원의 꿈이 좌절된 소년이 중등교원을 거쳐 대학교수가 된 것이다.

사범학교행이 무산되었던 것이 훗날 대학, 학계에서 지포가 맡았던 역할과 업적을 생각해 보면 '적재가 적소에 가게 되는 결과'를 낳았다고 할까.

---

26   앞의 책, 65~66쪽.

대학의 발전과 함께 교수, 학자로서 성장

> **'용이 구슬을 희롱하는 모습의 길지(吉地)'에서 경제학자로서 연륜 차곡차곡 쌓아**

신설 대학으로서 전남대가 '용이 구슬을 희롱하는 모습의 길지', 용봉동에 캠퍼스를 마련해 여기저기 흩어져 있는 단과대학들을 물리적으로 통합한 뒤 화학적 융합을 이루어 명실공히 도내 유일의 국립 종합대학에 걸맞게 발전해 나가야 할 시기에 교수로 신규 임용된 지포는 '새 부대에 담은 새 술'이었다.

용봉 캠퍼스로 이전·통합이 마무리되면서 전남대학교는 일신우일신(日新又日新) 했고, 대학의 발전에 맞추어 지포도 교수로서, 학자로서 성장해 갔다. 대학 다닐 때 케인스 경제학에 심취해 경기에 대한 재정·금융 정책의 역할과 그 메커니즘에 정통했던 지포는 거시경제 과목과 한국경제론을 강의했다.

4·19혁명, 5·16 군사쿠데타 등 사회적 혼란이 계속되는 가운데 대학 내에서도 그동안 목포에 있던 상과대학의 광주 이전과 관련한 갈등

이 수년째 계속되었고,[27] 1961년 9월 5일 발표된 '국립대학교 정비령'에 따라 전남대학교 상과대학이 전북대학교 상과대학으로 통폐합되었다가 1963년 3월 6일 상학과와 경제학과가 부활하는[28] 등 성장통을 겪으면서 지포는 1960년 조교수, 1965년 부교수로 승진하였다.

일제 말, 6·25전쟁, 그리고 1960년대의 혼란…. 계속되는 고난과 역경 속에서도 꿋꿋이 견디며 경제학자로서 연륜을 차곡차곡 쌓아 갔다.

---

27 상과대학은 논란 끝에 1961년 5월 20일 광주 용봉 캠퍼스로 이전을 마무리했다.
앞의 책, 64~65, 76쪽.

28 그 결과 전남대학교 상과대학은 1962년도 신입생을 모집하지 못했다.
앞의 책, 70~76쪽.

전남대학보사 편집국장을 겸직하며
『전남대학보』발행

> 학내·외 이슈에 대한 공정하고 정확한 보도, 여론 수렴과 공론화, 건전
> 한 대학 문화 창달에 노력

　지포는 상과대학 교수로 재직하면서 4년 가까이 대학신문인『전남
대학보』[29]의 편집·발행 업무를 맡았다. 1964년 4월부터 1965년 8월까
지 전남대학보사 편집위원으로, 1965년 8월부터 1968년 4월까지는 편
집국장의 자리에 있으면서 대학과 사회의 이슈에 대한 공정하고 신
속·정확한 보도, 학내 여론의 수렴과 공론화, 그리고 건전한 대학 문
화의 창달을 위해 노력하였다.

　대학신문의 편집·발행 업무는 대학 전체를, 대학과 관련한 세상사
를 큰 틀에서 조망하여 대학인의 시각으로 깊고 정밀한 분석을 거쳐
구성원들에게 유익한 정보와 시사점을 전달해야 하는 일이다. 경제 현
상을 규명하기 위해 개별 경제주체의 행동을 현미경 들여다보듯 분석
하기도 하고, 성장이나 고용 등 경제의 전체적인 모습도 파악해야 하
는 경제학자에게 잘 맞는 일이라 할 수 있다.

29　1954년 6월 1일 창간된『전남대학신문』이 1963년 6월 13일『전남대학보』로 제호가 변경
　　되었다가 1979년 11월 29일『전대신문』으로 다시 바뀌어 오늘에 이르고 있다.

"대학신문에 오래 있으면서 글을 많이 썼는데 문장력도 길러지고, 대학과 사회에 대한 지식도 넓혀지더군요."[30]

지포는 신문을 발행하고 수많은 사설을 쓰면서 대학의 운용 시스템과 직면한 문제를 훤히 파악할 수 있었고, 사회에 대한 폭넓은 식견을 쌓았다. 타고난 문재(文才)에다 글을 많이 쓰면서 필봉(筆鋒)이 더욱 예리해졌다.

상과대학 학생들에게 강의하면서 매주 4면의 신문을 발행하는 일이 쉽지 않았지만 수준 높은, 정론(正論)과 직필(直筆)의 대학신문을 만들기 위해 편집진과 밤늦도록 토론하고 적확한 표현을 찾느라 머리를 싸매고 씨름했던 일들을 꺼낼 때면 늘 흐뭇한 표정을 지었었다.

지포에게 전남대학보사 편집국장 시절은 보람 있고, 즐거운 추억으로 남아 있었다. 그의 관심사가 단과대학에 머무르지 않고 대학 전체로 넓어지는 계기가 되었다.

---

30   양진형. 1989. 「80년, 최선을 다했지요」 『금호문화』 48(6): 84쪽.

상과대학장 시절 전남대학교 부설 경영학전공 연수생 과정과 지역개발연구소 운영

대학과 지역사회에 실질적으로 도움이 되는 일 찾아 나서

1968년 1월, 지포는 정교수가 되면서 상과대학장을 맡게 되었다. 마흔넷, 비교적 젊은 나이에 학장이 된 지포는 그 자리에 있으면서 대학과 지역사회에 실질적으로 도움이 되는 일이 무엇이 있을지 곰곰이 생각해 보았다. 갈수록 확연히 심화하는 지역의 낙후성을 경제학자로서 더 이상 바라보고만 있을 수 없었다. 궁리 끝에 두 가지 사업을 발굴하여 추진했다. 성인교육 과정으로서 경영학전공 연수생 과정의 운영과, 사회개발연구소로 출발한 지역개발연구소의 설립이 그것이다.

경영학 연수생 과정은 경영 지식에 목말라 있던 지역 기업인들의 큰 호응을 얻어 해마다 전·후 학기 두 번으로 횟수를 늘려 모집할 정도로 큰 성공을 거두었다. 이 과정은 1969년 2월 경영대학원의 설치와 함께 정규 경영자 과정으로 발전하였다. 그리고 2007년 경영대학원이 경영인을 체계적으로 양성하는 경영학 석사 과정의 경영전문대학원으로 바뀌면서 학위를 수여하지 않는 관리자 과정으로서 최고경영자 과정과 경영자 과정 2개의 과정으로 확대되어 운영되고 있다.

지금이야 기업 중역 등을 대상으로 한 대학의 교육프로그램이 많이 운영되고 있지만 1960년대 후반에, 지방대학에서 이런 과정을 시작했다는 게 대단한 혜안이었던 것으로 평가된다.

소명 의식을 갖고 지역개발연구소 설립·운영

경제개발과 함께 사회의식의 개발이 중요하다는 인식하에 1968년 3월, 전남대학교 부설 법정 연구소로 한국사회개발연구소를 설립하였다. 낙후된 경제를 발전시키기 위해서는 비경제적 요인, 즉 의식구조의 개혁이 중요하다는 생각에서였다. 의식구조의 변화 없이는 저개발, 침체의 늪에서 헤어나기 어려움을 여러 문헌과 실증 사례 연구에서 보아 왔었다.

초대 소장을 맡은 지포는 그해 6월 경향 각지의 대학교수 40여 명을 초청하여 광주에서 심포지엄을 개최하였다. 심포지엄의 주제는 『발전도상국가에 있어서의 사회개발의 제 과제』였다. 지포는 이틀간 심포지엄을 주재하면서 「근대화와 인력개발」[31]이라는 논문을 발표하였다. 당시 지방대학으로서는 엄두를 내기 어려운 이 심포지엄은 주제에 부합하는 의미 있는 연구와 정책 제안들이 여럿 나오며 성황리에 끝났다. 사회개발연구 성과를 높이 평가해 정부는 그해 10월 동 연구소에 대통령 특별지원금을 교부했다.

1969년 4월, 한국사회개발연구소는 지역개발연구소로 명칭이 바뀌

---

31 「근대화와 인력개발」에 대해서는 2부(저술을 통해 본 지포의 학문 세계) 7장 더 참고.

었다. 지역개발연구소로 바뀌고 나서도 매년 전국 단위 심포지엄, 세미나를 열었다. 지포는 기조 강연을 도맡아 했으며, 연구 활동을 토대로 정기적으로 학술지를 발간하였다.[32]

한편, 전남대학교의 연구소 정비·통합 결정에 따라 1970년 4월 별도로 운영되던 호남문화연구소, 호남경제문제연구소, 법률문제연구소, 파라과이 경제문제연구소가 지역개발연구소로 통합됨으로써 지역개발연구소의 연구 범위와 영역이 크게 넓어졌다. 지역의 발전과 관련한 경제, 사회, 도시계획, 환경, 교통 등 종합적인 연구를 수행하는 연구소로 그 기능이 확대되면서 지포의 역할도 덩달아 커졌다.[33]

지역개발연구소는 광주·전남 지역의 싱크 탱크(Think tank)로서 지역개발, 지역경제에 관한 수십 편의 주옥같은 연구 결과들을 내놓았으며 당시 정부의 산업기지·공업단지·도서 지역 개발 정책에 적잖이 반영되었다. 동 연구소는 지금도 대학의 중점 연구소로서 활발히 운영되고 있다.

지포가 했던 기조 강연 중에서 1970년 제3회 심포지엄에서 발표한 「호남 지역의 구조적 정체성의 요인 분석」[34]이 눈에 띈다. 이 논문에서 지포는 여러 문헌자료의 분석을 토대로 당시 호남 지역 낙후의 원인이 일제

---

32 지포가 한국사회개발연구소와 지역개발연구소를 책임 맡고 있었던 1968.4.~1974.12. 기간 동안 전국 규모의 심포지엄과 세미나가 여러 차례 개최되었고 학술지로 『사회개발연구』가 1권, 『지역개발연구』가 7권까지 발간되었다.

33 전남대학교. 2012. 『전남대학교 60년사(1952-2012)』. 광주: 전남대학교 출판부. 509쪽.

34 「호남 지역의 구조적 정체성의 요인 분석」에 대해서는 2부(저술을 통해 본 지포의 학문 세계) 7장 더 참고.

의 토지조사사업의 영향으로까지 거슬러 올라가며,[35] 1960년대 경제개발 과정에서 상대적으로 소외되어 지역 격차가 더 심화하였다고 지적했다.

지역개발 연구 업적으로 경제학계 인사들 사이에서 '호남학파'로 불려

지방대학에서 전국 규모의 심포지엄을 연례적으로 개최하고 학술지를 발간하는 걸 인상적으로 봤던지 지포가 종종 서울에 가게 되면 경제학계 인사들이 "호남학파가 왔다!"라며 반겼다. 지역개발연구소를 운영하면서 지방대 교수 지포가 학계에 널리 알려지게 되었다. 이는 지포가 환갑을 맞아 제자들이 주축이 되어 그의 기념 논문집을 발행할 때 대한민국학술원 회원이었던 최호진, 고승제 박사를 비롯한 김윤환 교수 등 많은 경제학계 원로, 석학들이 논문을 기고했을 뿐만 아니라 한국경제학회장 조기준 교수가 권두 하서(賀書)를 통해 축하했던 데

---

35 일제는 토지가 비옥하고 농경지가 넓은 전라도를 일찍부터 곡창지대로 주목해 토지 점탈과 농산물 수탈의 1차 대상지로 삼았다. 1905년 을사늑약이 체결되며 시작된 일제의 토지 점탈은 1912년 〈조선부동산증명령〉, 〈토지조사령〉 등을 발포하며 추진된 토지조사사업에 의해 본격화되었다. 동 사업이 종료된 1918년 12월 현재 일본인 소유 토지 면적은 총 23만 6,586정보로서 이 중 전남·북 지역의 토지가 43%를 점할 정도로 다른 지역과 비교가 안 될 만큼 많은 토지가 일인에게 넘어갔다. 지포는 "호남 지역이 상대적 빈곤 지대로 전락하게 된 역사적 시점이 바로 호남에 집중된 일제의 토지조사사업에 의한 토지 점탈의 순간부터였다."라고 지적했다. 이에 대해서는 165~167쪽 더 참고.
민준식. 1970. 「호남 지역의 구조적 정체성의 요인 분석」 『지역개발연구』 3(1). 전남대학교 지역개발연구소. 10~12쪽.

서도 알 수 있다.

학계에서는 지역개발 연구 분야에서의 지포의 업적을 높이 평가한 것으로 보인다. 이론에 머무르지 않는 실용주의 경제학자로서의 면모가 돋보여 그랬으리라 생각된다. 그게 세상을 잘 다스려 백성을 편안하게 만드는 '경세제민'의 학문에 충실한 자세라 여긴 듯 지포는 남도 지방의 경제학자로서 소명 의식을 갖고 설립한 지역개발연구소의 운영에 열과 성을 다했다. 지포의 지역개발에 대한 학문적 열정이 얼마나 높았는지는 총장 보직에 있으면서도 1976년 동 연구소 주최 『영산강 개발 효과의 다각적 고찰』을 주제로 한 세미나에서 「영산강 유역 개발사업의 전남 지역 경제 발전에 대한 전망」을 발제한 데서도 알 수 있다.

"참 신나는 일이 많았다. 무척 보람도 컸다."

지포는 만년에 지역개발의 열정과 의욕에 불타 왕성하게 활동했던 그 시절을 회고하며 잔잔히 미소 짓곤 했다. '개발 연대'에 지역의 경제·사회 개발 조감도와 청사진을 마련하여 이를 실현하려고 바쁘게 뛰어다녔던 충만한 나날들이었다. '개발경제학자'로서 인생의 황금기였으리라.

지포의 이러한 노력은 학계뿐만 아니라 일반에도 널리 알려져 1972년 12월 전남매일신문사로부터 제1회 '교육부문 대웅상'을 수상하였고, 1973년 12월엔 정부가 수여하는 국민훈장 동백장을 받기도 했다.

학자로서 난숙기에 경북대학교에서 경제학박사 학위 취득

1973년 2월, 지포는 경북대학교에서 경제학박사 학위를 받았다. 지포의 박사학위 논문은 『한국경제의 Disaggregation 분석에 관한 연구』였다.[36] 경제학을 공부하고, 교수가 되어 강단에서 거시경제이론 등을 가르치면서 수많은 연구논문을 쓴 지 26년 만이었다.

학부를 거쳐 대학원에 진학해 석·박사 과정을 밟고 논문이 통과되면 바로 학위를 받는, 그러다 보니 보통 30대(빠른 경우엔 20대)의 젊은 나이에 박사가 되고 나서 학자, 연구자의 길에 들어서는 요즘의 현

---

36 『한국경제의 Disaggregation 분석에 관한 연구』는 경제개발계획의 두 가지 이론 모형이 지닌 결함의 인식에서 비롯된 연구이다. 통합적 분석 방법(aggregative analysis)을 근간으로 하는 거시적 계량 모델(macro-econometric model-building)은 개발계획을 입안할 때 총체와 개체, 전체와 부분과의 상호연관관계와 상호의존관계가 빠져 있고, 경제 내부구조의 질적 측면이 도외시되는 측면이 있다. 그런가 하면 산업연관분석에 의한 다부문화 계획모형인 미시적 계량 모델(micro-econometric model-building)은 계획목표치에 대한 산업 간 상호의존관계만을 초점으로 할 뿐 중요한 programming이 빠져 있다. 이러한 문제 인식에서 두 모델이 지닌 결함을 동시에 보완하는 분석 도구로서 분할 분석 방법(disaggregative analysis)의 적용을 한국의 경제개발계획 수립에 시도해 본 것이다. 즉, 분할 분석 모델을 토대로 실제로 한국의 산업연관분석과 국민소득통계를 접속시켜 보다 합리적인 경제개발계획 작성 방식을 모색한 연구이다. 이 논문에서 지포는 경제개발계획을 수립할 때 거시적 총량을 산업별로, 나아가 부문별·항목별로 구조적으로 나눠 가는 과정 분석과 동시에, 다시 개별부문에서 산업별로, 경제 전체로 모아가는 집적 과정도 살피는 분석방법론을 제시하였다.

실에 비추어 보면 지포는 학자로서 난숙기에 접어들었을 때, 우리 사회에서 오랜 경륜과 해박하고 깊은 지식을 가진 사람을 일컫는 '박사'라는 호칭에 걸맞을 때 학위를 받았다고 할 수 있다.

경제학박사 학위를 받고 박금남 여사와 함께(1973년 2월)

4장

총장의 중책을 맡아 대학의 연학(研學) 분위기
조성에 심혈을 기울이다

1970년대 중반의 어려운 시기에 전남대학교 제8대 총장으로 임명

> **'연구하는 대학 풍토의 조성'을 지표로 삼아 상아탑의 관리책임자로서 노력**

1974년 12월 3일 밤. 이튿날이 어머니 기일이어서 제사를 모시려고 가족들과 모여 있는데 국무회의에서 지포를 공석이던 전남대학교 총장으로 의결했다는 연락을 받았다. 일본국제교류기금으로 동경대학에 객원교수로 초청되어 다음 학기부터 한국경제를 강의하기로 되어 있었던 지포로서는 일본어 강의록을 만드느라 여념이 없을 때인데 뜻밖의 통보를 받고 얼떨떨하기만 했다.

"조용한 연학(研學) 분위기 조성에 힘쓰겠습니다!" 생각을 정리할 새도 없이 들이닥친 기자들의 요청에 총장 임명 소감을 밝혔다. 평소의 지론 그대로 얘기한 것이었다.

어머니 기제(忌祭) 직전 찾아온 총장 임명 소식…. 우연의 일치였을까. 생전에 밥을 짓게 되면 지나가는 마을 사람 누구라도 불러 끼니를 나누곤 했던 어머니의 음덕(蔭德)이 작용해 그리된 것 아니었을까.

유신반대 데모가 심해 무려 55일 동안이나 휴강령이 내려져 있었던 상황에서 그해 12월 9일 전남대학교 제8대 총장으로 취임한 지포는 '연구하는 대학 풍토의 조성'을 지표로 삼고 대학 발전을 위해 상아탑의 관리책임자로서, 그리고 교수로서 노력하였다.

지포의 전남대학교 제8대 총장 취임식 광경(1974년 12월)

매 학기 강의를 맡으면서 학문의 전당, 연구의 요람에 걸맞은 교육환경 조성에 역점

우선, 총장 임기 중에도 매 학기 강의를 맡았다. 강의 시간이 되면 어김없이 총장실을 나와 노트를 들고 강의실로 향했다. 타지 출장으로 강의를 못 할 땐 보충 강의로 메우면서 한 시간도 빠트리지 않았다. 수

1970년대 중반 전남대학교 용봉 캠퍼스 전경

범을 보였다.

그리고 학문의 전당, 연구의 요람에 걸맞은 교육환경의 조성에 역점을 두었다. 대학의 예산을 늘려 강의실, 실험실을 많이 지었다. 중앙도서관 앞 광장을 만들고 용지(龍池) 주변 등 학교 안 조경을 정비하였으며, 연결도로를 확충하여 대학의 면모를 새롭게 하였다. 무엇보다도 개교 이래 전남대의 숙원이었던 캠퍼스 내 용주마을(아래 사진 속 왼쪽 원으로 표시한 부분)[37]을 이전한 것이 대학의 면학 분위기 조성 측면에서 두드러진 일이었다. 그건 지포를 중심으로 교수와 교직원들이

---

37   당시 용주마을은 건물 121동에 대지 1,343평으로 49세대가 살고 있었다. 용봉부락, 용봉마을이라 부르기도 했다.

모두 합심하여 대학의 역량을 총결집해 이루어 낸 기념비적인 역사(役事)였다.

1975년 6월 21일, 당시 김종필 국무총리가 전남대학교를 방문하였다. 지포는 총장실에서 대학 현황을 브리핑하면서 용주마을 문제를 최대 현안으로 설명하였다.

"수십 가구가 사는 마을이 학교 안에 있는 한 학교 발전은 없습니다!"

총장의 진지하면서 비장한 표정과 목소리에서 대학이 안고 있는 문제의 심각성이 제대로 전달됐던지 총리는 비서에게 "메모하라!"라고 했고, 필요한 예산을 파악하고선 학교를 떠났다.

얼마 후, 총리에게 했던 건의가 관철되었다는 연락을 받았다. 그리고 그해 추가경정예산에 마을 철거를 위한 매수 경비가 반영됨으로써 가장 중요한 예산 문제를 해결하였다.[38]

예산 문제가 해결되니 이제는 마을 사람들로부터 이주 협조를 얻는 문제가 남아 있었다. 예산을 따기도 어렵지만 대대로 살아오던 터전을 떠날 수 없다는 주민들의 마음을 돌리는 것 또한 결코 쉬운 일이 아니었다. 마을을 없앤다는 소식이 알려지자, 밤이면 주민들로부터 협박 전화가 지포의 집으로 빗발쳤다. 심지어 그곳에 살던 지포의 오랜 지인조차도 등을 돌리고 협조를 거부했다.

지포를 위원장으로 하는 '용주마을 매수 추진 위원회'가 구성되었다. 위원들이 마을 주민들을 개별적으로 접촉하여 설득에 나섰다. 그들의 입장을 충분히 듣고 이해와 공감을 표명하면서, 학생들의 면학 분위기

---

38 용주마을 매수 경비로 172,818,962원이 대학 예산에 반영되었다.

를 위한 학교의 입장을 진술하게 설명하였다. 언론을 통해 마을 이전의 필요성, 중요성을 역설하기도 했다. 어느 날은 돼지를 잡고 막걸리를 준비해 마을 사람들을 모두 모았다. 그리고 직접 설득에 나섰다.

"땅은 여러분들이 손해 보지 않도록 제값에 사겠습니다. 그러니 땅을 파십시오. 이 학교가 제 학교입니까? 우리 후손들이 대대로 다닐 학교입니다."[39]

이렇게 땅을 파는 문제를 마을 사람들의 아들, 손자일 수도 있는 '우리 후손들을 위한 문제', '지역사회 전체를 위한 문제'로 접근하며 거듭 설득한 게 주효했던지 결사반대하던 이들도 하나, 둘 땅을 내놓기 시작했다. 결국 전 주민의 동의를 얻어내 1976년 7월 매수에서부터 이전, 조경까지 모두 마무리하였다.

용주마을 이전 후인 1970년대 후반 용봉 캠퍼스 전경

39 양진형. 1989. 「80년, 최선을 다했지요」 『금호문화』 48(6). 86쪽.

해외 대학과의 교류·협력의 물꼬를 터 일찍부터 대학의 세계화 추진

　공부하고 연구하는 대학 분위기 조성을 위해 세 번째로 역점을 둔 것은 해외 대학과의 교류 협력이었다. 1976년 6월 자유중국정부 초청으로 대만을 방문하여 국립성공대학과의 학술교류를 위한 자매결연에 조인한 데 이어, 1978년 2월 미국 미주리대학과도 매년 교수들을 상호 초빙하기로 하는 등 외국 대학들과의 교류의 물꼬를 터 전남대학교가 학문의 세계적 조류에 맞추어 발전해 나갈 수 있는 토대를 마련하였다. 대학의 세계화에 일찍 눈을 떴다고 할 수 있는 부분이다.

미국 미주리대학교 총장의 전남대학교 방문 시 기념식수 장면
(맨 좌측이 지포)

이렇게 연구하는 대학 풍토 조성을 위해 부단한 노력을 기울였던 총장 지포에 대해 『전남대학교 30년사』의 93쪽에는 다음과 같이 적고 있다.

"재임 중 교수 연구의 진작과 기구와 시설의 확장,[40] 그리고 해외 교류 증진에 역점을 두었고, 정부예산 규모와 학생 모집 정원[41]을 서울대학교에 이어 경북대, 부산대와 함께 공동 2위 수준으로 공적을 쌓았고…."

학교 운영에 교수들의 의견과 학생들의 요구를 적극 반영하면서 미래를 짊어질 학생들이 학구열에 불타 꿈과 이상을 키우고, 교수들이 후학 양성과 학문 연구에 전념할 수 있는 학내 분위기를 조성해 나가니 학문의 전당으로서 대학이 차츰 안정을 찾아갔다.

---

[40] 지포의 총장 재임 기간(1974.12.9.~1980.6.11.) 완공된 구조물이 총 20동(연건평 64,703 ㎡), 건축 중인 구조물이 총 7동(연건평 11,917㎡)이었다.

[41] 총 25개 학과가 늘어났고, 학생 정원이 2,485명 증가하였다.

〈우리의 교육지표〉 사건으로 어수선한 상황에서 제9대 총장으로 재임명

교수들이 체제 이데올로기의 중심축인 '국민교육헌장'을 정면 비판한 전대미문의 사건 일어나

대학의 모습이 지포의 취임 일성대로 되어 가고 총장 임기도 얼마 남지 않은 1978년 6월 27일. 11명의 전남대학교 교수들이 민주교육·인간교육을 선언한 〈우리의 교육지표〉 사건이 일어났다. 그것은 단순한 교육 운동 그 이상의 의미를 지녔다. 유신체제 아래에서 현직 교수들이 체제 이데올로기의 중심축인 '국민교육헌장'을 정면으로 비판한 것이었다. 지방대 교수들만이 참여한 전대미문의 큰 사건이었다.

여기에 서명한 교수들이 연행되자 그동안 잠잠했던 학생들의 시위가 다시 전개되었다. 결국 연루된 교수들이 학교를 떠나고(일부 교수는 구속까지 되고), 24명의 학생이 제적되거나 무기정학을 받게 되는 불행한 일이 벌어졌다.

학교의 현안들이 하나, 둘 해결돼 가고 총장 취임 시 그렸던 캠퍼스 분위기가 조성되어 가는 것을 지켜보면서 안도하던 지포는 큰 충격을 받았다. 동료 교수들의 해직과 학생들의 처벌을 막지 못하고 모처럼 안정된 학교가 다시 소요의 소용돌이 속으로 빠져드는 상황에 안타깝고 참담했다. 고뇌 끝에 대학의 책임자로서 사표를 제출했다. 자신의 사표로 모든 게 다 제자리로 돌아왔으면 하는 마음이었다. 하지만 지표의 바람과는 달리 사표는 반려되었다.

총장 재임명 후 해직 교수와 제적 학생들의 복직·복교를 위해 백방으로 노력

가시방석이었지만 임기 종료와 동시에 연구실로 돌아가리라 생각하고 총장직을 수행하고 있는데 1978년 12월 9일, 지포는 전남대학교 제9대 총장으로 재임명되었다.

예상하지 못한 결과였다. 인사권을 가진 정부 당국으로서는 사태를 수습하고 학교를 안정시킬 인물로 지포만 한 적임자가 없다고 보아 그랬을까. 세상이 갈수록 어두워짐을 느끼면서 어서 연구실로 돌아갈 생각만 했지, 재임에 전혀 관심이 없었던 지포는 많은 교수와 학생들이 해직되고 제적된 마당에 총장으로 재임되어 곤혹스럽기 이를 데 없었다.

마음이 천근만근 무거웠으나 자신이 해야 할 일이 아직 남아 있다는 뜻으로 받아들였다.

재임명되자마자 먼저 〈우리의 교육지표〉 사건으로 해직된 교수들을 복직시키기 위해 백방으로 노력했다. 당시 박찬현 문교부장관(현 교육부장관)에게 통사정하기도 했다.[42]

----

42 양진형. 1989. 「80년, 최선을 다했지요」 『금호문화』 48(6). 87쪽.

지포의 전남대학교 제9대 총장 취임식 광경(1978년 12월)

다행히도 1979년 9월 1차로 여섯 명의 교수가 학교로 돌아왔고, 복직되지 못한 교수 중 유죄판결을 받은 한 명을 제외한 나머지 교수는 1980년 3월 개학과 더불어 복직되었다.

그리고 학생들의 복교를 위해 1980년 들어서 바로 학칙 개정을 문교부에 신청하여 인가받은 후 복교 대상 학생들에게 공한을 발송하여 복교 절차를 밟도록 했다. 봄 학기의 시작과 함께 제적되었던 학생들 모두 다시 캠퍼스로 돌아왔다.[43]

이제야 비로소 학교가 제자리로 돌아왔다고 생각하니 마음이 다소 가벼워졌다. 그러나….

---

43 전남대학교. 2012. 『전남대학교 60년사(1952-2012)』. 광주: 전남대학교 출판부. 104쪽.

5·18광주민주화운동 발발 후 총장 보직 사퇴와 교수직 해직

> 학문의 전당, 연구의 요람을 지키기 위해 노력하다 스물네 해 정들었던 학교 떠나

1980년 3월, 유신체제가 막을 내리고 민주화의 물결이 이는 '서울의 봄'을 맞이해 전국적으로 학내에서도 민주화운동이 불었다.

전남대학교 학생들은 어용교수 백서를 만들어 '3일 이내에 전남대학교를 영원히 떠나야 할 교수', '도덕적 책임을 져야 할 교수', '강의 이외 모든 보직에서 물러나야 할 교수'로 분류해 발표하며 대학을 떠나야 할 교수들의 사표를 받으라고 요구했다.

"총장이 교수들의 사표를 강요할 수는 없으며 내가 대표로 사표를 내겠다."

지포는 문교부에 또 한 번 사표를 제출했다. 그러나 이번에도 반려되었다.

그러던 5월 18일, 신군부의 집권으로 민주주의의 후퇴를 저지하기 위한 5·18광주민주화운동이 일어났다. 그 과정에서 많은 학생과 교

수들이 불행한 일을 당했다.[44] 지포도 연행되어 오랫동안 조사받았고, 다른 교수 11명과 함께 해직되었다.[45] 총장 보직만 그만둔 게 아니라 1980년 6월 26일 자로 임명되어 그해 가을 학기부터 강의할 예정이었던 상과대학 교수직도 잃고 말았다. 이중 징벌을 받은 셈이다.[46]

어수선한 시국에 밖에서 불어닥친 폭풍우로부터 학문의 전당, 연구의 요람을 지키기 위해 노력하다 책임자로서 져야 했던 책임, 겪어야 했던 고통과 시련에 많이 지치고 야윈 채 스물네 해 정들었던 학교를 떠나게 되었다.

---

44 『전남대학교 60년사』 116쪽에는, '사망자만 9명이나 되었으며, 학사징계 및 실형을 받은 학생은 모두 49명이었고, 그와 관련하여 수사 받거나 실형을 받은 교수가 21명, 그리고 직원이 2명이었다.'라고 적고 있다.

45 앞의 책, 117쪽.

46 양진형. 1989. 「80년, 최선을 다했지요」 『금호문화』 48(6). 81쪽.

5장

역경을 딛고 학자 본연의 소임을 다하다

해직의 아픔을 견디며 스태그플레이션 현상의 규명에 진력

전남대학교로 다시 돌아와 강의와 집필로 노교수의 열정 불태워

수연(壽宴) 자리에서의 인생 특강

동학(同學)의 화갑 기념 논문집 봉정

해직의 아픔을 견디며 스태그플레이션 현상의 규명에 진력

'유예입도(由藝入道: 학문으로 말미암아 도의 길로 들어서다)'의 가르침에 따라

정신적·육체적으로 탈진 상태였던 지포는 자택 2층 '지포서실'에 칩거했다. 지난날을 반조하면서 성찰의 시간을 가졌다. 반야심경과 염주경을 벗하며 어지러운 마음을 다스렸다.

은둔 생활 몇 달이 흘러갔다. 어느 정도 심신이 안정되자 지포는 책상 앞에 다가앉았다. 진즉부터 연구해 보고 싶었지만, 바쁜 보직 때문에 손을 대지 못하고 있었던 경제학의 괴질과 같은 문제, 불황기에도 물가가 오르는 스태그플레이션(stagflation) 현상을 체계적으로 규명해 보기 위해서였다.

예기치 않은 야인 생활을 하늘이 내린 시련이면서 한편으론 학문 연찬의 호기라 여겼다. 늘 손에서 책을 놓지 않았던, 총장 재임 중에도 매 학기 강의를 맡았던 만년 학자 지포다운 시련 극복 방법이었다. 서재 앞에 걸린 글귀 '유예입도(由藝入道: 학문으로 말미암아 도의 길로 들어서다)[47]의 가르침에 따르는 일이기도 했다.

47 　지포는 서예가 고당 김규태 선생의 이 글씨를 서재 앞에 걸어두고 늘 음미했다. 여기서 '예

현대자본주의 경제를 함정에 빠트린 스태그플레이션 현상의 심층적·종합적 진단과 정책 처방의 모색을 목표로 그동안 제시된 각 학파의 해명 논리를 이해하고자 먼저, 1970년대를 전후하여 그동안 주류를 이루어 온 케인스 경제학의 논리적 오류를 지적하며 반(反)케인시언(Keynesian) 입장에 선 통화주의자(monetarists) 등 여러 학파의 이론을 조감하였다. 이어 케인시언과 반케인시언 간 전개된 논쟁의 내용과 합의, 비판과 반비판의 논점을 고찰했다.

그렇게 거시경제 분야의 새로운 학문적 동향을 파악하고 나서, 연구의 초점인 스태그플레이션에 대한 학파별 원인 분석과 정책접근을 검토했다. 수많은 국내외 문헌과 자료를 분석해야 하는 방대한 작업이었다. 이는 경제학도로서 공부했던 것을, 강단에서 가르치고 연구했던 것을 집대성하고, 그동안의 경제학자로서 삶을 정리한다는 생각으로 심혈을 기울였다.

"아홉 시만 되면 책상 앞에 앉았지요. 그러다가 점심때 밥 먹으러 오라면 내려가고…."[48]

두문불출하며 '높은 실업률과 인플레이션의 병발(倂發) 현상'의 해명 논리를 극명하게 밝혀 보려고 온종일 서재에 머물렀다. 내심 염려가 되었던 박금남 여사가 이따금 올라와 동태를 살피곤 했다.

(藝)'는 재주, 기예라는 뜻보다 더 넓게 '학문'으로 해석한다.

48   양진형. 1989. 「80년, 최선을 다했지요」 『금호문화』 48(6). 81쪽.

『거시경제이론의 새 과제: 스태그플레이션의 해명 논리』, 엄동 혹한 견뎌내고 피워낸 '맑은 향(香)'

이렇게 오로지 학문 연찬과 집필로 3년 가까운 세월을 보낸 결과가 1983년 6월 출간된『거시경제이론의 새 과제: 스태그플레이션의 해명 논리』였다.[49]

이 책에서 지포는 스태그플레이션이 단일 요인이 아닌 복합 요인에 의해 초래된 보다 구조적인 경제 병리인데도 그동안 학자들이 대부분 일면적 시각으로 접근했으며, 그에 대처할 정책 처방도 단방 요법의 범주를 넘어서지 못하고 있음을 지적했다. 그러한 문제 인식하에 스태그플레이션을 일으키는 여러 요인에 대처하는 종합적인 정책접근을 제시했다. 이는 스태그플레이션의 복합적 발생 메커니즘을 근원적으로 다스리기 위한 모든 정책 수단과 전략을 한 틀에 집약시켜 체계화하고, 정책 수단 간 상호연관 작용을 고려해 조율한 후 그것을 단기·중기·장기 계획으로 구분하여 단계적으로 실행해 나가는 것이었다.

『거시경제이론의 새 과제: 스태그플레이션의 해명 논리』가 나오자 세간의 많은 관심과 시선을 끌었다. 대학원 과정의 교재로 사용될 정도로 좋은 평가를 받았다.

코로나19 대유행 이후 풀린 유동성, 러시아-우크라이나 전쟁으로 인한 에너지 가격 상승 등의 영향으로 재현된 전 세계적인 스태그플레이

---

49 『거시경제이론의 새 과제』에 대해서는 2부(저술을 통해 본 지포의 학문 세계) 8장 더 참고.

션 현상을 보면서 정부 당국이 이를 진정시키는 데 40년 전에 내놓은 지포의 정책 처방을 참고해 보면 어떨까.

매경한고발청향(梅經寒苦發淸香).[50] 매화는 모진 추위를 겪고 나서야 맑은 향을 피운다. 『거시경제이론의 새 과제: 스태그플레이션의 해명 논리』는 엄동 혹한의 시절을 견뎌내고 마침내 피워낸 지포의 '맑은 향'이었다.

---

50   역시 지포가 좋아했던 글귀로서 출처가 『시경(詩經)』으로 알려져 있다.

전남대학교로 다시 돌아와 강의와 집필로
노교수의 열정 불태워

> 뺏긴 둥지를 다시 찾은 새가 새 짚으로 보수하고, 힘든 줄 모르고 알을 품고, 새끼를 키우듯

해직 기간이 길어졌다. 이를 안타까이 여긴 지인들의 권유로 한국정신문화연구원[51]에 잠시 몸을 의탁하기도 하고, 원불교 교단의 배려로 원광대학교 강단에 서기도 하는 등 유랑생활을 하고 있으니, 정부가 5·18광주민주화운동에 연루를 이유로 해직시켰던 12명의 전남대학교 교수에 대한 복직을 허용하면서 1984년 9월 대학으로 돌아올 수 있었다. 경영대학[52] 교수로 다시 임명되었다. 만 4년 만이었다.

독수리에게 뺏긴 둥지를 다시 찾은 새가 그럴까. 늘 그리워했던 연구실에 환갑이 다 되어 돌아온 지포는 새 짚으로 둥지를 보수하고, 힘든 줄 모르고 알을 품고, 부지런히 먹이를 물어다 새끼에게 먹이는 어미 새 같았다. 해직 기간의 공백을 메우려는 듯 강의 준비에 열과 성을

---

51 우리 문화의 정수 연구와 국민 정신교육의 체계적 개발·진흥을 위해 1978년 6월 설립된 한국정신문화연구원은 2005년 1월 한국학중앙연구원으로 명칭이 바뀌었다. 지포는 1982년 9월부터 1983년 2월까지 동 연구원 정치경제연구실 수석연구원으로 몸담고 있었다.

52 상과대학이 1981년 3월 경영대학으로 개칭되었다.

다했다. 4백 년 역사의 경제학의 세계관·철학·학설에 통달한 달변의 강의는 학생들에게 깊은 인상을 남겼다. 연구, 저술에도 왕성한 의욕을 보였다. 연구실의 불이 꺼질 줄 몰랐다.

이런 지포를 두고 주위에서 입 모아 얘기했다.

"한국학계는 나이를 먹을수록 조로하는 현상이 있는데 민 교수님은 예순이 넘어서도 연구를 계속하여 새로운 연구 성과를 쌓고 있는 등 후학들에게 모범을 보였다."

"민 총장은 이 시대의 마지막 선비! 그러한 분들이 지역에 남아 원로로서 활동할 수 있길 바란다."[53]

그들의 눈에 비친 젊은 교수 못지않은 노사부의 열정이 보기 좋았으리라.

강의와 연구, 집필로 연구실의 불이 꺼질 줄 몰라

이 당시 지포가 매달렸던 연구들은 다음과 같다.

• 20세기 전반의 한국경제 재조명

안정된 연구 환경을 되찾고 보직 책임에서도 자유로워진 지포는 한국의 현대경제사를 조명하고 천착(穿鑿)하는 데 많은 시간을 보냈다.

---

53   광주일보 1989.11.15. 자 「이 시대의 마지막 선비」 기사에서 인용.

해방 이후 국가정책이 산업화와 경제개발에 집중한 결과 사반세기에 걸쳐 괄목할 만한 성장을 이루었지만, 외형적 성장에 가려진 여러 사회적 모순과 갈등이 분출하기 시작하던 1980년대 상황에서 당면 문제들의 원인을 역사적·구조적으로 분석해야 제대로 된 진단을 내릴 수 있고 원천적인 해결책이 모색될 수 있다는 인식에서였다.

1차로 지포 자신이 몸소 겪었던 일제와 미군정 시대의 경제정책과 경제구조에 초점을 맞추고, 개항 이전의 사회경제적 상황에서부터 일제와 미군정 하의 경제정책과 경제구조의 전개 과정을 분석·평가하는 데서부터 손을 댔다. 지포로서는 일종의 소명 의식이 작용한 연구이기도 했다.

20세기 전반 한국경제의 역정(歷程)을 재조명한 이 연구 결과는 「일제 및 미군정 시대의 경제정책과 경제구조」[54]라는 제목으로 1987년 한국정신문화연구원이 발간한 논문집 『한국의 사회와 문화』 제8집에 게재·발표되었다.

• 한국경제의 거시적·구조적 해부

한국경제의 여러 현상을 규명하기 위한 노력으로서 일제와 미군정 시대의 경제정책의 전개와 경제구조의 전화(轉化) 과정을 해부하고 평가한 데 이어, 1980년대 중반 우리 경제의 현실에 대한 낙관론과 비

---

54 「일제 및 미군정 시대의 경제정책과 경제구조」에 대해서는 2부(저술을 통해 본 지포의 학문 세계) 9장 더 참고.

관론이 서로 엇갈리는 상황에서[55] 당면 문제에 대한 올바른 처방을 위해선 한국경제의 내부구조를 거시적으로 검진하여 어떠한 구조적 특징을 갖는지를 파악하는 것이 급선무라 보고 그에 매달렸다. 그래야 경제 발전의 부정적 측면과 저해 요인을 배제하고 올바른 구조변동의 기본 방향을 설정함으로써 경제의 장기적이며 안정적인 발전을 추구할 수 있다고 판단했기 때문이다.

이러한 문제 인식 아래 지포는 한국경제의 구조적 특징을 파악하기 위해 문헌과 통계자료를 통해 투자·저축 갭(gap)과 무역수지 갭 사이 인과관계, 거시적 산업구조의 변화 과정과 산업 간 내부적 연관관계, 그리고 기업규모 간 이중구조의 특이성을 관찰·분석하였다. 그러한 작업을 통해 한국경제의 구조적 패턴을 파악하고, 산업 내부구조와 일련의 경제개발 과정에서 나타난 기업 간 격차구조의 한국적 패턴을 도출하고자 했다.

지포는 이 연구 결과를 1986년 공동으로 집필한 『한국경제론』[56]에 실었다.

• 미국경제의 실패와 레이거노믹스(Reaganomics)의 경제적 귀결 규명

1981년 1월, 미국의 제40대 대통령으로 취임한 로널드 레이건(Ronald

---

55 당시 우리 경제가 몇 년 후에는 성숙한 선진국형 경제가 될 것으로 낙관적으로 전망하는가 하면, 여러 구조적인 문제가 더 심각해지고 있어 빨리 개혁하지 않으면 위기 상황에 직면하리라는 비관론도 팽배해 있었다.

56 『한국경제론』에 대해서는 2부(저술을 통해 본 지포의 학문 세계) 9장 더 참고.

W. Reagan)은 경제정책 사조에 있어서 획기적 패러다임인 '레이거노믹스'에로의 대전환을 선언하였다. 레이건 행정부는 경제학의 주류로서 한 시대를 풍미했던 케인스학파의 정책 기조를 폐기하고, 새롭게 대두한 세 학파(통화주의 학파, 공급 중시 학파, 합리적기대파)의 정책 논리를 한 틀에 종합한 정책 패러다임을 실행한 것이다. 이 세 학파는 서로 전혀 다른 시각과 접근 방법으로 이론적 프레임을 구축하고 정책 논리를 도출했지만, 자유시장 경제원리를 신봉하는 철두철미한 반케인시언으로서 과격하고 극단적이라는 공통점이 있었다.

대담하고 장대한 정책 실험인 레이거노믹스가 어떻게 귀결되고, 세 학파의 정책 논리가 정당성을 얻을 수 있을 것인가는 거시경제학자 지포에게 아주 흥미로운 주제였다. 해직 상태에서『거시경제이론의 새 과제: 스태그플레이션의 해명 논리』를 집필하면서 레이거노믹스의 결과에 따라 앞으로 거시경제학의 새 지평과 큰 흐름을 가늠할 수 있으리라 생각하고 그 실행 과정을 주의 깊게 관찰했었다. 레이거노믹스가 어떤 정책효과를 냈고 미국경제가 어떻게 변모했으며 어떠한 구조적 변화를 일으켰는가, 세 학파가 주장해 온 정책 논리를 현실 정책에 반영한 결과 어떠한 정책효과와 경제적 성과가 나타났는가, 정책 실험의 결과 이들이 제기한 새로운 이론적 프레임과 정책 논리는 어떻게 평가되어야 할 것인가에 대해 하나하나 논증에 나섰다.

이렇게 8년에 걸친 관찰 과정과 실증자료를 토대로 레이건 정부가 실행해 온 레이거노믹스의 경제적 귀결을 종합적으로 평가하고, 3중적자(재정적자, 무역적자, 마이너스의 저축·투자 밸런스)에 허덕이는 미국경제의 실상을 검진한 연구 결과가 1989년 3월 발간된『미국경제

의 위기: 레이거노믹스의 귀결과 경제학의 현상』[57]이다.

레이거노믹스와 미국경제를 구조적으로 심층 해부한 이 책은 학계의 많은 관심을 끌었다. 레이건 대통령 퇴임 후 몇 달 지나지 않아 출간된 데다 '경제학의 새로운 조류와 정책 실험을 통계 데이터에 의해 검증한' 인상적인 연구 결과였기 때문이다.

학교로 다시 돌아온 지포는 주옥같은 연구 결과와 역저를 끊임없이 내놓으며 경제학자로서 자신의 지식과 철학을 다듬고, 정리하고, 완성해 갔다. 그러고 보면 움츠렸던 4년의 해직 기간이 젊은 시절 못지않은 학문의 열정이 솟아나며 타오르게 한 유정(油井) 역할을 한 셈이니 '인생은 새옹지마!'임을 또 한 번 실감케 한다.

---

57 『미국경제의 위기』에 대해서는 2부(저술을 통해 본 지포의 학문 세계) 8장 더 참고.

수연(壽宴) 자리에서의 인생 특강

인생은 한순간이요, 하나의 점에 불과

1985년 3월, 아지랑이 피어오르는 화창한 주말이었다. 지포의 회갑연이 그의 자택에서 열렸다. 두 내외만 단출하게 살던 중흥동 집 안팎이 모처럼 붐볐다. 지포의 자손들, 일가친척들로 거실 마루가 꽉 찼다. 병풍을 뒤로하고 며느리, 딸들이 정성껏 차린 잔칫상 앞에 곱게 나이 든 박금남 여사와 나란히 앉은 지포. 연한 옥색 마고자를 받쳐 입은 한복 차림이 잘 어울렸다. 고해를 건너 피안(彼岸), 열반의 언덕에 이른 수도승처럼 편안하고 밝아 보였다. 얼마 전까지 시련을 겪었고 굴곡과 기복은 있었지만, 마침내 육십갑자 한 바퀴를 다 돌았다는 안도감, 완수의 기분이 들어 그랬을까.

하례 인사와 축배, 덕담을 다 받고 난 지포는 좌중을 향해 천천히 입을 뗐다.

"인간 세계란…."

특유의 나직하면서도, 그를 인터뷰했던 어느 기자의 표현처럼 '음유

시인이 시를 낭송하는 것과 같은' 목소리였다.[58]

"우리가 잠깐 깃들었다 떠나는, 마치 귀거래(歸去來)의 마당과 같다는 생각이 든다. 그리고 우리 인생이란… 물거품처럼, 잠깐 일었다가 지고, 졌다 일어났다, 명멸하는 과정이라 여겨진다.

그 인생 과정이 유원한 인류 역사의 시간에 헤아려 본다면 한순간이요, 저 광활한 우주의 점 하나에 불과할 것이다.

유구한 시간의 흐름에서 우리가 잠깐 이 세상에 깃들었다 떠나는 시간이란, 설사 100년을 산다고 해도, 순간에 지나지 않는다.

그리고 자기 몸뚱이가 크다고 생각할지 모르나 자기가 차지하고 있는 공간이란 것도 무한히 넓은 우주에 비하면…"

환갑을 맞는 감회의 첫마디가 좌중의 마음에 잔잔히 와닿았다. 명정(明澄)했다. 달관한 고승의 설법을 듣는 것 같았다.

그 인생이 어떤 뜻과 가치, 어떤 모양과 색깔을 지녔느냐가 중요

"하나의 점이요 순간인 인생이 어떤 뜻과 가치를 지녔고, 어떤 모양과 색깔로 채색되었느냐가, 즉, 어떻게 살았느냐가 중요하다고 생각한다. 그로써 그 사람의 삶을 평가할 수 있을 것이다.

그러면 한 인생의 가치와 뜻, 그 모양과 색깔은 무엇으로 결정되는

---

58   양진형. 1989. 「80년, 최선을 다했지요.」 『금호문화』 48(6). 78쪽.

가? 나는 세 가지라고 본다.

자기 인생 과정에서 얼마만큼 참되게 살려고 애썼고, 얼마만큼 덕을 쌓으려고 노력했으며, 얼마만큼 남을 위해 고생했는가. 즉, '진실 생활', '수덕(修德)', '사회 기여'라는 세 가지 길을 얼마만큼 닦았느냐가 바로 그 인생을 귀결 짓는다고 평소 생각해 왔다. 그러니 이 세 가지 길을 닦는 데 늘 정진하길 바란다."

지포는 자신의 인생관, 삶의 철학을 자식과 손자들에게 설파하면서 진실 생활과 수덕, 사회 기여 세 가지를 좌우명으로 삼고 부단히 실천하도록 당부했다.

역경을 극복해 나가는 과정이 숭고하고, 아름답고, 뜻깊어

"그리고 내가 느끼고 경험한 바에 의하면 우리 인생 과정에는 언제나 다사로운 햇살만 쬐여오고, 자비로운 훈풍만 불어오는 건 아니다. 어느 때라도 검은 구름이 끼고 비바람이 휘몰아칠 수 있다. 희로와 애락이 뒤섞여서 착종(錯綜)되고[59] 윤회하는 것이 우리 인생이다.

그래서 순경(順境)에 놓여 있을 때보다 오히려 역경에 있을 때, 번뇌와 고난 속에 있을 때 그걸 쓰다고 생각하지 말고 당당히 감수해서 극복해 나가는 과정이 숭고하고, 아름답고, 뜻깊고, 소중하다고 생각한다."

----

59 '여러 가지가 섞여 엉클어지다.'란 뜻이다.

어려운 시대, 간난(艱難)의 세월, 그리고 개인적 시련을 몸소 겪고 헤쳐 나온 지포로서는 역경에 굴하지 않는 삶의 자세를 중요하게 생각했다.

역경, 번뇌를 극복하기 위해서는 믿음, '법열의 힘' 필요

"그런데 역경, 번뇌, 고난을 극복하기 위해서는 인간의 힘만이 아니라 믿음, 초(超)인간의 힘도 필요하다. 다른 말로 표현하면 법열(法悅)의 힘도 얻어야 한다. 법열의 힘이 아니고선 역경과 번뇌를 초극(超克)해 나가기 어려울 때가 많다.

법열의 힘이란, 어려운 경지이지만, 곧 종교의 힘이다. 법열의 힘을 얻기 위해 무슨 종교라도 좋으니, 종교를 갖길 바란다."

인간은 혼자서 감당하기 어려운, 자신의 의지와 노력만으로는 도저히 헤쳐 나갈 수 없는 시련을 겪을 때 의지처를 찾게 되고 초인적 힘도 빌리게 된다. 신앙, 종교를 갖는 이유이다.

지포는 마흔이 되던 1964년부터 아침에 경을 외고 묵상하는 습관을 갖게 되었다. 세면을 마치면 가부좌를 틀고 앉아 눈을 감고 반야심경 등을 암송하고 조용히 명상에 잠겼다. 자택에 있건 타지에 있건 어느 하루도 자신만의 '고요의 시간'을 거르지 않았다. 불가피하게 그 시간에 손님을 맞아야 할 땐 대화하면서 심독(心讀)으로라도 대신했다. 마음을 다스리고, 그의 표현처럼 '법열의 힘'을 얻기 위해서였다. 법열의 힘이란 게 무슨 이적(異蹟)을 일으키는 초능력이 아니라 종교적 깨달음에서 오는 평정심, 편안한 기분, 투철한 의지와 확신 같은 것이리라.

지포는 독경, 명상 때마다 간구했을 것이다. 일이 순조롭게 이루어지도록, 곤경을 극복할 수 있도록. 지난날을 되돌아보면서 그릇되었던 점을 참회하기도 했을 것이다. 생과 사, 실존의 문제에 대해 사색하고 고뇌했을 것이다.

독경과 묵상은 지포만의 역경을 이겨내는 방법이었다. 번뇌와 무상에서 심리적 안정을 얻는 길이었다. 수신, 수양의 방편이었으며 '법열의 힘'을 얻기 위한 자기 노력이었다.

환갑을 맞은 소회를 얘기하고 나서 회갑 기념으로 공방에서 만든 도자기 붓 통을 자식들에게 한 점씩 나누어 주었다. 붓 통에 직접 써넣은 글귀(梅經寒苦發淸香)에 담긴 뜻을 풀이하면서, 엄동설한 모진 추위를 다 견뎌내고 고아한 향을 피우는 매화처럼 역경을 만나도 묵묵히 헤쳐 나가길 힘주어 일렀다.

동백, 백일홍, 영산홍, 목련, 대나무 등으로 빼곡한 정원 한쪽에 기품 있게 핀 매화 향이 집 안으로 그윽하게 스며들었다.

지포의 회갑 기념 도자기 붓 통

동학(同學)의 화갑 기념 논문집 봉정

대학 사회의 아름다운 전통, 회갑 논문집 봉정

지포의 수연 자리가 있고 나서 한 달쯤 뒤인 1985년 4월 20일, 지포의 회갑 기념 논문집 봉정식장. 사람들이 삼삼오오 모여들었다. 전남대학교 교수들뿐만 아니라 경제학계 인사들, 사회에서 맺은 오랜 인연의 지인들로 성황을 이루었다.

학계, 대학 사회에는 아름다운 전통이 하나 있다. 회갑을 맞게 되면 제자들을 비롯한 그를 잘 아는 동학들이 논문을 한 편씩 써서 이를 책으로 엮어 당사자에게 바치는 논문집 봉정의 관행이다. 논문집이 마련되면 따로 날을 잡아 전달하면서 인사와 덕담을 나누는 자리를 갖는다. 화갑 축하와 함께 학은(學恩)에 대한 감사, 그동안의 업적 치하와 노고의 위로, 앞으로도 왕성한 활동과 건강의 기원 등 여러 가지 뜻이 담긴 행사이다. 자신의 학덕을 기리는 이런 논문집을 받는 당사자로서는 학문 인생의 결실을 보는 기분, 완성의 감정 같은 걸 느낄 수 있을, 어찌 보면 최고의 환갑잔치라 할 수 있다.

은사, 선배 경제학자, 제자들이 주옥같은 논문으로 지포의 학덕 기려

　전남대학교 상과대학 교수들을 중심으로 위원회가 결성되어 간행된 『지포 민준식 박사 화갑 기념 논문집』은 권두 논문, 지역경제의 이론과 실제 분석에 관한 논문(7편), 경제학 전반에 관한 논문(16편) 등 모두 24편의 논문으로 구성되어 있다.

　이런 기념 논문집에 실은 논문은 연구 실적으로 잡히지 않기 때문에 원고 구하기가 쉽지 않았을 텐데도 학계의 제자들을 위시하여 지포와 학연을 맺은 많은 경제학자들이 논문을 기꺼이 기고했다. 지포의 대학 시절 은사이면서 당시 우리나라 경제학계의 가장 원로에 속했던 고승제, 최호진 교수와 김윤환 등 선배 교수들이 제자, 후배의 환력을 축하하기 위해 옥고를 보낸 것이 눈에 띄었다. 당시 한국경제학회장이었던 조기준 교수는 논문집에 실은 축하의 글에서 지포의 학문적 업적 중 "지역개발 분야에서 쌓아 올린 업적을 특히 거론하고 싶다."라고 하면서, "당시로서는 아직 우리나라 학계에서 별로 알려지지 않았던 지역경제 연구의 기초를 닦았다."라고 평가하였다.

　식장 앞쪽 테이블에 박금남 여사와 나란히 앉은 지포. 연한 파란색 정장의 가슴 포켓에 꽂은 꽃이 화사했다. 감회 어린 눈길로 식의 진행을 지켜보다 지그시 감기도 하고, 고개를 숙이고 골똘히 생각에 잠기기도 했다. 학문의 길로 들어선 지 어언 30년. 그 길을 대과(大過) 없이 걸어왔다는, 학자로서 소임을 무난하게 해 왔다는 생각에 안도하며 만감이 교차했으리라.

봄꽃이 만발한 날 열린 화갑 기념 논문집 봉정식, 지포의 인덕과 학덕을 확인할 수 있었던 자리였다.

화갑 기념 논문 봉정식에 참석한 지포와 박금남 여사

60 당시 전남대학교 경영대학원장직에 있으면서 논문집의 간행·봉정을 위해 동문수학했던
교수들과 '지포 민준식 박사 화갑 기념 논문집 간행위원회'를 결성하였다. 대한민국학술원
회원을 지냈고 2021년 별세했다.

6장

원불교 신앙생활과 사회·저술 활동 하며 만년을 보내다

원불교 신앙과 교리에 심취하며 '법열의 힘' 얻어

'극일(克日) 의지의 표현'인 왕인 박사 현창 사업에 참여

전남대학교 고별강연

40년 강단 정년퇴임

소련의 개혁·개방 노선이 북한의 경제정책 변화에 미칠 영향 연구

20세기 100년에 걸친 경제학의 조류 변화에 대한 집필에 나서

암과 투병하며 집필을 다 끝내고 운명

원불교 신앙과 교리에 심취하며 '법열의 힘' 얻어

불혹의 나이에 접어들면서 아침 독경 생활 시작

인간에게서 종교는 떼려야 뗄 수 없는 대상이다. 절이나 성당, 교회를 나가든 나가지 않든 누구나 종교에 관한 생각, 종교관은 가지고 있다. 인간의 삶이 영원하지 않고, 죽음 이후를 모르기 때문에 그럴 터. 그래서 나고 죽는 문제와 그 불안에서 벗어나려고, 구원받기 위해 자신만의 믿음 체계를 지니고 살아간다. 운, 복을 빌려고 신앙을 갖기도 한다.

지포가 삶의 유한성에 대한 문제의식이나 기복(祈福) 측면에서, 혹은 그의 표현처럼 '법열의 힘'을 얻기 위해 믿음의 생활을 하게 된 건 불혹의 나이에 접어들면서이다. 어디에 적을 두진 않았으나 그때부터 아침마다 서재에서 30여 분 반야심경 등을 외고 묵도(默禱), 좌선 등 재가불자처럼 수행 생활을 해 왔다. 어려운 환경에서 태어나 격동의 시대, 숱한 전환기를 겪으면서 자연스럽게 뭔가에 기대고 싶었을 터에 1963년 12월 맞은 어머니 박화덕 여사의 별세가 법열의 힘을 구하게 된 계기가 되었을 것이다.

일찍 홀로된 어머니는 남매를 키우면서 시아버지 봉양하랴, 제사와 차례 모시랴, 집안 살림 도맡아 하랴 어느 하루도 몸과 마음이 편할 날이 없었다. 여장부 기질이 있었던 그녀는 긴 담뱃대로 심사를 달랬을 지언정 이를 한 번도 내색하지 않았다. 그 처지에서도 때가 되면 끼니를 제대로 못 잇는 동네 사람들을 불러다 지은 밥을 나누었던, 후덕한 인품의 소유자였다.

며느리를 맞았지만, 지포가 객지에서 학교에 다녔던 관계로 아들네 식솔을 10여 년이나 거두었다. 지포가 학업을 다 마치고 교단에 서면서 광주로 분가해 나간 후에는 남은 논밭 뙈기를 부쳐 박봉에 시달리는 아들네의 식량을 댔다. 어머니는 한 해 추수가 끝나면 쌀가마, 콩자루 등속을 싣고 대학교수가 된 아들네로 가 몇 달 머무는 것이 그녀의 한해살이 마무리였다. 손자 셋에 손녀 넷을 봐 조상께 할 도리를 다한 박화덕 여사로서는 노년의 낙, 보람이라며 흐뭇해했을지 모르겠지만 힘에 겨운 일이었다.

운명하던 날도 시골에서 가을걷이를 마치고 광주 지포네에서 머물 때였다. 감기 기운이 있었던 둘째 손자에게 먹이려고 배에 황토를 발라 연탄불에 올려놓고선 "어지럽구나!" 하면서 방에 드러눕더니 그대로 운명하였다. 향년 69세였다.

자욕양이친부대(子欲養而親不待). 자식은 봉양하려 해도 부모는 기다려 주지 않는다. 임종도 지키지 못한 어머니의 한평생을 생각하니 무상하기만 했다.

회한, 덧없음에 지포는 '기원의 힘'을 구하게 되었을 것이다. 그것이 불혹의 나이에 들면서 아침마다 독경과 좌선을 하고, 원(願)을 세우고 그 원을 행하려는 자신만의 수행 생활을 하게 된 이유일 것이다.

부인 박금남 여사의 연원에 의한 원불교 입교

홀로 독경 수행을 해 오던 지포가 원불교에 입교한 건 원기(圓紀) 54년인 1969년이다. 그보다 10여 년 전에 귀의한 박금남 여사가 지포를 입적시켰다.

'원종(圓宗)'이라는 법명까지 받았지만, 법회가 열리는 교당에 나가진 않았다. 원불교의 교리나 사상에 대해 아직 잘 알지 못해 그랬을까. 회갑 날 가족들에게 고백했듯이 원불교에 적만 두었을 뿐 '지극히 냉정한 교도'였다. 그동안 해 온 대로 자신만의 아침 독경 생활을 계속하였다.

그랬던 지포가 제대로 원불교 신앙생활을 하게 된 건 1980년 광주민주화운동의 충격과 아픔을 겪고 나서이다. 전남대학교 총장 보직만이 아니고 교수직에서도 해직된 지포는 오랜 기간 두문불출 상태에서 정신적·육체적으로 매우 쇠약해져 있었다. 밤에 도저히 잠을 잘 수 없는 등 극심한 고통에 시달렸다. 그다운 의지로 몸을 추스르며 불경을 외고 명상하면서 '법열의 힘'을 얻으려고 했지만 좀처럼 안정을 찾을 수 없었다.

그러던 어느 일요일 아침, 법회에 참석하려고 원불교 광주교당에 가는 아내 박금남 여사를 홀연 따라나섰다. 입교하고 오랜 시간이 지나서야 비로소 교당에 나간 것. '나 홀로 수행'으로는 다다를 수 없는 경지, 넘어설 수 없는 경계에 부딪혀서 그랬을까…. 그날 이후로 법회에 늦을세라 먼저 채비하고 박금남 여사를 재촉해 함께 자택을 나서는 것이 지포의 일요일 아침 일상이 되었다.

원불교 신앙은 사은(四恩)에 감사하고, 보은하고, 복 짓는 생활 하는 것

원불교는 우주 만유의 생성 변화를 주재하는 궁극적 진리로서 둥근 원으로 상징되는 법신불 일원상(一圓相)의 진리를 신앙의 대상으로 하는 종교이다. 1916년 4월 28일 소태산 박중빈 대종사의 '큰 깨달음(大覺)'을 계기로 "물질이 개벽되니 정신을 개벽하자!"를 기치로 내걸고 1924년 '불법연구회'로 발족했다가 1948년 24장 225조로 된 교헌을 반포하면서 원불교라는 정식 교명을 사용하였다.

나의 생명과 생존, 세상의 안녕·질서와 관련하여 사은(四恩: 천지은, 부모은, 동포은, 법률은)[61]을 입었으니 늘 감사하고, 그 은혜에 보답하기 위해 네 가지 가르침인 사요(四要: 자력 양성, 지자 본위, 타 자녀 교육, 공도자 숭배)를 실천하여 세상을 구원하고 인류 사회를 발전시켜 이상적인 평등 세계를 만들며, 법신불 사은전에 심고(心告: 묵묵히 마음속으로 자기의 소원을 고백하고 뜻과 같이 이루어지기를 심축하는 일)와 기도를 드리면서 모든 사람과 사물을 부처님 모시듯 대하도록 가르친다. 교도들은 일원상 진리에 합일하는 인격 완성을 목표로 정신 수양을 통해 온전한 마음을 지키고, 사리(事理: 옳고, 그르고, 이롭고 해로움과 천지자연의 근본 이치) 연구로 깨달음을 얻으며, 작업 취사(作業取捨)를 통해 생활에서 몸과 마음을 원만하게 사용하는 공

---

61 '천지은'은 천지자연의 은혜, '부모은'은 삼세 부모의 은혜, '동포은'은 생명체 상호 간의 은혜, 그리고 '법률은'은 도덕과 규범의 은혜를 말한다.
이혜화. 2018. 『소태산 평전: 원불교 교조 박중빈 일대기』. 서울: 북바이북. 243쪽.

부를 한다.

원불교는 '생활이 불법이요, 불법이 생활이다.'라는 가르침에서 보듯 생활과 수행을 둘로 보지 않는다. 현실 생활이 곧 종교수행이 되게 하고, 종교수행을 통해 현실 생활에 도움을 줄 수 있는 종교를 지향한다. 그리고 수도하면서도(계율을 지키고, 마음을 다스리는 수양을 하고, 교리를 연구하면서도) 의·식·주 생활도 중시하는 '영육쌍전(靈肉雙全)'의 종교이다.[62]

이처럼 원불교의 신앙 대상은 생사 문제에 대한 개인적 깨달음이나 번뇌의 해탈, 구원을 넘어 가정·사회·세상·우주의 안녕과 질서로까지 확장되어 있다. 불생불멸과 인과보응의 우주관, 인생관에 생활관까지 망라된, 생사의 문제를 거시적·동태적으로 조망하면서 미시적·정태적으로 접근하는 종교라 할까. 그리고 그 가르침이 복잡하거나 관념에 치우치지 않고 평범하고 순(順)하며 물 흐르듯 자연스럽다는 느낌을 받는다.

일심으로 신앙생활을 하면서 심신의 안정 회복

교당에 나가면서 설법도 듣고 교리 공부도 하면서 '냉정한 교도'였던 지포는 원불교의 가르침, 일원상의 진리와 철학에 깊이 빠져들었다. 교전(정전, 대종경)을 정독하고, 수행과 공부를 많이 한 법위(法

---

62 앞의 책, 165쪽.

位)·법계(法階) 높은 교역자들의 법설을 경청하며 심오한 교리와 사상을 깨쳐 가면서 이치와 이법에 맞는 가르침에 크게 감화되었다. 교리에 따른 수행, 교리를 지키는 생활을 하려고 노력했다.

교단, 교당에서 벌이는 일과 사업에도 정성을 기울였다. 1983년 원불교 광주교구 교도들의 모임인 청운회 회장을 맡아 3년 봉사한 것을 시작으로 1987년 광주교당 고문, 1989년 광주교구 봉공회 회장, 1991년 중앙교의회 부회장을 역임하며 교단의 일을 거들었다.

교단에서는 지포의 공부와 수행, 교단 활동을 인정하여 원기 72년인 1987년 5월, '종산(宗山)'이라는 법호[63]를 수여하였다. 그리고 1988년 11월엔 '법사위(法師位)'를 부여하였다. 원불교의 법위·법계에 의할 때 지포가 받은 법사위(법강항마위)는 다음에 해당하는 법위등급이다.

'법강항마위(法强降魔位)는 육근을 응용하여 법마상전(法魔相戰)을 하되 법이 백전백승하며, 우리 경전의 뜻을 일일이 해석하고 대소 유무의 이치에 걸림이 없으며, 생로병사에 해탈을 얻은 사람의 위이다.'

---

63 법명은 원불교에 처음 입교해 교도가 된 누구에게나 주는 이름이다. 법호는 입교 후 공부와 사업 성적을 평가하여 일정한 수준에 이른 교도에게 부여하는 호칭으로서 남성교도에게는 '~산(山)'으로, 여성은 '~타원(陀圓)'으로 끝나는 법호가 수여된다. 박금남 여사의 법호는 '석타원(錫陀圓)'이다.

원불교 신앙을 갖게 되면서 궁극의 의지처, '법열의 힘' 얻어

원불교 공부와 수행을 하면서 지포의 표정이 깊어지고 맑아졌다. 청아해졌다. 1980년의 충격과 후유증에서 벗어난 듯 편안해 보였다. 이르려고 했던 곳에 안착한 모습이랄까. 오랜 세월 자신만의 독경 생활로 이룬 공부에 일원상의 진리에 대한 신심이 더해지며 인간의 실존 문제, 생사관에 대한 어떤 확신이나 해답을 얻게 돼 그랬을 것이다.

1987년 가을, 지포가 당시 원불교를 이끌던 대산(大山) 종법사[64]를 익산으로 방문했을 때 종법사가 지포에게 "모습에서 그동안 공력을 많이 쌓은 게 느껴집니다."라고 한 적 있었다. 법력(法力) 높은 종법사의 눈엔 그게 보였던 모양이다.

원불교 신앙을 갖게 되면서 지포가 궁극의 의지처, 그의 표현으로는 '법열의 힘'을 얻게 되었다는 것은 생전에 익산에 있는 원불교 공원묘지 '영모묘원' 내에 자신이 묻힐 곳을 마련해 둔 데서도 알 수 있다.

강의, 연구와 보직으로 늘 바쁜 가운데서도 지극정성으로 봉제사(奉祭祀)하면서 명절 차례를 지낸 후엔 꼭 자식들을 데리고 고향으로 내려가 성묘를 빠트리지 않았고, 문중의 일에 헌신했으며, 시골에서 일가들이 올라오면 하룻밤이라도 재워 보낼 정도로 종손으로서 도리를 다했던 지포, 〈토동가〉라는 마을 노래를 지을 정도로 애향심이 유별났던 그가 조상

---

64 종법사는 교단을 주재하고 밖으로 교단을 대표하는 원불교 최고 직위이다. 종법사가 임기를 마치고 나면 자동으로 상사(上師)가 되며 현직 종법사에 준하여 예우받는다. 원불교 교조(教祖)인 소태산 박중빈 대종사의 법통을 그동안 다섯 분(정산-대산-좌산-경산-현재의 전산)의 종법사가 이어받아 내려왔다.

원불교 대산 종법사(가운데 법복 두른 분, 그 우측이 지포)를 방문한 자리에서(1987년)

이 계신 고향의 선산이 아니고 사백여 리나 떨어진 곳에 자신이 묻힐 음택(陰宅)을 마련해 놓았을 정도로 원불교 신앙의 영향을 크게 받았던 것.

종손으로서 예와 도리는 이승에서 다하고, 저승에서는 일원상 법신불의 품 안에서 안식하고 싶어서 그러지 않았을까. 구도(求道), 깨달음의 길을 앞서 걸어갔던, 그리고 뒤따라 걸어올 도반들과 이승에서 채 못다 한 법신불 사은에 대한 보은의 도리를 다하고 더 깨달음을 얻으려고 그리하지 않았을까. 호남고속도로 익산 나들목 인근, 영모묘원의 볕 잘 드는 곳에 박금남 여사랑 나란히 영면 중인 지포는 묵묵부답이다. 맑은 새소리만 들릴 뿐….

원불교 신앙, 일원상의 진리에 대한 믿음이 자리 잡으면서 지포의 만년은 정돈되고 안정된 가운데 조용히 깊어 갔다.

'극일(克日) 의지의 표현'인 왕인 박사 현창 사업에 참여

> 박사 왕인이 일본 사회에 학문과 문화를 전수함으로써
> 비로소 일본문화가 창건

 캠퍼스에서 강의와 연구, 집필에 여념이 없었던 지포가 그 무렵 캠퍼스 밖에서 학문에 쏟았던 열정 못지않게 정성과 역량을 기울였던 일이 있다. 일본인들이 아스카(飛鳥)문화[65]의 시조요, 국민의 대은인으로 숭모하는 박사 왕인(王仁)의 현창 사업이다.

 독도 영유권 주장, 위안부 문제, 강제징용 배상 문제 등 사안마다 역사 왜곡과 사실의 부정을 일삼고 억지를 부려온 일본이 순순히 인정하고 있는 역사적 사실이 있다. 바로 백제인 왕인이 일본 천황의 초빙으로 『논어』 10권과 『천자문』 1권을 갖고 일본에 건너가 학문을 전수하고, 문자를 만들어 주는[66] 등 고대 일본문화의 발전에 이바지한 일이

---

65 7세기 전반 일본 아스카 지역에서 발달한 호화로운 불교문화와 시가(詩歌) 문학, 그리고 수많은 석조물과 고분 등을 망라한 문화권을 말한다.
민준식. 1987. 「논단 일본문화와 박사 왕인」 『월간 예향』 37(10). 광주: 광주일보사출판국. 165쪽.

66 751년 편찬된 일본 최초의 한시집 『가이후소』에는 "왕인은 일본어의 특질을 훼손하지 않고서 한자를 이용해 일어를 표현하는 방법을 개발하였다."라며 박사 왕인이 일본 가나

다. 일본 조정에서는 왕인에게 문인직의 우두머리인 문수(文首), 서수(書首)라는 존칭을 내렸음을 그들의 역사서인 『고사기』와 『일본서기』에 명확히 기록해 놓았다.

박사 왕인은 황실의 스승이자 정치고문으로서 치국의 원리를 강론했다. 이를 뿌리로 유학이 널리 보급되고 학교교육의 기틀이 놓이게 되었다. 일본에 갈 때 대동했던 도기공(陶器工) 등 사십여 명의 기술자들에 의한 전문기술의 전수에도 힘을 기울였다. 그뿐만 아니라 영농법을 개발·보급하고, 교통·운수 체계를 정비하는 등 고대 일본의 산업발전에 크게 이바지하였다.

왕인 박사가 세상을 떠난 후엔 그의 후예들이 위업을 이어받아 여러 분야에서 눈부시게 활약하였다. 대표적인 사람이 행기(行基) 대승정이다. 황실에서 서민 대중에 이르기까지 설법을 펼쳤던 고승으로서 50여 사원을 건립했으며, 뛰어난 토목기술로 치산·치도·치수 사업을 벌였다.

실로 왕인 박사와 그 후예들이 고대 일본의 정치·경제·문화·기술·불교 발전에 불후의 위업을 남겼다고 할 수 있다. 일본문화의 황금시대라 불린 아스카문화, 그 연장인 나라(奈良)문화, 그리고 오늘의 관동(關東)문화는 왕인의 학문과 문화의 전수를 뿌리로, 백제 불교의 전파를 정초(定礎)로 이룩된 것이다.[67]

를 창안했음을 적고 있다.
허문명 등. 2016. 『한국의 일본, 일본의 한국』. 서울: (주)은행나무. 42쪽.

67 민준식. 1987. 「논단 일본문화와 박사 왕인」. 『월간 예향』 37(10). 광주: 광주일보사출판국. 164~166쪽.

이러한 사실(史實)에 의거 일본은 에도 시대 중기, 오랜 고증을 거쳐 오사카의 히라카타시에 있는 왕인묘(傳王仁墓)를 찾아내 사적으로 지정하여 매년 11월 3일 추모제를 여는가 하면, 교토 등 여러 곳에 왕인 신사를 비롯해 마쓰하라 왕인 성당지, 왕인공원 등을 조성하여 기리고 있다. 1930년대 후반 도쿄의 우에노 공원에 건립한「박사 왕인비」의 비문 마지막 구절에는 다음과 같이 기록되어 있다.

'공자는 춘추시대에 태어나 만고불후(萬古不朽)의 인류 도덕을 밝혀 천하 만세에 유림(儒林)의 시조가 되었다. 박사 왕인은 공자가 사망한 지 760년 후 한국에서 태어나 일본 황실의 태자들에게 충신효제(忠信孝悌)의 도를 가르치고, 일본 내에 널리 전수하여 1653년간 전승시켜 왔다. 천고에 빛나는 박사 왕인의 위덕은 실로 유구유대(悠久有大) 함이 그지없어라.'[68]

일본엔 수많은 왕인 박사 유적지가 조성돼 있고, 참배객들의 향화(香火)가 끊일 날 없건만…

이렇듯 일본에서는 공자의 위덕에 필적하는 박사 왕인에 대한 숭경(崇敬)의 표시로 일본 전역에 수많은 유적지와 상징물을 조성해 놓고 있으며, 그를 기리는 참배객들의 향화가 끊일 날이 없는데 그가 태어난 영암 구림에는 터만 남아 있을 뿐 변변한 비석 하나 세워져 있지 않

---

68   앞의 논단, 166쪽.

았던 것이 1970년대 초반까지의 현실이었다.[69]

사단법인 왕인박사현창협회는 1973년 한국문화재보호협회 주관으로 학계, 연구기관 등으로 구성된 왕인박사유적지조사단의 영암 구림 답사를 계기로 그의 위업을 내외에 선양하고, 유적을 정비·보존하기 위한 기념사업의 추진을 목적으로 설립되었다. 초대 회장은 왕인박사 유적지조사단을 이끌었던 이선근 당시 동국대학교 총장이 맡았다. 창립된 협회는 정밀 현장 조사와 여러 차례의 학술대회, 세미나를 거쳐 광범위한 고증 끝에 전라남도에 왕인 박사 유적지에 대한 문화재 지정을 신청하였고, 그 결과 1976년 '전라남도 지방문화재 사적 20호'로 지정·공고되었다. 유적지 입구에 유허비(百濟王仁博士遺墟碑)가 건립되는 등 왕인 박사의 선양과 유적지 복원을 위한 민·관 공동 노력이 본격화되기 시작했다.

'극일(克日) 의지의 민족적 표현'으로서 왕인 박사의 위업 기리는 데 나서

이러한 상황에서 지포가 1985년 7월 5일 (사)왕인박사현창협회 제2대 회장으로 선임되었다. 지포가 왕인 박사의 현창 사업에 관여하게

---

69 영암 지역의 구비전설과 여러 기록에 의할 때 왕인 박사는 백제 시절 월나군(月奈郡) 이림(爾林)의 성기동(聖基洞), 바로 지금의 전라남도 영암군 군서면 동구림리 성기동에서 태어난 것으로 고증되고 있다. 당시 그곳엔 기단(基壇)과 주초(柱礎), 담장의 흔적이 있는 집터와 왕인 박사가 서재로 이용한 걸로 알려진 인근 산속의 석굴, 그리고 그 앞에 서 있는 왕인 박사 모습의 석상이 남아 있는 전부였다.

된 것은 아무래도 왕인 박사와 동향이라는 인연이 컸을 것으로 보인다. 왕인 박사가 태어난 영암 구림 성기동과 지포의 생가는 50여 리밖에 떨어져 있지 않다.

지포는 왕인 박사의 위업을 기리는 것이 두 가지 큰 뜻이 있다고 보았다. 하나는, 왕인 박사가 일본 사회에 학문과 문화를 전수함으로써 비로소 일본문화가 창건되었고, 그것을 뿌리로 그의 후손들과 백제에서 건너간 고승과 기술자들의 역할과 기여로 일본의 아스카문화와 그 연장인 나라문화가 개화되었으며, 그 후 관동문화로 이어져 오늘에 이르렀다는 엄연한 한일문화교류사의 재조명이다. 다른 하나는, 일본인들이 제 문화의 뿌리를 눈으로 보고 확인함으로써 역사적 죄악과 도덕적 반역을 참회하고 올바른 대한관(對韓觀)을 정립하여 진정한 국교 정상화와 한일관계의 새로운 좌표를 설정하도록 교화하는 것이다.[70]

학문과 문화를 전해 무지몽매한 일인들을 일깨워 준 박사 왕인이 태어난 땅 전라도가 그들이 조선을 식민 지배하는 동안 가장 수탈을 심하게 당한 사실을 직접 경험과 여러 연구를 통해 너무나 잘 알고 있었던 지포는 왕인 박사 현창의 의미를 '극일 의지의 민족적 표현'으로 깊고 원대하게 규정하였다.

무릇 같은 일을 하더라도 명분과 이유가 명확하고 정당하고 고상한가, 그렇지 않은가에 따라 그 일이 이루어지는 과정과 결과는 큰 차이를 보인다. 지포는 기회가 있을 때마다 지면을 이용하여, 그리고 육성

---

70   민준식. 1986. 「발간사」. 『성기동 창간호』. (사)왕인박사현창협회. 16쪽.

으로 왕인 박사 현창 사업의 의미를 애향심의 발로에 의해 이루어지는 일을 넘어 국가와 민족의 역사적 자긍심을 높이고, 일인들을 깨우치기 위한 과업으로 한 차원 높게 승화시켜 천명하고 피력했다.

2단계 왕인 박사 현창 사업의 결과 유적지가 복원·정비되고 '왕인 문화'의 토대가 구축

지포가 회장을 맡은 1985년부터 1990년대 초까지 이루어진 왕인 박사 현창 사업은 크게 세 가지였다.

먼저, 왕인 박사의 유적지가 그의 위덕에 걸맞게 복원·정비되었다.[71] 왕인 박사 탄생지에 '왕인묘(王仁廟)'가 그의 일대기를 그림으로 그려 전시한 전시관과 함께 건립되었다. 왕인 박사가 여덟 살에 입문하여 수학했고, 열여덟에 과시를 통해 오경박사[72]로 등용되어 후학을 양성했던 '문산재[73]'와 '양사재'가 탄생지에서 2㎞ 떨어진 문필봉 자락에 복원되었다. 흔적만 남았던 집터가 제 모습을 찾았고, 왕인 박사가 마셨다는 우물 '성천'이 정화되었다. 많은 사람의 배웅을 받으며 일

---

71 주관 관청인 전라남도(당시 전석홍 지사)의 왕인박사유적지 정비에 대한 의지가 사업 청사진 마련에서부터 준공 때까지 동 사업이 원활하게 추진되도록 하는 데 큰 역할을 하였다.

72 백제에는 박사라는 관직이 있었는데, 역(易)·시(詩)·서(書)·예(禮)·춘추(春秋) 등 경학에 통달한 석학에게는 오경박사라는 칭호를 부여했다. 앞의 논단, 161쪽.

73 문산재는 학덕이 높은 석학들과 각처에서 모인 우수한 수학자들이 경학을 익히던 곳으로 수많은 선비와 명유(名儒)를 배출한 학문의 전당이었다. 앞의 논단, 161쪽.

본으로 떠나는 박사 왕인 일행을 실은 돛배가 출항했던 곳으로 알려진 '상대포'에는 누각이 들어섰다. 유적지 복원 사업은 1987년 9월 26일 성공적으로 마무리되었다.

그리고 재일 교포 젊은이들이 자신들의 정체성을 찾기 위해 도보로 성기동 유적지에서 출발하여 강진→장흥→보성→광양→부산→시모노세키를 거쳐 오사카의 히라카타시 소재 왕인묘에 도착하는 '왕인 박사 도일(渡日) 경로 릴레이' 행사를 대판흥은(大阪興銀)과 협력하여 개최했다. 5백여 명의 재일 교포 2·3세 청년들이 20명씩 한 조로 백제 복식을 하고 1985년 9월 11일부터 11월 3일까지 52일간 이천오백 리 길을 행군하는 행사였다. 한국과 일본 양국 언론의 조명 아래 이루어진 이 행사가 우리나라에서 열린 왕인 박사의 위업에 대한 최초의 기념행사였을 것으로 생각된다.

또, 1986년 2월 정밀 실측을 토대로 왕인박사유적지 종합보고서라고 할 수 있는 『영암 왕인 유적의 현황』을 발간하였고, 10월엔 협회의 사업·활동 홍보지이면서 왕인 박사에 관한 연구학술지 역할도 하는 『성기동』을 창간하였다. 1988년부터 매년 음력 3월 3일 협회 주관으로 왕인묘에서 제례를 올렸으며, 1991년 이래 '왕인 한시 백일장' 행사를 해마다 개최하여 박사의 위업을 기렸다.[74]

이렇게 복원·정비된 왕인박사유적지와 위업을 기리는 각종 학

---

74 전석홍. 2022. 『왕인박사유적지 정화와 왕인박사현창협회(『성기동』 제15호 본책 부록)』. 광주: 솔기획. 43~81쪽.

술·문화 행사가 지포가 기대했던 '극일 의지'의 표상으로 자리 잡았다.

왕인박사유적지를 찾는 일본인의 발걸음이 늘고, 박사를 가교로 한 교류·협력도 활발해져

왕인 박사 현창 사업은 그 이후에도 계속되어 2004년 '왕인공원'이 조성되고, 2006년 '왕인학당'이 들어섰으며, 왕인 박사 일행의 도일 뱃길의 출발지였던 상대포의 옛 포구 모습을 되찾기 위한 '상대포 역사 공원화 사업'이 추진되어 2014년 마무리되었다.

유적지 정비를 완성한 후에는 왕인의 위업·위덕을 기리는 것을 문화로 정착시키는 노력이 이어져 왔다. 매년 벚꽃이 만발하는 시기에 봉행하는 '왕인춘향대제'와 더불어 학술강연회, 천자문·경전 성독 대회 등이 열리는 왕인문화축제가 개최되고 있다. 바야흐로 영암의 '왕인 문화'로 뿌리를 내리는 중이다.

왕인박사유적지가 복원되자 자기의 뿌리를 찾으려는 일본인 참배객들의 발걸음이 해마다 늘고 있으며, 왕인 박사를 가교로 한 영암군과 히라카타시, 민간단체 간 교류 협력도 갈수록 활발해지고 있다.[75]

---

75 (사)왕인박사현창협회와 영암군은 매년 11월 3일 히라카타시의 왕인묘에서 열리는 묘전제 제향에 참석하며, 묘전제 무렵에 '왕인천만궁'이 있는 간자키시에서 문화교류 행사를 열고 있다. 일본도 매년 4월 영암 왕인박사유적지에서 열리는 왕인춘향대제 행사에 참석하고 있다.

영암 왕인박사유적지의 현재 모습

　지포가 살아 있다면, 왕인 박사의 현창에 정성을 기울인 이유였던 '극일'의 길이 다져지는 현실에 몹시 흐뭇해하며, 이렇게 말하지 않을까.

　"잦은 왜란과 20세기 식민 지배로 골이 깊어졌지만, 그 이전에는 두 나라가 친밀한 관계를 유지해 왔던 사실과 문화적 동질성·유사성의 상호 인식을 기반으로 일본의 진솔하고 담대한 반성과 우리의 포용·화해가 한일문제의 답이다."라고.

　지포의 자취를 더듬으면서, 왕인 박사의 위업·위덕을 새삼 깨달으면서 문득 드는 생각이다.

전남대학교 고별강연

낙엽 휘날리는 용봉 캠퍼스에서 마지막 강의

1989년 11월 15일, 정년을 앞둔 지포가 마지막 강의를 하는 날이었다. 낙엽이 포도(鋪道) 위를 데굴데굴 굴러가는 캠퍼스. 1956년 가을 학기부터 전남대학교 강단에 섰으니 서른세 해 보아온 익숙한 풍경이 그날은 어떻게 보였을까. 달라 보였을까. 온화한 미소나 차분하고 구수한 음성은 평소와 다를 바 없었다. 강의할 때 특유의 제스처도 마찬가지였지만, 왜 감회가 우러나지 않겠는가. 노교수의 오랜 경륜, 수양에서 오는 절제력으로 드러내지 않는 것일 뿐.

4백여 년의 역사를 가진 경제학의 씨줄과 날줄을 넘나들며 강의가 물 흐르듯 이어졌다. 교수도, 학생들도 강의에 몰입하였다. 어느 사이 예정된 시간이 다 지났다. 남은 지식을 마저 학생들에게 건네고 돌아서는 지포의 모습이 잎도, 열매도 다 떨구고 고고하게 서 있는 창밖의 고목을 닮았다.

강의를 마친 지포는 학생들과 일일이 인사를 나누며 그들의 앞날을 축복해 주었다. 학생들은 긴 박수로 화답했다. 유종의 미, 아름다운 마무리였다.

고별강연에서 마르크스 경제학의 한계, 모순점 역설

고별강연의 주제는 마르크스(Karl Marx) 경제학이었다. 지포는 그해 봄 학기 대학원 정규과목으로 마르크스 경제학을 개설하여 강의한 바 있었다. 정부 수립 이후 대학에서 마르크스 경제학을 터부시하다 보니 『자본론』에 담겨 있는 모순점이 무엇인지 제대로 밝혀내지 못하고 있었는데 정부가 1988년부터 (중국, 소련과의 관계 개선으로 한반도의 평화·안정을 유지하고, 사회주의국가와의 경제협력을 통해 경제이익을 증진하려는) 북방외교를 추진하면서 상황이 바뀌자, 학계에선 경제학 연구의 새로운 지평이 열리게 되었다고 크게 반색했을 것이다.

정년을 앞둔 노교수에게 생각지 못한 '복'이 내렸다고 할까. 기쁘면서도, 한편으론 미답의 처녀림에 들어서는 숙연한 마음으로 강의를 개설했을 것이다. 그리고 학생들과 마르크스를 논하고 여러 관점에서 비판하면서, 인적이 드물었던 곳에 길을 내고 이정표를 세우고 지도를 만들어 두었을 터. 그런 연유로 고별강연의 주제도 그렇게 정했을 것이다.

지포의 고별강연 소식이 밖으로 알려졌던지 그날 광주일보는 이를 취재해 보도했다. 동 신문에 게재된 지포의 강연 요지는 다음과 같았다.

• 마르크스 경제학의 초점은 '공황-혁명 테제'에 의한 자본주의의 붕괴

마르크스 경제학은 매우 중요하다. 결과론적 역설일는지 모르지만, 자본주의가 마르크스의 예언대로 필연적 붕괴 과정을 거치지 않고 오늘

날과 같이 발전할 수 있었던 것도 마르크스 경제학이 있었기 때문이다. 마르크스의『자본론』은 현실적 시각에서 객관적으로 평가되어야 한다.

마르크스 경제학의 초점은 '공황-혁명 테제'로 볼 수 있다. 마르크스가『자본론』을 집필할 당시 자본주의사회에선 공황이 주기적으로 발생하고 있었다. 자본주의는 1873년 대공황[76]을 전기로 독점자본주의 단계로 전환하고 있었다. 마르크스는 독점자본주의 단계에서 노동자들이 더욱 궁핍해지는 '궁핍화 법칙'을 상정했다. 소수 독점자본가에게로의 자본집적과 자본집중 현상이 심화하여 노동 착취가 가속화됨으로써 노동자들은 절대적 빈곤 상태로 떨어지게 된다.

또 생산은 '상대적 과잉 상태'인 반면 소비는 '절대적 부족 현상'을 초래해 이 과정에서 공황이 주기적으로 발생한다. 즉, 자본주의적 생산 양식의 내재적 모순이 한계상황에 부딪히면서 주기적으로 공황이 발생하게 되고, 노동자들의 대량 해고로 이어진다. 실업자군(群)으로 전락한 노동자들은 빈곤과 궁핍을 더 이겨낼 수 없는 극단적 상황에 이르렀을 때 계급투쟁을 통해 혁명을 일으키게 된다. 이 이론이 바로 '공황-혁명 테제'이다.

• 자본주의가 붕괴하지 않은 이유, 마르크스가 예견 못 한 총수요관리 정책 등 방어 장치와 기술혁신 때문

---

76 영국 빅토리아 시대 후반기에 발생한 저성장의 세계 경제 위기로서 당시에는 '대공황(the Great Depression)'이라고 불렸으나 1930년대 세계공황이 발생하면서 '장기 불황(Long Depression)'으로 바꾸어 불렀다.

그러면 마르크스의 예언은 왜 빗나가고 말았는가. 자본주의가 노동자 계급의 혁명으로 붕괴하지 않고 어떻게 지속해서 발전할 수 있었는가.

그 이유는 마르크스가 '시대의 아들'이었다는 한계에서 찾을 수 있다. 마르크스는 고전파나 신고전파 경제학을 상정하여 자본주의의 내재적 모순을 예리하게 분석했으나 그의 사후에 벌어진 방어 조정 장치, 사전적 정책 장치는 예견하지 못했다. 자본주의 국가는 마르크스 경제학이 지적한 자본주의의 모순이 누적, 확대되지 않도록 사전에 많은 정책을 폄으로써 발전을 거듭할 수 있었다.

사전 방어 장치 가운데 대표적인 것이 케인스의 총수요관리정책이다. 1930년대 대공황은 자본주의사회의 위기였다. 마르크스가 예언한 혁명적 상황이 우려되는 현실에서 케인스는 고전파에 대한 반격, 마르크스에 대한 도전장으로 1936년『고용, 이자 및 화폐의 일반이론』을 출간했다.

케인스는 실업을 매우 중시하고 고용 증대와 부의 재분배를 위한 새로운 금융정책과 재정정책 논리를 창출, 총수요의 관리를 통한 반(反)순환적인 경기 조정 정책을 주장했다. 2차 세계대전 후 일본과 서독, 프랑스 등 선진 자본주의 국가들이 사회민주주의를 표방하고 나선 것도 케인스가 총수요관리정책을 주장한 것과 그 맥락을 같이한다.

또한, 마르크스는 자본주의사회가 끊임없는 기술혁신으로 슘페터(Joseph. A. Schumpeter)가 말한 '창조적 파괴(creative destruction)'를 일으켜 나갈 줄 예견하지 못했다. 선진국들은 고도 첨단기술, 미생물 과학, 전자혁명 등 새로운 기술혁신으로 '자본주의 엔진'을 더욱 활발하게 가동하고 있다.

그렇다면 소련과 동구권의 탈(脫)마르크스-레닌주의 경향의 현실에 비추어 자본주의는 과연 승리했는가. 이 문제는 장사 씨름을 하는 두 경쟁자 가운데 한편의 체력이 갈수록 쇠퇴하는 양상에 비할 수 있을 것이다. 일단은 자본주의가 체제적 우위성을 확보했다고 볼 수 있다.

자본주의 국가들은 자본주의의 내재적 모순을 극복하기 위해 앞으로도 다양한 정책적 조정을 펴 나갈 것이다. 그 과정에서 숱한 어려움과 문제점을 늘 안고 있다. 그 점에 있어선 누구도 이론이 없을 것이다.[77]

지포는 여러 관점에서 마르크스 경제학을 비판하며 자본주의의 체제적 우위성을 밝혔지만, 동시에 고별강연 끝에 "자본주의의 내재적 모순을 극복하기 위한 정책적 조정을 펴 나감에 있어 숱한 어려움과 문제점을 늘 안고 있다."라는 점을 분명히 지적했다. 이는 자신을 비롯한 경제학자와 경제정책 당국을 향해 분발을 당부하는 메시지로 보인다.

---

[77] 1989.11.15. 자 광주일보 「민준식 전남대 교수 고별강연(抄)」 기사에서 수정 인용.

40년 강단 정년퇴임

봄을 재촉하는 비가 부슬부슬 내리는 날, 정년퇴임의 자리 가져

사회 생태계의 유지·순환을 위해 정년 제도를 두었을 터이고, 일의 성격 등을 고려하여 정년 나이를 정했을 것이다. 대학교수라는 직업의 매력 하나는 '65세 정년'이리라. 강단에서 분필 가루를 마시며, 비좁은 연구실에서 책에 묻혀 평생 학문 연찬과 인재 양성에 헌신한 학자들에게 주어지는 국가의 은전(恩典) 같은 것이다.

1990년 2월 23일, 지포가 정년이라는 제도에 의해 전남대학교를 떠나는 날이었다. 봄을 재촉하는 비가 부슬부슬 내렸다. 경영대학 소강당에 정년퇴임식장이 마련되었다. '頌 芝圃 閔俊植 敎授 停年 退任式 功(송 지포 민준식 교수 정년 퇴임식 공)'이라 쓰인 현수막이 걸린 식장 안은 밖의 궂은 날씨와는 사뭇 다르게 잔잔한 실내악 연주와 단상 주변 빼곡히 놓인 화환과 꽃바구니로 아늑하고 향기로웠다. 강당을 가득 메운 하객들의 표정도 밝았다.

퇴임의 자리에서 대학은 경제학자로서, 교육행정가로서 지포의 학문적 성과와 대학 발전의 업적을 기렸다. 정부는 그동안의 노고와 공로에 대해 국민훈장 모란장을 수여하였다. 참석한 많은 이들이 축하와 축원의 뜻을 표했다.

축하의 인사를 다 받고 난 지포는 교단과 캠퍼스에서 보낸 40여 년의 교육계 인생을 마무리하는 소회를 담담하면서도 다소 비장한 어조로 밝혔다. 그 키워드는 '감사', '참회', 그리고 '수양 정진'이었다.

40년 교육 인생을 마무리하는 소회의 키워드는 '감사', '참회', 그리고 '수양 정진'

"오늘 이 자리가 있기까지 오랜 세월에 걸쳐 직접, 간접으로 보살펴 주시고 베풀어 주신 많은 분의 깊은 은혜에 대하여 마음 깊이 감사드립니다.

지난 40년 교단생활을 겸허하게 돌이켜 보고 반조해 볼 때 한낱 범부중생(凡夫衆生)으로서 너무나 범연(泛然)하게,[78] 너무나 만연(漫然)하게,[79] 너무나 무위(無爲)하게 살아온 데 대해 깊이 참회하고 경건한 마음으로 기도드리고 싶은 심정입니다.

40년이라는 긴 세월이 흘러갔음에도 그동안 깨치지 못하고 헤어나지 못한 채 오늘에 이르렀습니다. 또한 본 대학에서 저에게 베푼 그 깊은 은공에 보답하지 못한 채, 거기에 상응할 만한 지극 보은을 다 하지 못한 채 무위하게 살아온 저 자신에 대하여 깊이 회개하고 있습니다.

---

78 '두드러진 데가 없이 평범하다.'라는 뜻이다.

79 '일정한 목표가 없이 되는 대로 하다.'라는 뜻이다.

창공에 흘러가는 저 구름을 보고 있노라면 마치 천체가 드리우는 그림자같이 보일 때가 있습니다. 우리 인간들도 제각기 자기 모습의 그림자를 이 세상에 드리우며 그 귀중한 시간을 뜻있게 보내기도 하고, 무위하게 보내기도 하면서, 또한 그걸 거듭하면서 살아간다고 봅니다. 저는 그 긴 시간을 너무 무위하게 허송해 버리고, 정년의 문턱에 이르러 비로소 인생무상을 홀로 되뇌면서 과거에 대해 뉘우치고 회개하고 있습니다. 이렇게 무위하게 살아온 저에게 부지불식중 세월은 흘러 오늘, 이 뜻깊은 정년을 맞이하는 은총이 내려진 데 대해 감사 무량할 따름입니다.

이제 교단을 떠나면서 절실하게 느껴지는 것이 한, 두 가지 있습니다.
학문의 길이란 어렵고 험난하기 이를 데 없습니다. 학문의 깊이와 넓이란 끝도 갓도 없는 마치 무변대해(無邊大海)와 같은데 저의 경우는 너무나 어설프게, 너무나 서툴게 그 무변대해를 몇 발짝 헤엄쳐 나가지도 못하고, 물속에서 허우적대기만 했습니다. 『대학』에서 밝히고 있는 '격물치지(格物致知)'의 이법을 터득하지 못했기 때문이라 생각합니다. 학문이란 절차탁마의 각고 없이는 이루어질 수 없다는 사실을 이렇게 인생이 저물어 가는 무렵에야 깨쳤으니 저 자신이 얼마나 어리석은지 모르겠습니다.

옛날부터 교육자에게는 높은 인격과 수양을 요구해 왔습니다. 그리고 부단히 덕행을 닦는 교육자상을 바라 왔습니다. 어렵고 외로운 것이 교육자의 길인데 40년 동안 걸어온 제 모습을 겸허하게 관조해 보면 너무나 어설픈 절름발이 교육자였음을 자인하지 않을 수 없습니다. 그래서 이렇게 정년에 이르러 절름발이 자화상, 미완성 자화상을 홀로 그리며 뉘우치고 있는 것입니다.

바람과 구름, 비와 이슬, 산과 물을 음미하며 고요의 세계, 입정(入定) 세계에서 기도하며 보내려

이제라도 남은 삶이나마 참된 자화상을 그리고, 참된 수행의 길을 닦으려고 명념(銘念)하고 있습니다. 인간의 다섯 가지 욕망에서 벗어나고, 모든 착심-집착, 애착, 탐착, 편착-을 내려놓으며, 인생이란 무상의 바다라는 사실, 나 스스로가 공허한 것, 있는 것 같지만 없는 것, 즉 '색불이공 공불이색 색즉시공 공즉시색(色不異空 空不異色 色卽是空 空卽是色)[80]의 진리를 터득하는 것이, 그리고 더 나아가 불생불멸의 이법과 생과 사는 둘이 아닌 하나라는 사실을 깨닫는 것이 저의 앞으로 유일한 서원(誓願)입니다. 남은 생은 바람과 구름, 비와 이슬, 산과 물을 조용히 음미하면서 고요의 세계, 입정(入定) 세계에서 기도하며 보내려고 합니다.

---

80 색(色)이 공(空)과 다르지 않고 공과 색이 다르지 않으며, 색이 곧 공이요 공이 곧 색이다. 『반야심경』에 나오는 구절로서 색은 형상 있는 현실 세계, 공은 형상 없는 본래 자리를 말한다. 우주 만물 중에서 눈에 보이지도 않고 손에 잡히지도 않는 형상 없는 것(空)이 형상 있는 것(色)과 서로 다르지 않으며, 불생불멸의 진리를 따라 형상 있는 것(色)은 형상 없는 것(空)으로 바뀌고, 형상 없는 것(空)은 다시 형상 있는 것(色)으로 나타난다는 뜻이다.

끝으로 초창기 전남대학교에 봉직할 때의 교육환경과 오늘의 모습을 비교할 때 실로 격세지감, 금석지감을 금할 수 없습니다. 그동안 많은 구조물, 많은 시설물이 들어서는 등 이 용봉대는 용이 날고 봉황이 하늘 높이 오르듯 그야말로 양적 규모의 거대화와 질적 비약을 거듭해 왔습니다. 이제 개교 40년의 문턱에 서 있는 우리 전남대학교는 명실공히 우리나라의 명문 대학으로 웅비하고 있습니다. 전남대학교의 잠재적 기운, 대학의 바이탤러티(vitality)는 무한합니다. '용봉대(龍鳳臺)'에서 많은 영재가 배출되고, 모든 학술 분야에서 금자탑이라 불릴 업적이 창출되고 그것이 계속 축적되리라 확신합니다. 여러 교수님, 계속 정진해 주시길 간곡히 당부드립니다.

우중에도 불구하고 오늘 참석해 주신 내빈 제현님들과 제 퇴임 행사를 준비해 주신 대학 관계자 여러분께 진심으로 감사드리며, 전남대학교의 무궁한 발전을 빕니다."

퇴임을 축하하러 온 하객들에게 고해성사하듯 참회와 회개의 자세로 진솔하게 정년에 임하는 심경을 토로하는 지포의 퇴임사에서 잔잔한 감동이 느껴졌다. 장내가 숙연해졌다. 지긋이 하객들을 바라보는 지포의 눈자위도, 그 아래 풍부한 와잠(臥蠶)도 상기돼 보였다. 이것도 윤회의 과정이요 회자정리(會者定離)임을 잘 알건만, 오랜 세월 수양했어도 40년 인연과의 이별인데 어찌 평정을 유지하기 쉬웠겠나.

하객들이 자리에서 일어나 단상을 내려온 지포가 식장을 나갈 때까지 박수로 석별의 정을 표했다. 전남대학교 후배 교수들이 '이 시대의 마지막 선비'라 불렀던 지포에 대한 경의의 표시이기도 했다.

지포는 오랜 세월 가꾸고 길렀던 전남대학교를 그렇게 떠났다. 그러고 보니 그의 호 '지포(芝圃)'는 평생을 머물며 광주·전남 지방의 동량들을 키워온 터전, 용봉대를 말함이었다.

소련의 개혁·개방 노선이 북한의 경제정책 변화에 미칠 영향 연구

> 소련의 개혁·개방으로의 대전환 과정을 경제학자의 시각으로 지켜보면서 연구 주제 떠올려

나이 기준의 제도적 정년은 맞았지만, 노학자의 학문에 대한 열정에는 전혀 변함이 없었다. 전남대학교에서 퇴임한 지포는 광주에 있는 호남대학교 객원교수로 몸담고 그동안 못다 한 연구와 저술에 힘썼다.

당시는, 미하일 고르바초프(Mikhail Gorbachev) 소련공산당 서기장이 1986년 '페레스트로이카(Perestroika: 개혁)'와 '글라스노스트(Glasnost: 개방)'를 표방하고 광범위한 정치·경제 개혁을 추진한 지만 5년이 지난 시점이었다.

'미하일 고르바초프의 혁명'이라 평가하는 소련의 개혁·개방으로의 대전환 과정을 경제학자의 시각으로 지켜보고 있었던 지포는 그것이 소련과 동유럽 여러 나라에서 공산당 일당 독재를 붕괴시키고 민주화의 바람을 일으켰을 뿐만 아니라, 부분적으로 시장경제원리를 도입하여 경제 개혁을 추진하는 기폭제로 작용하는 것에 주목하였다. 나아가 동서 화해 분위기와 새로운 데탕트(detente)의 촉매가 되어 20세기 말 세계사의 전개 과정에 새로운 조류가 창출되는 것을 목격하였다.

자연스럽게 연구 주제가 떠올랐다. 페레스트로이카가 주체사상으로 사회주의 체제를 고수하는 북한에 어떤 영향을 미칠 것인가. 소련의 개혁주의 노선으로의 대전환이 북한의 대외 개방과 경제정책, 그리고 남북 관계에 어떤 변화를 일으킬 것인가.

연구 주제에 접근하기 위해 먼저, 페레스트로이카의 경제정책 모형으로서의 기본 성격과 페레스트로이카 이후 소련의 경제제도 개혁 과정부터 살펴보았다. 그리고 그 과정에서 나타난 소련경제의 추세적 성과와 당시의 실상을 점검하였으며, 회생 불능의 경제적 위기 국면으로 함몰하게 된 구조적 요인을 분석하였다. 페레스트로이카 이후 소련경제의 실체에 대한 해명 없이는 그것이 북한의 경제정책에 미칠 영향을 정확히 예측할 수 없다는 판단에서였다.

이어서 남북한의 주요 경제지표와 무역구조 비교를 통해 북한경제의 실상을 파악하였다. 북한의 극심한 경제 침체가 폐쇄적·중앙집권적 경제 체제, 경제개발 전략의 실패, 사회간접자본의 낙후, 그리고 기술 수준의 열위(劣位)에서 비롯됨을 밝혔다.

이러한 선행 작업을 토대로 소련의 페레스트로이카의 영향을 받아 북한이 폐쇄적 계획경제의 구각(舊殼)을 깨고 개혁과 개방으로의 대전환을 유도해 낼 수 있을 것인가에 대해 고찰하였다.

북한이 페레스트로이카의 직접 영향을 받지 않더라도
경제 활로를 찾기 위해 점진적 개방 불가피

연구 결과 지포는 북한이 페레스트로이카의 영향을 직접적으로 받지는 않을 것으로 보았다. 페레스트로이카는 비단 경제 개혁만이 아니라 기존 정치체제가 무너지고 정치적 민주화가 급속하게 진전되는 체제 개혁도 일으키는데, 주체사상에 기반을 두고 사회주의 체제를 고수하고 있는 북한으로선 이를 용인하지 않으리라 예견했다. 또한, 페레스트로이카 이후 소련경제가 극심한 '슬럼프플레이션(slumpflation)'[81]의 함정에 빠져 자체 회생력을 상실할 만큼 구조적 위기에 처해 있는 것을 보면서 그 전철을 밟지 않으려는 이유에서도 소련형 경제 개혁 패턴에 대한 북한의 거부반응이 더욱 거세질 것으로 전망했다.

그러나 경제적 파탄에 직면해 있는 긴박성 때문에 그 활로를 찾기 위한 전략으로서 점진적인 개방화 노선을 취하지 않을 수 없을 것으로 예측했다. 즉, 주체사상과 체제 수호라는 대명제하에 주체적 논리에 의해 북한경제의 대외 개방을 시도하리라 보았다.

이처럼 북한이 불가피하게 경제를 개방해야 할 경우, 개방과 경제 개혁은 새의 두 날개와 같이 상호보완적이면서 상호촉진 관계여서 동시 병행적으로 추진될 수밖에 없으므로 경제제도의 개혁도 일어날 것으

---

81 시카고대학 경제학자 밀턴 프리드먼(Milton Friedman)이 1976년 노벨경제학상 수상 기념 강연에서 처음 사용한 용어로서 마이너스의 경제성장과 실업이 격증하는 상황에서 인플레이션이 발생하는 경제 병리 현상을 말한다. 플러스의 경제성장이 감속하며 인플레가 발생하는 스태그플레이션을 거치지 않고 바로 마이너스 성장으로 침체하는 국면을 가리킨다.

로 보았다.

그리고 국제정치적으로는 데탕트의 기류가 확산하고 있지만 경제적으로는 권역별 블록(block)화 경향이 심화함에 따라 대외 개방이 불가피한 북한이 남한과의 경제 교류와 협력을 우선하지 않으면 안 될 것으로 예상했다.

학자로서 연구 지평이 공산권 경제로까지 확장되는 의미 거둬

결론적으로, 소련의 페레스트로이카가 북한에 직접적인 영향을 미치진 않겠지만, 그로 인해 소련과 동구로부터 자원, 자본재의 도입이 격감하면서 경제난이 가중됨에 따라 북한으로선 활로를 찾기 위해 경제의 개혁·개방으로의 전환이 불가피하고 남북 간 경제협력의 필요성도 더욱 커질 것으로 내다보았다.[82]

이 연구는 북한연구학회가 1991년 12월 '페레스트로이카와 남북한'을 주제로 발간한 『북한연구총서 1』에 「소련 페레스트로이카의 북한 경제정책 변화에 미칠 영향」[83]이라는 제목으로 권두에 발표되었다.

이 연구를 통해 개혁 전후의 소련경제와 북한경제의 실상을 파헤침

---

82   민준식. 1991. 「소련 페레스트로이카의 북한 경제정책 변화에 미칠 영향」 북한연구학회 『북한연구총서』 1: 77-87쪽.

83   「소련 페레스트로이카의 북한 경제정책 변화에 미칠 영향」에 대해서는 2부 9장 더 참고.

으로써 지포의 연구 지평이 공산권 경제로 확장되는 의미가 있었다. 아울러 레이거노믹스라는 혁명적 정책 실험과 미국경제의 현주소를 해부해 본 바 있는 지포로서는 페레스트로이카의 전개 과정과 그 경제적 귀결까지 논구하며 20세기 말 자본주의 시장경제와 사회주의 경제를 대표하는 두 나라에서 이루어진 대변혁 과정을 분석·평가하는 학문적 성과를 거두었다. 양 체제의 결함과 비교 우위 모두 확인할 수 있는 값진 연구 결과였다.

20세기 100년에 걸친 경제학의 조류 변화에 대한 집필에 나서

경제 세계관, 경제철학, 학설, 이론적 프레임워크의 변혁 과정을 정리해 그 함의 조명

사람들은 인위적으로 구분한 시간의 흐름이 끝나면 그 시간을 되돌아보고, 평가하고, 의미를 부여해 마무리하려는 경향이 있다. 일기를 쓰고, 월말 결산을 하고, 연보와 10년사 등을 발간하는 이유이다.

지포가 정년 후 연구와 저술, 원불교 신앙생활, (사)왕인박사현창협회의 일로 소일하며 보내던 때는 바야흐로 20세기의 마지막 10년대. 세계적으로나, 조그만 반도 국가 한국으로 봐서나 그야말로 격동의 한 세기가 저물어 가고 있었다.

자신이 세기말의 시간 좌표 선상에 놓여 있음을 문득 인식한 지포는 한 세기에 걸친 근대 및 현대 매크로 경제학의 지적 조류를 조감해 보고 싶었다. 한 세기라는 장구한 시간이 지나면서 자본주의 경제의 수많은 구조적 특이성의 변전과 더불어 매크로 경제학의 엄청난 이론적 변혁을 일으켜 온 과정과 지적 흐름의 특징을 논구하고, 당시 경제학이 어떠한 현상에 놓여 있으며, 새로운 지(知)의 지평을 향해 어떤 모색의 와중에 있는가를 추구해 보는 것은 세기말을 보내는 경제학자에게 매우 의미 있는 일이었다. 꼭 마무리해야 할 과제로 여겨졌다.

20세기 경제학의 지적 조류, '케인스혁명과 그에 도전한 통화주의 학파 등의 반혁명의 궤적'으로 인식

지포는 20세기 경제학의 지적 조류의 큰 특징을 '케인스혁명[84]과 그에 도전한 통화주의자 등 여러 학파가 일으킨 '반혁명[85]의 궤적이라 인식했다. 케인스의 이론을 '날'로 하고, 프리드먼(M. Friedman) 등 반(反)케인스 진영의 이론을 '씨'로 하여 전개된 직물 짜는 과정에 비유했다.

1930년대 세계경제가 공황의 심연에 빠져 있을 때 (자본주의 경제는 내재적 자동 조정 메커니즘을 통해 완전고용 균형으로 회복된다는) 고전파 경제이론으로는 심각한 공황의 요인을 명쾌하게 해명할 분석 도구도 없었으려니와 이에 대처할 아무런 정책 장치도 제시하지 못했다. 케인스는 1920년대 중반부터 자본주의 내부구조의 변화 과정을 거

....

[84] 경제학사에서 경제 세계관, 철학, 학설의 대전환이 일어났을 때 이를 기리기 위해 '경제학의 혁명'이라 평가했는데 그러한 혁명으로 스미스(Adam Smith)혁명, 리카도(David Ricardo)혁명, 한계혁명, 케인스혁명을 꼽아 왔다.
     민준식. 1992. 『20세기 경제학의 조류: 케인스혁명과 반혁명의 궤적』 서울: 대왕사. 314쪽.

[85] '반혁명'은 밀턴 프리드먼이 1970년 「화폐이론에 있어서 반혁명(The Counter-Revolution in Monetary Theory)」을 발표하며 자신이 구축한 화폐수량설로 케인스혁명의 탑을 무너뜨리겠다는 의미로 사용한 용어지만 지포는 케인스 경제학을 비판했던 여러 학파의 반케인스주의 비전을 모두 망라한 개념으로 사용했다.

시적·종합적으로 해부·검진한 끝에 '생산능력에 대응하는 유효수요의 부족이 세계공황의 근원적 요인'이라 통찰하고, 수요 측면에서 경제의 전 순환과정을 분석하고 자본주의 경제의 안정과 번영을 위한 새로운 정책체계의 창출에 심혈을 기울였다. 12년 각고의 노력을 기울인 결과가 1936년 출간된『고용, 이자 및 화폐의 일반이론(The General Theory of Employment, Interest and Money)』(이하『일반이론』이라 한다.)이었다.

케인스는『일반이론』[86]에서 고전파 경제학을 근본적으로 부정하고 새로운 경제 세계관, 새로운 학문적 체계를 제시하며 경제이론에 대변혁을 일으켰다. 불균형 시장관에 기초한 거시경제 분석, 이론 모델, 유효수요의 원리, 유동성선호설, 그리고 종합적인 총수요관리정책 등 새로운 이론적 프레임워크와 정책 패러다임을 창출했다.『일반이론』은 젊은 경제학자들 사이에서 위기에 빠진 자본주의 경제를 구원할 수 있는 유일한 복음서로 인식되며 빠르고 폭넓게 파급되었으며, 정부 정책에 깊숙이 반영되었다. 그리하여 '혁명'이라 불리며 탄생한 케인스 경제학은 1940년대부터 1970년대 초반까지 경제학의 주류로서 한 시대를 풍미했다.

---

86 케인스는 고전파의 완전고용 균형이론을 경제의 전 순환과정에서 오직 완전고용 상황에서만 적용되는 '특수한 이론'이라 배격하고 독점자본주의하에서 상태화(常態化)된 불완전고용 상황의 균형 체계를 논증한 '일반적인 이론'이라는 의미에서, 그리고 영국 사회만을 배경으로 하는 분석과 정책 논리가 아니라 자본주의사회의 일반적 상황에 확대 적용할 수 있는 이론이라는 점에서 책의 제목을 그렇게 붙인 것으로 알려져 있다. 앞의 책. 24쪽 및 26쪽.

그러다 통화주의 학파가 1970년 케인스혁명에 대한 '반혁명'의 기치를 내걸고 케인스 경제학에 대한 반격의 포문을 터트리자 뒤이어 합리적기대파, 공급중시파 등 반케인스 진영의 여러 학파가 나타나며 매크로 경제학에 엄청난 이론적 변혁이 일어났다.

지포는 이러한 '케인스혁명과 반혁명'이라는 줄거리를 축으로 케인스학파, 통화주의 학파 등 20세기에 대두했던 여러 학파의 비전, 모델, 이론체계 및 정책 논리의 기본적 특징을 논구하고, 그동안 나타난 정책효과의 실험적 귀결을 통해 그것들의 정당성 여부를 신중하게 평가하며, 집필 당시의 여러 가지 경제 현상을 조감하여 경제학계가 안고있는 당면 과제를 제시하고자 했다.

연구와 저술에 몰입하다 보니 만년의 하루가 어떻게 가는지도 몰랐다.

암과 투병하며 집필을 다 끝내고 운명

'체증(滯症)이 있어 그러나…'

20세기 경제학의 사조(思潮)와 그 함의를 엮어 나가느라 여념이 없던 1992년 봄. 언제인가부터 지포는 음식물을 삼키는 데 어려움을 느꼈다. 그래서 밥에 참기름을 넣고 비벼 들거나 죽, 누룽지를 찾았다.

'체증(滯症)이 있어 그러나….'

대수롭지 않게 생각하고 집필에만 몰두했는데 시간이 갈수록 잦아졌다. 숫제 식사를 거를 때도 있었다.

느낌이 좋지 않았던 박금남 여사는 병원에 가 보길 몇 번이나 권했다. 한 세기에 걸친 매크로 경제학의 변혁 과정을 개관하며 학파 간 제기와 논쟁, 논쟁과 합의, 비판과 반비판의 논점을 분석하고 논증하느라 이상 징후를 알고도 펜을 놓지 못하던 지포로서도 노처의 거듭되는 간청에 마냥 미룰 수 없어 전남대학교 병원을 찾았다.

며칠 검사를 받았다. 식도암 말기 판정을 받았다. 생각지도 못한 결과를 전해 듣고 박금남 여사를 비롯해 온 가족이 대경실색했지만, 정작 지포는 평정을 유지했다. 병의 진행 정도와 치료 가능성에 대한 의사의 설명을 다 듣고 나서 담담하게 받아들였다. 누구에게나, 언젠가는 닥치게 될 일이지만 막상 당하고 보면 큰 충격을 받기 마련인데 별

다른 동요의 기색을 보이지 않았다. 예상한 결과라 그랬을까. 오랜 수양과 원불교 신앙, 절제력으로 그 엄청난 충격을 이겨냈을 것이다.

항암치료를 한 번 받고 나서 지포는 더 이상 병원에 가지 않았다. 병이 깊을 대로 깊은 마당에 가망 없는 치료에 매달리고 싶지 않아 했다. 퇴원하고 놓았던 펜을 다시 잡았다. 한사코 만류에도 불구하고 병원에서 나온 것도 그 때문이었다. 저술의 마무리를 얼마 남지 않은 삶의 목표로 정한 것 같았다. 이제 그건 경제학자로서 학문 인생의 마지막 장(章)을 마무리하는 일이 되었다.

5월 중순, 거처를 서울 사는 셋째 딸네로 옮겼다. 집필에 전념하려고, 그리고 주변에 모습을 보이고 싶지 않아 그랬을 것이다. 딸네에서 기거하며 책과 원고지에 둘러싸여 보내는 나날이 계속되었다. 병세는 하루가 다르게 나빠졌다. 먹은 걸 삼킬 수 없으니 야위어 갔다. 고통으로 잠을 이루지 못했다. 병원에 있었더라면 그런 고통에서 얼마간 벗어날 수 있었을 텐데…. 복더위 속에서 묵묵히 펜만 굴렸다.

치료를 포기하고 경제학자로서 학문 인생의 마지막 장의 마무리에 여력 쏟아

극도로 쇠약해지고, 육체적 고통이 이루 말할 수 없었으나 눈매는 여전히 깊고 부드러웠다. 암세포가 그의 정신력만은 침범하지 못했다. 그가 말한 '법열의 힘'이 병마로부터 그의 맑은 영혼을 지켜내고 있었으리라. 1930년대 대공황을 맞아 고전파 경제이론으로는 심각한 공황의 요인 해명도, 대처할 정책 제시도 못 하는 속수방관의 상황에서 새로운 정책체계를 창출했던 케인스와 이후 대두된 그 반대파의 논쟁으로 점철된 20세기 거시경제이론의 변혁 과정을 정리하고, 평가하고, 함의를 도출하는 데 여력을 다했다. 정적이 감도는 방에서 이따금 받은기침 소리만 새 나왔다.

몇 달이 흘렀다. 조석으로 서늘한 바람이 불어오던 어느 날, 지포는 힘겹게 펜을 내려놓았다. 수척해진 얼굴에 잔잔한 미소가 떠올랐다. 아직 정신이 온전할 때 원고를 끝내게 되어 다행스러웠을 것이다. '이제 다 마쳤다…'며 안도했으리라.[87]

원고를 마무리해야 된다는 일념이 그동안 그를 버티게 한 듯 집필을 끝내고 얼마 되지 않아 지포는 혼수상태에 빠졌다. 전남대학교 병원에 머물렀다. 임종이 가까워지자, 그가 바란 대로 중흥동 자택으로 돌아왔다. 그리고 원불교 일원상이 모셔진 방 안에서 이내 편안히 눈을 감았다. 1992년 9월 24일(음력 8월 28일) 오후 3시 30분, 향년 67세였다.

남녘의 '빼앗긴 들'에서 태어나 호롱불 아래서 공부해 경제학자로 성장하여, '용봉골 지치 밭' 전남대학교에서 인재를 기르며 학문 연구에

---

87 지포가 말기 암 상태에서 초인적인 의지로 마무리했던 원고는 바로 출판사로 보내졌고, 운명 후 한 달 뒤인 1992년 10월 『20세기 경제학의 조류: 케인스혁명과 반혁명의 궤적』이란 제목으로 출간되었다. 이에 대해서는 2부(저술을 통해 본 지포의 학문 세계) 8장 참고.

열정을 다 쏟았던, 수신·수양에 힘쓰고 '법열의 힘'을 얻으려 늘 정진했던 한평생이었다.

원불교 교회연합장으로 발인식을 마치고 익산 영모묘원에 안장

발인식은 이틀 뒤인 9월 26일 오전 9시 30분, 원불교 광주교당 2층 대법당에서 열렸다. 천도 법문, 독경 및 축원문, 종법사 법문, 설법이 이어지는 가운데 원불교 성가가 숙연하게 울려 퍼졌다.

〈생멸 없는 고향으로〉

가신들 아주 가심 아니시건만
또 오실 길이건만 슬프옵니다
이 세상의 애착 탐착 모두 다 놓으시고
청정한 마음으로 고이고이 쉬옵소서

자취 없는 고향으로 떠나시는 임이시여
떠나심도 다시 오실 약속이라 믿사오니
새 몸으로 이 세상에 또다시 오실 때엔
성불 제중 크신 서원 더욱 굳게 세우소서

유족과 추모객들의 기원 속에 지포는 전라북도 익산시 왕궁면에 있는 원불교 영모묘원 햇볕 잘 드는 곳에 안장되었다. 봉분이 없는 평토장이었다. 그로부터 16년 뒤인 2008년 늦가을, 박금남 여사도 열반에 들어 지금은 부부가 사이좋게 나란히 묻혀 있다. 집착과 괴로움 모두 떨치고, 청정함을 누리며 고요히 쉬고 있다.

2부

저술을 통해 본
지포의 학문 세계

경제학자로서 지포의 연구 대상은 지역사회·지역경제 개발에서부터 일제 및 미군정 시대의 한국경제, 현대 한국경제, 스태그플레이션 현상, 미국경제, 소련 등 공산권 경제, 경제학의 사조(思潮) 등으로 시·공간적으로 끊임없이 확장됐으며, 특정 시점의 정태적 연구에서 오랜 기간에 걸친 동태적 연구로 변화되었다.

그것은 학자로서 경륜이 쌓이면서 학문의 철학, 세계관도 바뀌는 데다, '경세제민'의 학문으로서 경제학의 연구도 늘 세상의 움직임과 맥과 궤를 같이하며 시대적 상황과 요구를 반영해 그리되었을 것이다.

2부에서는 간추린 저서와 논문에 나타난 지포의 경제철학, 사상을 살펴보았다.[88]

---

[88] 지포의 저술을 요약·정리한 내용이어서 저술에서 인용하거나 참고하여 각주로 표시한 내용을 언급하는 경우 여기에서도 그대로 각주에 나타내서 따로 재인용의 형식은 취하지 않았다.

「근대화와 인력개발」[89]
- 근대화 추진, 경제개발에 있어서 인력개발의 중시

> 전후 신생 국가들이 경제개발만을 중심으로 근대화를 추진한 것이
> 좌절의 원인

　2차 대전 후 생겨난 여러 나라가 1950년대에서 1960년대에 거의 예외 없이 '근대화'를 부르짖으며 개발에 나섰다. UN은 개발도상국의 경제·사회 성장을 지원하기 위해 1961년부터 일련의 10개년 계획을 수립하여 추진하였다. 이른바 세계사의 중요한 국면이라 할 수 있는 '개발 연대'의 시작이었다.

　그러나 1970년대의 문턱에 이른 시점에서 근대화의 과정을 개관해 볼 때, 몇 나라를 제외하고는 거의 비관적이었다. 개발의 연대가 '좌절의 연대'라 할 정도로 1960년대의 개발 속도가 1950년대보다 훨씬 더 디었고, 여러 난제와 장애에 부딪혔다.

　대부분의 신생 제국이 기초적 조건을 성숙시키지 못한 채 근대화를 추구함으로써 장애에 빠졌다. 경제적 측면의 개발만을 주축으로 근대

89　전남대학교 한국사회개발연구소 주최 『발전도상국가에 있어서의 사회개발의 제 과제』를 주제로 한 심포지엄에서 발표한 논문으로서 동 연구소가 발간한 『사회개발연구』 제1집 (1969)에 게재되어 있다.

화를 추진한 것이 큰 오류였다. 비경제적 측면, 즉 인적·사회적 측면의 미개발과 전근대성이 신생 국가들의 근대화 추진의 발목을 잡은 요인이었다.

근대화는 주체적·객체적·제도적 조건[90]이 병행 충족될 때 비로소 달성 가능한데, 이 중 객체적 조건의 충족에만 정책의 역점을 두고 다른 두 가지 조건의 성숙은 소홀한 채 근대화를 추진하면 그로 인해 빚어지는 마찰과 모순이 총체적인 근대화 과정을 제지하고 억제하였다. 주체적 조건과 제도적 조건의 개발, 즉 '사회개발'은 뒤로 제쳐 두고 '경제개발'을 중심으로 정책을 추진한 것이 파행을 낳았다. 전통적인 사회구조·제도·문화·정치·인습·의식구조·가치구조·생활 태도 및 행동 유형 등 전근대적인 사회적 요인과 비경제적 가치구조가 경제개발의 추진을 가로막은 것이다.[91]

결국 인적 요인의 근대화와 사회적 요인의 개혁 없이는 실질적인 근대화는 기대할 수 없으며, 이러한 선행조건이 충족되지 않은 상태에서

----

90 주체적 조건이란 근대화의 원동력인 인적 요인으로서 개발 엘리트와 이노베이터(innovator)의 양성, 국민 전체의 개발 의욕, 문화의 흡수 능력과 창조력의 함양, 의식구조·가치관의 근대화 등을 말한다. 객체적 조건이란 자본축적, 천연자원 등 생산요소의 양적 성장과 경제구조의 질적 발전을 의미한다. 제도적 조건이란 개발을 효율적으로 촉진시킬 수 있는 경제제도, 정치구조 등 사회의 여러 제도가 갖추어진 상태를 말한다.

91 스웨덴 경제학자 뮈르달(Karl G. Myrdal)은 그의 명저 『아시안 드라마(An Asian Drama: An Inquiry into the Poverty of Nations)』(1968)에서 아시아의 정체성을 경제적 측면보다 아시아인들의 생활 태도, 의식구조 등 경제 외적 측면에서 설명하였다. 미국 경제학자 한센(Alvin Hansen)도 『경제개발과 국제무역』(1960)에서 인습으로부터의 해방이 물적 개발보다 선행되어야 함을 역설한 바 있다.
  민준식. 1969. 「근대화와 인력개발」 『사회개발연구』 제1집: 11~12쪽.

경제원조와 외자도입으로 무리하게 경제개발을 추진할 경우 경제 체내의 마찰, 불균형, 부조화 등 병리 현상이 성장과 발전을 저해하게 된다.

경제개발과 사회개발의 균형적·병행적 추진 전략이 인적자본투자 즉, 인력개발

여기서 근대화의 세 가지 기초적 조건을 동시에 충족시키는, 즉 경제개발과 사회개발을 균형적·병행적으로 추진하는 전략이 인적자본투자 즉, 인력개발이다. 일반적으로 교육투자를 말하는 인적자본투자는 경제성장을 위해 선행되어야 할 사회적인 하부구조에의 투자로서 노동력이나 물적 자본보다 경제성장 기여 효과가 더 크다.[92] 그리고 사회개발은 인적자본투자, 인력개발을 통해 이루어진다.

결론적으로 근대화는 경제개발과 사회개발의 동시적·병진적 진행 과정에서 이루어지며, 이 두 가지 개발을 위해 추구하여야 할 정책 과제가 인력개발이라는 게 지포의 인식이었다.

....

[92] 인간 투자 이론의 권위자 아우크러스트(Odd Aukrust)는 『투자와 경제성장』(1959)에서 노르웨이(1900~1955년)의 경우 물적 자본 1% 증가는 국민총생산을 평균 0.2%, 노동력 1% 증가는 국민총생산을 0.7% 상승시켰는데, 인적 투자 1%는 국민총생산을 1.8% 상승시켰다고 밝혔다. 라이벤스타인(Harvey Leibenstein, 1957)도 인적 투자가 물적 투자 이상으로 경제 발전에 기여하며, 1인당 산출량 극대화를 위해서는 투자 배분 정책보다 평균 생산력의 상승에 역점을 둬야 한다고 주장하였다.
앞의 논문, 5쪽.

지포는 이 논문에서 1960년대 한국경제의 비약적인 발전을 이루는데 있어 높은 인력 수준이 그 원동력이었음을 밝히면서 한국의 인적자원 개발 수준의 분석을 토대로 앞으로의 개발전략을 어떻게 설정해야할지를 인적자원의 저량(貯量)과 축적률의 문제, 인력의 질과 제도적 개편, 교육장비율 및 교육투자율, 고도 인력의 문제 등 네 가지로 나누어 논구했다.

한국의 인적자원개발전략을 제시하면서 근대화 촉진 수단으로서 '내셔널리즘의 고취' 중요성 강조

「근대화와 인력개발」에 따르면, 교육은 비단 지식을 넓히고 학리를 탐구하여 인격을 완성한다는 전통적인 의미를 넘어서 개발과 근대화 추진 과정에 있어서 1차적·필수적 과제이다. 전후 물적 폐허로부터 기적과 같은 부흥과 성장을 이룬 서독과 일본이 그 좋은 예이다.

한편, 지포는 이 논문에서 정규 학교교육의 폭을 넘어 인력 전체를 대상으로 성인교육·직장교육·사회교육이 활성화되도록 교육제도를 개편할 것을 제안하였다. 이는 기술화·전문화되어 가는 오늘날의 사회변화 추세와 저출산·고령화의 인구 양상에 비추어 볼 때 선견지명이었다. 그리고 교육 내용과 관련하여, 개발 의욕의 앙양 등 경제개발과 사회개발을 위한 질적 교육으로의 재무장 필요성을 역설하면서 다른 나라의 근대화 역사에서 볼 때 근대화 촉진 수단으로서 국민의 '내셔널리즘(nationalism)의 고취'가 중요하다는 언급이 눈에 띈다.

「근대화와 인력개발」은 '산업구조의 근대화와 자립경제의 확립 촉진'을 목표로 한 제2차 경제개발 5개년 계획(1967~1971)이 본격 추진될 때 발표되어 정책당국이 참고할 수 있었으리라 생각된다.

이처럼 근대화 추진 과정에서 인력개발 등 사회적 요인의 근대화 중요성에 대한 문제 인식이 지포로 하여금 '전남대학교 부설 한국사회개발연구소'를 설립하고, 전국 단위 심포지엄을 개최하는 등 이 분야 연구의 활성화에 많은 노력을 기울이도록 하였다.

정부는 사회개발 분야 연구 성과를 인정하여 1968년 10월 연구소에 대통령 특별지원금을 교부하였으며, 동 연구소는 이듬해 '전남대학교 부설 지역개발연구소'로 확대 개편되었다.

「지역사회 개발의 기본 전략」[93]

- 국가 발전을 촉진하기 위해서는 지역사회 개발, 지역의 불균형 해소 필요

> **지역사회 개발은 '경제개발'과 '사회개발'이 상호 조정되고
> 균형적으로 이루어질 때 원활히 추진**

지역사회 개발은 국가 발전을 더욱 촉진하고 개발 과정에서 빚어진 지역적 불균형을 시정함으로써 균형 발전을 이룰 수 있다는 점에서 선진국, 중진국, 후진국을 막론하고 정부의 중요한 정책 과제이다. 특히, 발전도상국가에 있어서는 근대화의 속도가 빨라질수록 현실적 과제로 부각된다. 그러나 그 개념이 다의적(多義的)이고, 내용·개발 목표·개발 방법과 정책에 있어서 국가에 따라, 사회·경제적 발전 단계에 따라 제각기 독특한 개발패턴과 개발모델 아래 다양다기하게 전개되고 있는 것이 일반적 현상이다.

우리나라에서도 지역사회 개발이 절실한 정책 과제로 제기된 지 오래지만, 한국적 지역개발 패턴과 개발모델이 정립되지 못했고, 지역의 사회·경제적 발전 단계와 특수한 여건을 바탕으로 장기적·거시적 시

---

93 한국사회개발연구소가 '지역개발연구소'로 개편된 후 1969년 6월 주최한 『지역사회 개발의 전략』을 주제로 한 심포지엄에서 지포가 기조 발표한 논문으로서 동 연구소가 발간한 『지역개발연구』 제2권 제1호에 게재되어 있다.

각에서 합리적이고 실현 가능한 정책 수단과 개발 메커니즘이 마련되지 못한 채 오늘에 이르렀다.

「지역사회 개발의 기본 전략」은 이러한 문제 인식에서 우리나라 각 지역의 특수성과 사회·경제 발전 단계를 고려하여 지역사회 개발의 기본 방향을 모색한, 그 조감도와 청사진을 제시한 논문이다.

「근대화와 인력개발」에서도 강조했지만, '각 지역사회가 경제적·사회적·문화적 환경을 균형 있게 개선하고, 지역주민의 복지를 향상시켜, 국가 발전에 기여할 수 있는 바이탤러티(vitality)의 개발 과정'으로서 지역사회 개발은 세 가지 기초적 조건, 주체적·객체적·제도적 조건[94]의 동시 병행적 성숙이 1차적 과제라 여겼다. 객체적 조건의 성숙인 '경제개발'과, 주체적·제도적 조건을 충족하기 위한 '사회개발'이 상호 조정되고 균형적으로 이루어질 때 지역사회 개발이 원활히 추진될 수 있다고 본 것이다.

6개 경제권을 선진 지대, 성장 지대, 정체 지대로 분류한 한국적 지역사회 개발 정책 모형 제시

지포는 이 논문에서 세 가지 기초적 조건을 동시에 충족시키기 위한 개발 정책 모형을 제시하였다.

---

94 지역사회 개발의 세 가지 기초적 조건, 주체적·객체적·제도적 조건에 대해서는 각주 90 참고.

지역별 경제구조와 경제적 여건의 동질성을 기준으로 한국의 6개 경제권을 선진공업지대(경인지방경제권)와 성장 지대(영남, 관동, 제주 지방경제권), 그리고 정체 지대(호서, 호남지방경제권)로 분류하였다. 그리고 다시 도별 소득수준, 산업구조, 취업구조, 경제성장률, 노동생산성, 농업생산성, 공업생산 부가가치, 공업구조 및 공업 발전 단계 등을 토대로 지역경제 권역을 (경인 지방을 제외하고) 동부지방경제권(경남, 경북, 강원)과 서부지방경제권(호남, 호서)으로 구획하였다. 동부지방경제권은 날로 구조혁신을 일으키고 있는 성장 지대이나, 대조적으로 서부지방경제권은 전통적인 후진 농업지대로서 정체 지대로 규정하여 한국의 경제 체내에 '동서(東西) 격차'라는 이중구조 현상을 잉태하고 있음을 지적하였다.

그러한 경제권역의 분류를 토대로 지역개발의 기본 과제를 다음의 네 가지로 집약했다.

— 동서의 구조적 격차의 시정을 위한 장기 정책의 수립
— 정체 지대인 서부 한국의 개발을 위한 기본 전략의 모색
— 성장 지대인 동부 한국이 자기 지속적 경제성장력을 확보할 수 있도록 계속 육성 보강
— 선진 지대인 경인 지방에 대한 앞으로의 정책 수립

이 중 동서 격차의 시정과 관련하여, 정체 지대의 개발 전략이 시급히 요구됨을 강조하였다.

지역개발의 여러 모델을 토대로 정체 지대의 경제개발을 위한 세 가지 기본 전략 수립

정체 지대인 서부 한국의 개발 문제는 공급구조의 혁신 과정 없이는 해결할 수 없다고 보고, 먼저 지역개발을 위한 정책 원리를 정립한 후에 장·단기 또는 단계적 전략을 수립해 추진할 것을 권고하였다. 그러한 정책 원리로서 이탈리아의 남북 격차 문제의 해소를 위한 남부 이탈리아 개발 정책에 채택되어 성공을 거두었던 H. B. Chenery 모델(1962)과, 전통적인 농업지대와 선진산업지대 간 노동력의 이동으로 개발도상국의 경제성장을 설명하는 W. A. Lewis 모델(1954)을 한국의 지역경제가 지닌 구조적 특질을 고려하여 조정 적용할 것을 제안하였다.

그리고 두 모델의 조정에 의한 당면 정책목표로 ① 정체 지대의 공업화, ② 농업과 수산업의 근대화, ③ 성장 지대로, 그리고 농업에서 공업 부문으로 노동력의 이동 등 세 가지를 수립하고 이를 위한 현실적인 전략을 제시하였다.

• 정체 지대의 공업화를 위한 기본 전략

정체 지대의 공업화를 위한 기본 전략은 다음과 같다.

— 산업 및 인구가 과도하게 밀집되어 그 폐해가 날로 심화하고, 사회간접시설비 등을 비롯한 사회적 한계비용이 한계이용을 크게 상회하는 서울과 부산 두 과밀지대의 공업을 개발 잠재력이 큰

거점을 선정하여 효율적으로 분산 추진[95]

― 개발 효과를 극대화하기 위하여 각 지역 경제권의 개발 거점을 설치하고, 그 거점을 중심으로 순차로 중규모 거점지대, 소규모 거점지대를 형성한 후 상호 연결해 연쇄 반응적으로 발전시키는 거점 개발 방식 추진[96]

― 공업을 다음과 같이 A, B, C형으로 분류한 후 경제성장과 지역 격차의 시정을 고려해 지역별로 균형적 발전을 기할 수 있도록 국민경제 시야에서 적의 배치

A형: 대규모의 투자가 수반되는 전력, 철강, 석유정제업

B형: 주변 시장과 생산 규모를 갖는 기계, 자동차와 일반화학공업

C형: 식품 가공, 목재 가공, 시멘트공업 등

― 지역 파급효과를 기준으로 사회간접자본을 A, B, C형으로 분류하

---

95 공업 분산과 관련하여 (산업의 분할 불가분성과 대규모 생산의 이점에 의한) '입지 자유도' 와 (부가가치에 의한) '지역특화계수'를 기준으로 대상 업종을 선정한 후 (기성 공업지대의 집중을 억제하고 공장의 신·증설을 제한하는) 직접적인 분산 방법과 (조세나 금융재정투자 등의 유인책에 의한) 간접적인 방법, 그리고 (기성 공업지대를 중심으로 그 주변에서 접촉의 이익을 추구하는) 외연적 분산 방법과 (기성 공업지대와는 관계없이 격리된 곳에 새로운 입지를 구하는) 원심적 분산 방법을 업종 성격을 고려하여 적절히 병행 추진하는 등 몇 가지 원칙을 제시했다.

96 거점 개발 방식의 추진과 관련하여 (자본 1단위당 몇 단위의 생산력이 증가하는가를 나타내는) 한계생산력곡선에 의한 비용수익비율을 기준으로 각 지역의 발전 단계를 A(서울, 부산), B(울산, 대구), C(광주, 전주), D(정체 지대의 중소도시) 네 단계로 구획하여 A 단계 지역은 집중화를 방지하고, B 단계 지역의 개발을 적극적으로 촉진함으로써 발생하는 확장 효과를 주변 인접 지역에 파급시켜 C 단계와 D 단계 후진 지대의 발전을 도모하는 방안을 제시했다.

고 지역적 배분을 고려해 개발

사회자본 A형: 전국적 효과가 있는 사회자본(간선자동차도·국철 간선·국제무역항·전신전화간선 등 기간 교통통신시설과 교육 투자)

사회자본 B형: 광역적 효과가 있는 사회자본(1급 및 2급 국도, 대 규모 산업기반 투자, 대규모 수자원 종합개발 등)

사회자본 C형: 협역적(狹域的) 효과가 있는 사회자본(생활환경 정비, 중소규모의 공업단지 조성, 농업 관계 투자 등)

— 산업 관련 시설의 건설 등을 위한 개발금융·재정의 확립과 세제 상 제도 마련

— 지역개발을 종합적·효율적으로 처리하기 위한 일원화된 행정기 구 설치

• 농업의 근대화 기본 전략

경제 규모의 급격한 양적 확대와 고도성장 과정에서 두드러진 지역 간 경제구조 격차 가운데서도 농업과 타 산업 간 소득·생산성·기술 의 격차가 가속화되어 산업 간 이중구조 현상이 심화하고 있다. 그리 고 생산에 있어서 농업 부문과 공업 부문의 관련성이 적고, 소비에 있 어서 도시와 농촌이 유리되어 있다. 농촌의 빈곤은 도시의 발달을 저 해하고, 도시는 과잉 농업인구의 흡수 능력이 없어 농촌의 상대적 빈 곤이 격화되며 상호 악순환 관계를 이루고 있다.

우리나라에서 중농정책, 농공병진 정책을 표방한 지 오래이면서도

그것이 쌀값 정책을 둘러싼 논의와 비료 문제·관개·수리·영세농자금 융자 등에나 관심을 기울이는 정도였고 사회정책적 농업정책을 벗어나지 못해 농업의 근대화 정책이라고 보기 어려웠다.

과거의 이러한 소극적인 농업정책으로부터 경제정책 관점에서의 농업정책, 농업근대화 정책이 시행되어야 하며, 특히 (농업생산이 지배적이고 공업화 실현 가능성이 희박한) 정체 지대의 개발은 농업근대화를 기축으로 이루어져야 한다는 인식에서 농업의 근대화를 위한 다섯 가지 실행 전략을 제시하였다.

— 농산물 공급 지역과 도시와의 시간적 거리를 축소하기 위한 교통수송망의 정비
— 농자금에 대한 장기저리 금융제도의 확립과 국가의 농업투자 장기 계획 수립
— 농업지대를 자연적 입지 조건에 따라 도시근교지대, 평지농촌지대, 순 산촌지대 등으로 분류하고 지대별로 그 특수성에 따른 개발 시책 강구

도시근교지대, 평지농촌지대: 공업화되면서 식량 수요 구조의 고도화에 따른 생산의 선택적 확대에 노력하고, 생산성의 향상과 생산비의 체감에 목표를 두며, 토지·품질 개량과 특용작물 영농 확대에 주력

순 산촌지대 등: 자연지리 조건이 불리한 지역이기 때문에 낙농, 육우 사육, 산림경영에 주력
— 군·읍·면 등의 행정구역을 넘어서는 광역적 영농집단을 형성하

고 농업정비 지역을 설정해 농업의 근대화 촉진에 필요한 공공투자·시험연구·조성 사업 등 중점적 조치
— 근대적 농업경영 인재를 육성하기 위한 영농연수원 설치

• 수산업의 근대화 기본 전략

삼면이 바다로 둘러싸인 천혜의 지리적 조건에 비추어 수산업의 발전과 근대화를 지역개발에 있어서 매우 중요한 위치를 차지하고 있는 과제로 여기며 이를 위한 네 가지 기본 전략을 제시하였다.

— 어업 발전의 기간(基幹) 조건으로서 어업법의 정밀화와 어구의 대형화·기계화, 어선 동력화 등 어업 자본재에 대한 투자
— 타 산업 부문에 비해 크게 낮은 수준에 있는 어업 노동생산성의 향상을 위한 제반 대책 강구
— 수산물 가공·제조업의 육성
— 수산 투자재원 조달을 위한 금융과 세제 등 제반 제도의 확립

지역개발의 주체적·제도적 조건의 성숙을 위한 지역별 사회개발의 기본 전략

지역별 사회개발은 지역개발에 있어서 비경제적 요인의 개발을 망라한 것으로서 지역주민의 개발과 지역발전을 위한 제도의 개발이라

는 과제로 집약했다.

• 지역주민의 개발

지역주민 개발 과제는 주민의 개발과 지역민의 복지·후생 개발로 나뉜다.

주민의 개발은 전근대적인 의식구조와 생활 태도, 그리고 낡은 인습과 전통으로부터 탈피하여 새로운 가치관, 윤리관, 건전한 생활 태도, 왕성한 개발 의욕, 개척과 창조 정신, 인간 능력을 개발하는 것을 말한다. 이는 학교교육·사회교육·가정교육·직장교육에 대한 교육투자와 인간 투자로만 가능하다.

지역민의 복지·후생 개발과 관련해서는 생활 기반(사회보장, 사회복지, 주택시설 등)의 개발, 쾌적한 생활환경(공해와 재해 방지, 도시계획, 상하수도, 도로교통망 등)의 개발을 비롯하여 다양한 사회적 욕구를 충족시키기 위한 시설과 제도를 개발하는 일로서 이는 경제개발과 직결되며 경제적 측면의 발전 없이는 이루어질 수 없어 경제개발과 동시 병행적으로 추진되어야 함을 역설했다.

• 지역발전을 위한 제도의 개발

지역개발의 주체적 및 객체적 조건을 원활하게 성숙시키기 위해서는 다음과 같은 제도·대책의 마련이 필요하며, 이러한 제도의 개발과 관련하여 지역개발 행정관서와 업계 등으로 구성된 심의위원회와 같은 개발 기구의 설치·운영과 활발한 연구가 중요하다고 강조했다.

　— 지역개발 금융제도

　— 보조금 장려금 제도

　— 세제 개혁

　— 수출 장려 제도

　— 사회보장제도

　— 개발교육제도

　— 물가 및 지가 대책

　— 주택 대책

　— 매스컴 대책

　— 범죄 방지

　— 명랑한 지역사회를 위한 제반 제도

제3차 경제개발 5개년 계획(1972~1976)에서 '지역개발 촉진, 공업과 인구의 적정 분산' 중점 추진

　지포의 지역개발에 관한 철학과 신념은 주로 자신과 다른 학자들의 수많은 연구에서 비롯되었지만 스스로 낙후된 농촌에서 나고 자라면서 겪었던 경험, 그리고 개발 과정에서 소외된 지역의 대학에서 경제학을 강의하고 연구하면서 목격했던 현실의 영향도 컸을 것이다.

　「지역사회 개발의 기본 전략」이 발표되고 나서 정부는 제3차 경제개발 5개년 계획(1972~1976)의 기본 목표를 자립 경제구조의 달성과 함께 지역개발의 균형에 두고 '지역개발 촉진, 공업과 인구의 적정 분산'을 중점 과제로 책정하여 지역개발을 본격적으로 추진하였다. 지역개발연구소를 설립하고 해마다 심포지엄을 개최하는 등 지역사회 개발 연구에 열정을 바쳤던 지포로서는 자신이 주창한 바가 정부의 정책에 반영되어 추진되는 현실에 몹시 흐뭇해하며 큰 보람을 느꼈으리라.

「호남 지역의 구조적 정체성의 요인 분석」[97]

- 지역개발의 주체적·제도적 조건의 불비(不備)에 일제의 강제적 토지 점탈·농산물 수탈과 1960년대 경제개발 과정에서 상대적 소외로 인한 객체적 조건의 결여가 결정적

> 정신문화 면에서 앞서고 경제적으로 풍요로웠던 지역이
> 구조적 정체 지대로 전락한 요인 구명

호남 지방은 다른 지역에 비해 산맥이 적고 평야가 넓으며 만곡이 심한 해안선과 무수히 많은 도서로 이루어진 곳이다. 전국 총면적의 20.2%, 경지 면적의 27.6%, 경지율의 31.9%를 차지했던 이곳이 역사적으로 보면 불교, 유학 등 사상 면과 문화예술 분야에서 단연 우세했고 경제적으로 풍요로웠는데, 1910년대 이후 오늘에 이르기까지 모든 측면에서 상대적으로 뒤늦고, 두드러지게 낙후되고 빈곤하며, 구조적으로 정체된 지역으로 전락하였다.[98]

---

97 전남대학교 지역개발연구소가 1970년 6월 주최한 『호남 지역의 종합 구조분석』을 주제로 한 심포지엄에서 지포가 기조 발표한 논문으로서 동 연구소가 1971년 8월 발간한 『지역개발연구』 제3권 제1호에 게재되어 있다.

98 이는 1인당 소득수준·산업구조·공업 발전 단계·노동생산성·자본장비율·개발투자율·저축률·재정자립도·사회간접자본 등 총체적 경제활동 수준과 경제 발전 단계 관련 자료에 의한 횡단분석 결과에서 얻은 결론이다. 호남 지역은 네덜란드 지역개발학자 클라센(Leo. H. Klaassen)의 분류 기준에 의할 때 제4지대인 '빈곤 지대', 그리고 스웨덴 경제학자 뮈르달(G. Myrdal)이 국가 내 특정 지역이 여타 지역과는 전혀 다른 경제 체제·구조에 놓여 있는 상황으로 정의한 'enclave economy'의 성격을 지녔다는 게 지포의 인식이었다.

「호남 지역의 구조적 정체성의 요인 분석」은 이런 문제 인식 아래 이 지역의 합리적인 발전 처방 모색과 전략 안출(案出)을 위해 그 요인을 심층적으로 파헤친 논문이다.

경제의 구조적 정체 현상이란 짧은 시간에 양성된 단순 요인에 의하여 표출되는 것이 아니라, 오랜 시간을 두고 연관된 복합 요인들이 사회경제 체내에 깊숙이 파고들어 상호작용과 순환적 누적 과정을 일으키면서 발전의 내생인(內生因)과 자생인(自生因)을 억압하고 저지한 결과이다. 그래서 한 지역의 경제구조 정체 요인은 더욱 폭넓고 종합적인 차원에서 또는 긴 역사적 시야에서 파헤침으로써 비로소 구명(究明)될 수 있는 대상이다.

지포는 호남 지역의 정체는 지역개발의 기초적 조건인 주체적·객체적·제도적 조건의 미성숙에 기인하는 것으로 단정하고 그 조건들이 얼마만큼 결여되었는지 살펴보았다. 호남 지역의 발전 정책이나 전략은 바로 이 기초적 조건의 성숙과 충족 문제로 귀착되리라 여겼기 때문이다.

개발 추진 세력과 혁신 엘리트, 진정한 기업가군 등 지역개발의 주체적 조건이 결여

지역개발의 주체적 조건이란 사회·경제 개발의 추진자요 주체인 호남 지방민이 지닌 내적 요인으로서 지역민의 기질, 경제개발 의욕, 개발 능력, 근대화 추진 능력, 혁신 능력, 생활 태도, 관습, 전통, 인습, 가치관 및 정신 태도 등을 말한다. 개발경제학 분야의 저명한 학자인 프랑켈(Sally. H. Frankel)과 뮈르달(G. Myrdal)이 설파했듯이[99] 개발의 주체인 인간의 능력과 태도, 성향은 경제 발전에 무엇보다 중요한 요소인데, 호남 지역은 이러한 지역개발의 주체적 조건이 열약(劣弱)한 상태라 진단했다.

호남 지역의 기후·풍토·지세와 역사의 영향에서 비롯되리라 여겨지는 것으로서 호남인들은 일반적으로 부드럽고 유순하고 연활(軟滑)한 편이며, 상무(尙武)보다는 숭문(崇文) 성향에 풍류적·정서적이고 예술을 애호하고 현실묵수적(現實墨守的)인 경향이 짙다. 정적(靜的)이고 조선(祖先)을 숭앙·추모하는 의식·예절을 중시하며 전통, 인습을 잘 버리지 않는 생활 태도와 가치관을 지니고 있다.

이러한 유순한 성향과 자연 순응적이며 현실묵수적인 풍토에서 합리주의 정신과 개인 창의성, 강렬한 개발 욕구가 싹트고, 늠름하고 발랄한 기업가 정신으로 창조적 파괴와 혁신을 일으킬 수 있는 이른바 '슘페테리언(Schumpeterian)'이 다수 출현하여 역동적인 개발 분위기가 조성되어야 할 것으로 보았다.

호남 지역이 앞으로 개발을 향해 역주하고 구조혁신과 단계 도약을 이루기 위한 1차적 과제는 지역개발을 선도할 적극적·능동적이며 모험심과 도전 정신이 넘쳐나는 강인한 기질의 추진 세력과 혁신 엘리트의 양성, 창조적 파괴를 일으킬 수 있는 기업가군의 출현 등 주체적 조

---

99 프랑켈은 자본의 측면보다 인간의 의지 결여와 능력의 저위성(低位性)이 저개발국의 경제 발전을 가로막고 있는 보다 중요한 요인이라고 역설한 바 있으며, 뮈르달은 아시아의 정체성의 요인 구명에 있어 자본의 빈곤이나 인구 문제보다 아시아인의 생활 태도, 정신자세, 능력 등 경제 발전의 주체적 조건의 결여에 더 큰 비중을 두었다.

건의 성숙에 있음을 지적했다.

일제의 수탈과 1960년대 경제개발 추진 과정에서
소외로 지역개발의 객체적 조건이 미성숙

지역개발의 객체적 조건은 자연지리 조건, 산업입지, 자원 부존 상황, 자본축적, 생산요소의 성장, 사회간접자본의 확충 및 개발 투자 등 직접적인 경제 발전의 조건을 말한다. 이러한 지역개발의 객체적 조건이 역사적으로 어떠한 성숙 과정을 밟아 왔고, 오늘에 이르러 얼마만큼 성숙해 있는가를 살펴본 지포는 조선시대 말까지 다른 지역에 비해 물산이 풍부하고 풍요로운 생활을 해 왔던 호남 지역이 상대적으로 빈곤·정체 지대로 전락하게 된 역사적 시점이 바로 일제의 강제적 토지 점탈과 농산물 수탈이 이루어지던 때부터였고, 1960년대 경제개발 추진과정에서 소외됨으로써 더욱 구조화되었음을 논증했다.

• 일제하에서 수탈로 인한 농업 부문의 상대적 빈곤과 공업의 불모지 대화

1905년 을사늑약이 체결되자마자 일제는 일련의 법령 발포를 시작으로 토지의 강제적 점탈이 가능하도록 사전작업을 한 후,[100] 본격적으

---

100 일제는 1906년 〈토지가옥증명규칙〉, 1908년 〈토지가옥소유권증명규칙〉을 발포하여 토

로는 1912년에 시작해 1918년 종료된 토지조사사업 과정에서 막대한 토지를 일본인 소유로 만들었다.[101]

그런데 〈표 2〉에서 보듯이 1918년 12월 현재 일본인에게 점탈된 토지 중 전남과 전북 양도의 점유 비중이 무려 43%로서 호남 지역이 다른 지역과 비교가 안 될 정도로 많은 토지를 빼앗겼음을 알 수 있다. 더욱이 200정보 이상 일본인 대토지 소유자가 단연 호남 지역에 집중되어 어느 지역보다 많은 농민이 일본인 소작인으로 전락해 착취와 횡포에 시달려야 했다.[102]

이처럼 일제가 토지의 강제적 매수와 점탈 작업을 강행하면서 농산 자원이 풍부하고 농경지가 광활하고 비옥한 곡창지대 호남 지역을 주요 대상지로 삼음에 따라 어느 지역보다도 피탈(被奪)과 희생이 컸다. 호남은 일제의 중요한 식량 보급기지로 전락하여 수탈된 방대한 쌀이 목포항, 여수항, 군산항을 통해 일본으로 실려 갔다.[103] 호남에서 생산

지 점탈 작업의 기초를 닦았고, 본격적으로는 1912년 〈조선부동산증명령〉과 〈조선부동산등기령〉, 〈토지조사령〉을 제정하여 토지조사사업 추진 과정에서 막대한 토지의 강제적 점탈이 가능하게 하였다.

101 이렇게 방대한 토지를 점탈할 수 있었던 것은 일정한 형식의 문서로 신고해야 토지의 소유권이 확립되는 '신고주의 제도'를 의도적으로 도입한 데 기인한다. 당시 한국인의 생활 관습상 토지 소유 관념이 모호했고, 문서 수속에 대해 잘 알지 못해 기한 내 신고하지 않은 토지가 수없이 많았다. 이런 미신고 토지는 모두 국유지로 회수해 조선총독부 관할로 귀속시킨 후 일제의 관제 착취기관인 동양척식회사와 일인 회사, 일본인 개인에게 싸게 매각해 일본인 소유로 만들었다. 지포는 이 신고 제도를 일제가 만들어 낸 '미술적인 토지 강점 방법'이라 표현했다.

102 조선총독부 1919년 2월 20일 자 관보 참조.

103 특히, '삼백(三白), 일청(一靑), 일흑(一黑)'이라 하여 전남에서 나는 쌀·누에고치·면화(三

된 쌀이 호남인의 식생활을 위하거나 (그 잉여분이) 본원적 자본축적을 위해 쓰이지 못하고 수탈당해 일본인의 식탁에 올라갔고, 호남 농민들은 만주에서 수입해 온 좁쌀로 연명하며 기근에 시달렸다.[104] 지포가 "호남 지역이 상대적인 빈곤 지대로 전락하게 된 역사적 시점이 바로 일제의 토지 점탈의 순간부터였다."라고 주장한 이유이다.

(표 2) 일본인이 점탈한 도별 토지 소유 면적(1918년 12월 현재)

(단위: 정보, * 1정보=3,000평)

도	점탈 토지 면적 (%)	도	점탈 토지 면적 (%)	도	점탈 토지 면적 (%)
전북	51,434(21.7%)	경기	18,492(7.8%)	충북	3,503(1.5%)
전남	49,357(20.9%)	경북	14,152(6.0%)	평북	2,899(1.2%)
황해	34,795(14.7%)	평남	7,839(3.3%)	함북	721(0.3%)
경남	23,218(9.8%)	강원	6,022(2.6%)	계	236,586(100.0%)
충남	19,672(8.3%)	함남	4,482(1.9%)		

자료 출처: 조선총독부 1919년 11월 27일 자 관보.

호남 지역의 농업이 수탈의 대상이었다면 공업은 철저한 소외로 인한 불모지대였다.

일제의 대한(對韓) 공업정책은 전기(1910~1927년)와 후기(1928~1945년)로 나눌 수 있다. 전기에는 일본산 공산품의 상품 시장화를 획책

白)와 죽물(一靑), 김(一黑)을 으뜸으로 치며 수탈에 열을 올렸다.

104 당시 13개 도 중 춘궁기(春窮期)에 굶주리는 농가 호수가 가장 많은 지역이 우리나라 최대의 곡창지대인 전남(17만 호)이었고, 전북도 13만 6천 호나 되었다(출처: 조선총독부 간 「조선의 소작에 관한 참고사항 적요」).

하며 한국의 공업화의 자생적인 싹을 제도적으로 말살하고자 1910년 〈조선회사령〉, 1912년 〈신회사령〉, 1925년엔 〈원동기취체규칙〉을 발포하여 한국인의 회사 설립과 (공업생산에 중요한) 원동기의 제작을 강력히 억제함에 따라 매뉴팩처(manufacture) 형태의 공업화마저도 이룰 수 없었다. 후기엔 일대 전환이 일어났다. 한국을 만주 침략과 대륙 진출의 병참기지로 삼기 위해 흥남, 나진, 청진, 회령 등지에 군수공업을 이식(移植)하면서 북한 동쪽 지역엔 공업화가 일어나기 시작했다. 그 후 일제는 '5대 공업도시'라 칭하며 서울·인천·부산·대구·평양의 공업화를 추진하였다. 전쟁을 수행하기 위해 한정된 범위의 매우 기형적인 형태였지만 어떻든 근대적 공업 발전의 시동이 걸렸다.

호남의 공업 부문의 상대적 낙후성은 일제가 만주 침공과 대륙 진출을 위해 군수공업을 이식하고 '5대 공업도시'를 추진하는 과정에서 호남 지역이 완전히 망각 지대로 소외되면서 비롯되었다. 이후 만주 침략과 대륙 정복을 위한 전시 체제로 돌입하는 1930년대에 이르러선 부산, 대구를 통과하는 일제의 운송편이 더욱 빈번해지며 공업화가 급진전하였지만 호남 지역은 지리적 조건 때문에 공업의 불모지로 정체되어 지역 간 격차구조가 선명하게 표출되었다.

결론적으로, 호남은 일제하에서 어느 지역보다 수탈의 역사로 점철된 지역이었다. 산발적·부분적 공업화 과정에서나마 그 대열에 끼지 못하고 소외되어 공업 불모지대로 전락하면서 농업 부문만을 유일한 산업으로 하는, 특히 미작 농업 위주의 극심한 모노컬처(monoculture) 산업 형태로 기형화·불구화되고 말았다. 쌀 생산을 주종으로 하는 산업 형태는 호남인들에게 자연 순응적 생활 태도가 몸에 배게 하고, 사회·경제 발전의 제약 요인으로 작용했으며, 기계화의 유인력이 미약해 농업 부문으로부터 공업화를 촉진하지 못하는 등 여러 가지 부정적인 영향을 미쳐 호남 지역을 전통적 고립 폐쇄사회로 침체시켰다.

• 1960년대 경제개발 과정에서 소외로 구조적 정체 심화

정부는 1차 및 2차 5개년 경제개발계획을 추진하면서 주로 기간산업에, 그리고 산업입지와 외부경제 조건이 유리한 지역에 집중적으로 투자하고, 산업·부문·지역 간 균형 개발은 도외시하는 불균형 성장 모형의 개발 방식을 채택했다. 그 결과 경인 지역에 이어 영남, 영동 지역도 개발우위 지역으로서 호남 지역과는 대조를 이룰 만큼 기간산업의 구축을 이루었고 선발공업지대로 발전하여 지역 간 구조 격차가 결정적으로 벌어졌다. 더구나 농업 부문의 개발을 홀시하고 공업화를 위주로 하는 경제개발 정책은 농업생산을 주요 생활수단으로 하는 호남 지역을 더욱 정체시키고 상대적 빈곤 지대로 전락시켰다.

스웨덴 경제학자 뮈르달(1957)에 따르면, 저개발국에서는 특정 지역의 공업화나 경제 발전이 여타 후진 지역의 경제 발전을 촉진하는 '확장 효과(spread effect)'보다 후진 지역의 생산요소와 생산능력을 흡수하여 경제 발전을 억압하고 쇠퇴시키는 '역행 효과(backwash effect)'가 더 강하게 작용해 개발 투자의 배정을 받지 못한 지역은 중층적으로 격차가 확대된다. 지포는, 개발 초기엔 개발 효과를 극대화하기 위해 산업입지와 경제성에 따라 불균형적 투자 배분으로 개발 정책을 추진했더라도, 산업기반이 어느 정도 구축된 당시 시점에서는 국민경제 권역의 균형적 개발을 위하여 지역 간 합리적인 투자 배분과 정체 지대의 집중적 개발이 무엇보다 중요한 정책 방향이었다고 지적했다.

이처럼 호남 지역의 경제 발전의 객체적 조건을 역사적으로 살펴볼 때, 조건의 성숙을 이룰 수 있는 계기를 발견할 수 없었고, 또한 역내에서 발전의 자생적 요인이 싹트지 못하여 당시에 이르기까지 발전의 시동을 걸지 못하고 있었다. 일제가 이 땅을 짓밟기 시작한 순간부터 호남의 농촌사회는 상대적인 빈곤과 정체 지대로 전락하였고, 일제의 만주 침공과 대륙 진출 과정에서 추진된 부분적인 공업화 정책에서마저도 제외되어 공업 불모지대의 전통적·폐쇄적 농촌사회로 침체하고 말았으며, 1960년대의 발랄한 개발 정책 밑에서도 소외됨으로써 구조적인 정체 지대로 굳어진 것이다.

지역개발의 제도적 조건 역시 불비

지역개발의 제도적 조건은 개발을 효율적으로 촉진하기 위한 제도적 뒷받침이 얼마만큼 장치되어 있느냐의 제도 개발과 보장의 문제이다. 즉, 개발을 위한 경제제도·사회제도·정치제도·교육제도 등의 제도의 보장을 말한다. 지역개발을 추진하기 위해서는 금융제도, 보조금제도, 입지 조성 대책, 공업단지 조성 대책, 세제 개혁, 지가 대책, 개발교육제도, 개발행정조직 등 광범위한 제도의 확립이 필수요건이다.

호남 지역은 개발을 위한 이런 제도적 확립이 거의 되어 있지 않은 상태였으며, 이는 지역개발이 추진되지 못하고 있다는 증거였다. 지역 개발과 제도의 확립은 동시 병행적으로 추진되기 때문이다.

호남 지역의 만성적 정체 구조로부터 국면 도약을 위한 대규모 집중 투자(Big Push) 역설

지역개발의 주체적 조건의 불비, 객체적 조건의 미성숙, 제도적 조건의 결여가 호남 지역의 구조적 정체의 근본 요인임을 규명한 지포는 고단위의 강력 처방, 개발 투자의 Big Push를 통해서만 구조혁신을 이루어 정체 구조에서 탈피할 수 있을 것으로 보았다. 호남경제와 같은 만성적 정체 상태에서는 투자하더라도 투자량이 라이벤스타인(Herbert A. Leibenstein)이 역설하는 '임계적 최소치(critical minimum effort)'에 미치지 못하면, 소위 '저소득 균형 상태'에서 국면 도약을 이루지 못한 채 투자의 경제 확장 효과가 이내 사라져 버리고 다시 저소득 균형점으로 복귀함으로써 침체에서 벗어나지 못하기 때문이다.

호남 지역의 기간산업이나 개발 전략 부문에 대한 대규모 집중 투자가 동시적으로 이루어져야 만성적인 정태적 체질에 충격과 자극을 줘 개발 엔진의 시동이 걸리고, 역동적인 국면이 전개될 것으로 전망했다. 소규모 공장을 산발적으로 건설하고 사회간접자본을 조금씩 확충하는 식으로 기초적 조건을 점진적으로 성숙시켜 나가면 호남 지역의 구조혁신에 오랜 시간이 걸리고, 전술한 것처럼 투자량이 임계치에 이르지 못해 투자로 인한 자극 효과(stimulant)가 경제 체내에서 이를 방해하는 부정적 활동(shock)에 의해 상쇄되어 버리기 때문에 외생적 충격, 즉 그러한 쇼크를 압도할 수 있는 여러 부문에 잘 조율된 집중투자만이 첩경이며 지역개발의 세 가지 기초적 조건을 급속하게 성숙시키는 거점이라 여겼다.

기타 지역개발과 관련한 연구논문

지포는 1971년 6월 『근대화와 도시화의 제 문제』를 주제로 한 전남대학교 지역개발연구소 주최 제4회 심포지엄에서 기조 강연으로 「도시개발의 기본 전략」을 발표하였다. 1972년 6월 『농촌근대화의 종합적 접근』을 주제로 하는 제5회 심포지엄에서는 「농촌근대화에의 사회경제적 접근」을, 1973년 6월 『광주권 개발계획의 종합적 접근』을 주제로 하는 제6회 심포지엄에서는 「광주권 개발 투자의 전남경제에 미칠 효과 분석」을 발표하였다.

그리고 동 연구소가 1973년 7월과 12월 건설부장관(현 국토교통부장관)으로부터 『신규 산업기지 흑산·비금지구 개발타당성 조사』와 『신규 내륙공업단지(석곡·주암지구) 개발타당성 조사』에 대한 용역의뢰를 받고 현지조사반을 편성하여 심층 조사한 후 보고하기도 했다.

이처럼 빈곤하고 낙후된 지역에서 나고 자랐던 지포는 지역개발에 대한 강한 신념을 가지고 있었으며, 꾸준한 연구를 통해 지역개발의 이론과 전략, 청사진을 제시함으로써 학술적으로뿐만 아니라 정부의 개발 정책의 수립과 집행에도 기여하였다. 그런 면에서 그는 '개발경제학자'였다.

8장

경제문제, 경제학의 현상에 대해 균형적·종합적으로 접근하며 긴 호흡으로 통찰·분석하다

『거시경제이론의 새 과제(부제: 스태그플레이션의 해명 논리)』
『미국경제의 위기(부제: 레이거노믹스의 귀결과 경제학의 현상)』
『20세기 경제학의 조류(부제: 케인스혁명과 반혁명의 궤적)』

『거시경제이론의 새 과제(부제: 스태그플레이션의 해명 논리)』[105]

-수요·화폐·인플레 기대·공급 네 가지 복합 요인에 의한 스태그플레이션의 발생 메커니즘을 규명하고, 종합적 정책 처방 제시

3년 가까이 칩거하며 한 올 한 올 엮고 다듬어 낸 역저

『거시경제이론의 새 과제』는, 1970년대를 전후해 30년 가까이 경제학의 주류를 차지해 온 케인스 경제학을 겨냥하여 통화주의자 등 여러 학파가 집중포화를 터뜨리며 그의 논리적 오류와 착각을 정면에서 통박하면서 학계가 이론적 변혁의 격랑 속에 놓이고, 자본주의 경제는 인플레이션과 불황·실업이 동시에 공존하는 스태그플레이션의 함정에 빠져 헤어나지 못하는 혼돈과 위기 상황에서 집필한 책이다. 사백 년의 경제학 역사상 네 차례에 걸쳐 경험한 학설·철학의 혁명적 대전환[106]에 이은 '다섯 번째 혁명'의 와중에서 학문적 동향을 조감하고 각 학파의 해명 논리와 정책접근을 토대로 스태그플레이션에 대한 종합적인 요인 분석과 정책 처방을 제시한 지포의 첫 번째 저서이다. 3년 가까이 칩거하며 한 올 한 올 엮고 다듬어 낸 역저이다.

---

105 1980년 5·18광주민주화운동의 여파로 교수직에서 해직된 후 칩거 상태에서 집필해 1983년 6월 출간한 저서이다.

106 경제학사에서는 경제학의 혁명으로 첫 번째 스미스(Adam Smith)혁명, 두 번째 리카도(David Ricardo)혁명, 세 번째 한계혁명, 네 번째 케인스혁명을 꼽아 왔다.

1970년대 반케인스학파의 주장과 논의는 모두 한정된 시각에서 한 측면만 중시

'케인스혁명에의 반혁명'을 표방한 프리드먼(M. Friedman) 등 통화주의 학파에 뒤이어 합리적기대파, 공급중시파(supply-siders), 그리고 동학적 인플레이션 이론[107]을 전개했던 돈부쉬(Rudiger Dornbusch)와 피셔(Stanley Fischer)의 이론적 프레임과 분석 시각은 제각기 다르지만, 모두 반케인시언 전선에 서서 케인스 체계에 집요하게 도전하고 치열한 논박을 전개하며, 당시 직면한 자본주의의 구조적 위기는 오로지 케인시언 정책의 유산이라고 힐난해 왔다.

지포는 여러 학파의 이론과 정책 논리를 분석하고, 케인시언과 반케인시언 간 전개된 논쟁 과정을 관찰하고 나서,[108] 시장 만능을 근저로 하는 반케인시언의 주장과 논의가 모두 한정된 시각에서 한 측면만을 중시한 나머지 거기에서 도출되는 이론적 프레임이 '자본주의의 구조적 특이성과 심층 병리를 통찰한 종합적인 체계가 아닌 국부적인 검진·처방'에 머물렀다고 보았다. 그들의 이론적 프레임이 케인스 경제학의 기본적인 체계를 붕괴시키고 '반혁명'은 성취했을지언정 케인스혁명에 버금가는 새로운 지적 체계는 창출하지 못했다고 결론 내렸다.

---

107 '기대'의 요소를 중시하여 어느 시점에서 결정된 물가수준이 어떻게 변화하는지의 동태적 과정을 관찰함으로써 인플레이션의 실체를 더욱 명백하게 파악하려는 이론이다.

108 지포는 이들 간 전개된 논쟁의 내용을 화폐의 역할, 임금·물가의 신축성, 재량(discretion)과 기준, 금융정책론의 새 시각, 재정정책의 현대적 의의 등 다섯 가지 과제로 종합하여 설명했다.

마치 '톨레마이오스(Klaudios Ptolemaeos) 체계(천동설)를 붕괴시켰을 뿐 아직 그에 대체할 코페르니쿠스(Nicolaus Copernicus) 체계(지동설)를 창출하지 못하고 있는 공백 상황'에 비유하며, 거시경제이론의 새로운 지(知)의 지평을 향해 제기와 논쟁, 논쟁과 합의, 비판과 반비판이 잇따라 일고 있는 '혼미와 새로운 모색의 과도기'라 진단했다.

스태그플레이션에 대한 여러 학파의 해명 논리를 심층 해부

케인스 경제학의 기본적인 체계에 도전하여 거시경제이론에 새로운 변혁을 일으켜 온 여러 학파의 이론적 프레임에 대한 이러한 분석·진단을 토대로, 구조적 위기에 함몰되어 있는데도 아직도 그 요인을 규명하지 못한 채 치열한 쟁명만 일 뿐 확고한 정책 수단을 찾지 못하고 있는 스태그플레이션에 대한 해명 논리를 검토하였다.

• 스태그플레이션에 대한 케인시언의 접근 방법

사무엘슨(Paul A. Samuelson)을 비롯한 포스트 케인시언(post-Keynesians)은 실업률과 물가상승률 간 역(逆)의 관계를 나타내는 필립스곡선(Phillips curve)을 도입해 1970년대 미국경제에 나타난 '저성장과 실업 증가 상황에서도 물가가 오르는 현상'을 분석하고, 이 새로운 형태의 인플레이션(즉, 스태그플레이션)의 원인을 노동조합에 의한 생산성 상승률을 상회하는 명목임금의 지속적 상승, 거대 기업군의 독과점과 시장지배력에 기인한 관리가격 상승, 그리고 유가 폭등 등 코스트 푸시(cost-push)에서 찾았다.

이에 대한 정책 처방은 코스트 푸시 요인을 제거함으로써 필립스곡선을 밑으로 이동시키는 길이라 확신하고, 화폐임금과 이윤율을 규제함으로써 물가를 안정시키려는 정책을 내놓았다. 즉 사회 전체의 평균 명목임금 상승률이 평균 노동생산성 상승률을 상회하지 않도록 조정하고, 기업의 요구 이윤율을 통제함으로써 높은 고용수준과 경제성장을 실현하면서도 물가를 안정시킬 수 있을 것으로 보았다.

이처럼 노동조합과 독과점기업 등에 의한 코스트 푸시 요인이 스태그플레이션의 원인이라고 주장한 케인시언의 견해에 대하여 프리드먼은 기본 인식부터 수긍할 수 없으며, 거기서 도출된 정책이 심각한 경제 병리를 치유하는 정책 수단이 될 수 없다고 논박했다.

• 스태그플레이션에 대한 통화주의자의 접근 방법

프리드먼은 실업률과 임금 변화율은 트레이드오프(trade-off) 관계라는 필립스의 가설은 이론적으로 치명적인 결함을 지니고 있고 실증 데이터로도 타당성이 결여되었다고 정면으로 비판하며, 물가변동에 대한 '기대(expectations)'의 요소를 도입하여 원래의 필립스곡선을 수정 보완한 정(正)의 기울기의 '기대 조정된 필립스곡선', 즉 자연실업률 가설[109]에 의해 스태그플레이션의 원인을 분석했다.

---

109 자연실업률이란 노동시장에서 (화폐적 요소를 배제하고) 실물적 요소에 의해 결정되는 고

자연실업률 가설로 스태그플레이션의 주요인을 금융정책에 의한 화폐공급의 증대와 인플레 기대에서 찾고 있는 프리드먼 등 통화주의자들은 '안정적 화폐공급 증가율'만이 경제안정과 성장의 유일한 정책 처방이라 여겼다. 적정 화폐공급량을 초과하는 과잉유동성이 인플레이션을 발생시키고 나아가 실업을 유발해 스태그플레이션 현상을 초래하니 안정적인 화폐공급 증가율을 제도화할 것을 주장하였다.

그러나 통화주의자의 해명 논리에 대하여 토빈(James Tobin) 등 케인시언은 경제주체의 합리성과 노동시장의 완전 조정을 전제로 하는 자연실업률 가설에 의할 때,

— (언제나 자연실업률 수준을 감수해야 하기에) 정책목표로서 고용 문제는 포기하지 않으면 안 되고,

— 완전고용 상태에서 자연실업률 수준으로 고용이 감소하는 것을 스태그플레이션으로 보나 이는 실업 문제가 전혀 사회적으로 문제가 될 수 없는 국면으로서, 실제 영국 등 여러 나라가 두 자릿수 실업률에 직면하고 있는 현실과 거리가 멀 뿐만 아니라,

— 정보화시대로 가면서 비교적 단기간에 끝날 수 있는 근로자의

용수준, 즉 인플레이션이 없는 상황에서 노동의 수급균형이 이루어질 때 나타나는 실업률을 말한다. 스태그플레이션을 이러한 자연실업률보다 낮은 실업률에서 자연실업률 수준으로 회귀하는 과정으로 파악한 프리드먼은 인플레이션과 실업률 사이에는 단기적으로는 역의 관계가 성립한다고 하더라도 장기적으로는 (근로자, 기업가의 수정·조정된 기대 물가상승률에 의해 단기의 필립스곡선이 위로 이동해) 성립하지 않으며, 장기적인 고용수준이 인플레율과 관계없이 자연실업 수준으로 회귀하는 과정에서 인플레이션율과 실업률이 동시에 상승하는 스태그플레이션 현상이 나타난다고 주장했다.

기대 인플레의 수정에 의한 자연실업률에로의 회귀 과정 즉, 스태그플레이션 현상이 실제 미국, 이탈리아 등에서 수년간 장기화·만성화 되어 가고 있음을 지적하면서 통화주의자의 견해를 비판하였다.

• 위의 두 학파와는 전혀 다른 시각의 해명 논리

케인스 이후 영국 경제학계의 거석(巨碩)으로 평가되는 힉스(John R. Hicks)는 산출량의 성장률과 물가상승률의 관계를 나타내는 성장공급곡선(growth supply curve)이 독립적인 임금 푸시(push) 요인의 작용 또는 1970년대의 흉작, 석유파동과 같은 이유로 좌상향으로 이동하는 메커니즘을 통해 스태그플레이션 현상을 규명하였다. 이 곡선을 원래의 위치로 복귀시키기 위해서는 노동시장 정책에 의해 임금 상승 압력을 완화하고 1차 산품의 생산성 향상, 자원의 독점화 경향의 근본적 시정, 부가가치를 높이기 위한 인력의 질 향상 등의 시책을 펴는 것이 중요하다고 역설했다. 힉스의 이러한 견해는 종래의 총수요정책 기조로부터 총공급정책으로의 대전환을 주장한 것이었다.

돈부쉬(R. Dornbusch)와 피셔(S. Fischer)는 완전고용 GNP를 초과하는 GNP 목표를 달성하고자 '과도한 총수요 창출 정책'을 취했을 때와, 유가 급등 같은 외생적 요인에 의해 총공급곡선이 급격하게 상향 이동하는 '공급 쇼크'가 발생했을 때의 두 가지 요인에서 스태그플레이션의 발생 메커니즘을 찾았다. 즉, (완전고용 GNP 상황에서) 화폐 증가율의 상승에 따른 가격과 인플레 기대의 조정에 의해 장기균형에 이르는 과정에서, 그리고 생산조정 과정에서 스태그플레이션 현상이 나타난다고 보았다. 통화주의자의 사고와 함께 공급 측면도 중시하는 견해다. 이들은 인플레를 가속하는 총수요 확대 정책을 배제하고, 임금·가격 통제와 소비세 과세 같은 수단을 활용해 총공급곡선을 아래로 이동시키는 정책의 시행을 주장했다.

경제성장단계에 관한 모델로 유명한 로스토우(Walt W. Rostow)는 세계경제는 1972년을 전환점으로 하여 '콘드라티에프 파동(Kondratiev wave)[110]의 다섯 번째 상승기의 초기'에 접어들어 전례 없는 불확실한 장기적 국면을 맞고 있다고 지적하면서 선진공업국의 투자 격감, 성장 기반의 약화, 식량·원자재·에너지의 공급 교란 등을 스태그플레이션의 요인으로 들었다. 케인시언의 수요 중시 분석 태도와는 달리 공급 조건 시각에서 사태를 통찰했으며, 세계경제의 균형을 회복하기 위해서는 농업개발, 에너지자원의 개발·보전, 원자재 개발 등 기초적 자원에의 투자 확대를 통해 공급을 확장할 것을 역설하였다.

이들 이외에도 와인트로브(Sidney Weintraub)나 골드소오프(John H. Goldthorpe) 등 스태그플레이션의 발생 메커니즘에 있어서 사회적 통합 등 사회학적 요인과 정치 메커니즘을 중시하는 학자들은 사회의 여러 집단에 의한 경쟁적인 소득 인상, 재정지출의 확대로 실질 생산을 상회하는 분배소득의 팽창, 그리고 재정적자를 확대하는 메커니즘

---

110 러시아 경제학자 콘드라티예프(Nikolai D. Kondratiev)가 1920년대 미국·독일·이탈리아의 도매물가지수, 이자율, 생산량 등의 통계분석에서 발견한 약 50~60년 주기의 경제의 장기 순환을 말한다.

이 스태그플레이션의 발생 요인이라 보았다. 미국의 혁신파 경제학자 서먼(Howard J. Sherman)은 대기업의 독점력 강화로 인한 가격지배력과 함께 국가의 제반 정책의 오류와 세계경제의 구조적 변화에서 스태그플레이션의 요인을 찾았다.

여러 학설의 논리적 타당성을 수렴한 종합적 접근으로 스태그플레이션의 요인 해명

이처럼 '심각한 불황과 높은 인플레이션율의 동시적 병발(並發) 현상'에 대한 여러 학파(경제학자)의 기본상정과 분석 시각, 접근 방법이 모두 달라 그 요인의 추적과 정책의 추구에 관한 논의가 백가쟁명이라 할 만큼 본질적으로 다르고, 통일된 정설을 찾지 못한 채 난립과 혼돈을 벗어나지 못하고 있었다.

학설별로 제기한 논의가 대부분 단일 시각에서 분석했기 때문에 완결된 접근을 이루지는 못했으나 제각기 논리적으로 중시해야 할 측면이 함축되어 있어 지포는 여러 학설에서 제시된 스태그플레이션의 요인을 크게 화폐적 요인, 기대 요인, 수요 요인, 공급 요인의 네 가지로 집약했다. 그리고 이를 한 틀에 담아 종합적인 시각에서 새로운 프레임으로 주형화(鑄型化)시키는 접근방법을 시도하였다. 즉, 스태그플레이션의 요인을 화폐공급과 기대 요인에서 찾고 있는 프리드먼의 사고, 자원제약으로 인한 공급 쇼크와 생산성의 하락에서 찾고 있는 힉스나 로스토우의 견해, 그리고 수요 창출과 공급 쇼크에서 찾고 있는 돈부쉬와 피셔의 사고를 수렴하여 새로운 프레임으로 녹여냄으로써 어느 한 편견이나 단일 시각에서 도출되는 일면적 논리를 피하고 종합적이고 통일적인 시각에서 스태그플레이션의 실체를 관찰하려는 접근 방법이었다.

지포의 이러한 요인 분석은 화폐공급 증가율의 상승뿐만 아니라 공급 교란에서도 스태그플레이션의 원인을 찾았던 돈부쉬와 피셔의 분석 방법에서 시사 받은 바 컸다.[111]

그러한 분석 틀 아래 지포는 (인플레이션율과 총공급의 관계를 나타내며 총공급곡선의 이동으로부터 도출되는) 인플레공급곡선과 (인플레이션율과 총수요의 관계를 나타내며 총수요곡선의 이동으로부터 도출되는) 인플레수요곡선을 분석 도구로 하여 두 곡선이 여러 경제변수와 여건의 변화에 따라 이동하면서 인플레이션율과 산출량(또는 고용량)에 어떠한 변화를 일으키는가를 두 국면으로 나누어 관찰함으로써 스태그플레이션의 요인을 해명하는 방법론을 사용하였다.

• 제1 국면: 수요 요인, 화폐적 요인, 기대 요인, 그리고 공급 요인에 의해 인플레공급곡선이 상방 이동하며 스태그플레이션 현상이 나타나는 국면

---

111 지포는, 돈부쉬와 피셔가 공급 교란 요인을 추가하여 스태그플레이션의 발생 메커니즘을 복합적으로 추적한 것을 큰 진전으로 평가하면서도, 총수요 창출 요인과 공급 교란 요인을 한 틀에 종합하지 않고 서로 분리하여 해명하는 방법을 취한 것은 아쉬운 부분으로 지적했다.

1960년대를 통하여 케인시언의 정책 기조에 따른 재정정책 중심의 수요 확대 정책은 재정적자를 점점 늘어나게 하고 물가를 급등시켰을 뿐만 아니라 실물경제 성장을 훨씬 상회하는 화폐공급의 팽창으로 이어져 폭발적인 인플레이션이 발생하였다. 인플레이션의 가속화는 사람들의 인플레 기대심리를 자극하여 각종 재화의 사재기 등으로 인플레가 인플레를 낳는 악순환에 빠지게 되었다. 여기에 1960년대 후반부터 둔화되기 시작한 미국을 비롯한 주요 국가의 생산성 상승률이 1970년대 이르러 현저히 둔화되거나 정지되고, 환경문제까지 대두된 상황에서 1973년 11월 석유수출국기구(OPEC: Organization of the Petroleum Exporting Countries)의 유류 수출금지 조치와 유가의 폭발적 인상에서 촉발된 주종자원의 무기화는 자원제약과 공급력 부족을 일으켜 단위당 생산비를 폭등시켰다.

이러한 수요·화폐·기대·공급 측면의 요인이 복합적으로 작용하여 인플레공급곡선을 상방(좌상향) 이동시켰고, 그 결과 인플레이션율이 상승하는 동시에 총산출량이 감소하고 실업률이 증대되는 스태그플레이션 현상이 일어났다.[112]

---

112 지포는 인플레공급곡선이 상방 이동할 때 국가에 따라 인플레수요곡선이 변동하지 않거나 긴축을 단행해 밑으로 이동하는 두 가지 경우로 나누어 분석했는데 정도의 차이만 있을 뿐 두 경우 모두에서 인플레이션율과 실업률이 동시에 상승하는 스태그플레이션 국면이 나타났다. 물론 긴축을 단행해 인플레수요곡선이 하방 이동할 경우 (인플레수요곡선이 변동하지 않는 경우에 비해) 인플레이션율의 상승 정도는 조금 완화되나 산출량은 더욱 격감하였다.

• 제2 국면: (제1 국면에서 나타난) 인플레의 가속화와 경기 침체에 대처하기 위해 총수요관리정책을 펼친 결과 인플레수요곡선이 이동하여 스태그플레이션 경로가 달라지는 국면

정책당국이 이러한 스태그플레이션 현상이 지닌 의미심장한 함의를 통찰하지 못한 채 그에 대처하기 위해 (그동안 유일한 정책 수단이었던) 총수요관리정책을 폈다고 가정하면 정책 수단의 선택에 따라 상황이 어떻게 달라지는지 분석하였다.

— 인플레이션을 우려하여 긴축정책을 펴기 위해 화폐공급 증가율을 하락시킬 경우

인플레수요곡선이 하방(좌하향) 이동하여 인플레이션은 진정되지만, 산출량은 대폭 격감하여 견딜 수 없을 만큼 실업률이 격증하는 상황에 직면하게 된다.

— 경기 침체에 대응하여 종래의 관습대로 확대정책을 펴기 위해 화폐공급 증가율을 상승시키는 경우

인플레수요곡선이 상방(우상향) 이동하여 인플레이션이 심화하는 대가로 산출량이 증대하며 그만큼 실업률은 감소하지만, 인플레이션으로 인한 총수요 확대의 한계와 자원 무기화를 비롯한 전반적인 공급조건의 장벽 때문에 완전고용 수준에는 미치지 못하며 실업의 상태화

상황에 이르게 된다.

그런데 총수요 확대정책을 편 결과 (인플레수요곡선의 상방 이동에 의한) 인플레이션의 가속화는 일반의 인플레 심리를 자극해 인플레공급곡선이 상방 이동하게 된다. 이러한 상황에서 1979년 제2차 오일쇼크로 유가가 대폭 인상되고 공급 조건이 더욱 장벽에 부딪히게 되었으며, 국제통화위기 등 국제적 요인으로 투자가 위축돼 공급의 절대적 부족 현상이 일어나며 이 역시 인플레공급곡선을 상방 이동시키는 요인으로 작용하여 인플레이션이 더욱 가속화되고 산출량은 격감하고 실업률이 격증하며 스태그플레이션이 심화하는 국면을 맞게 된다. 1980년대 초, 선진 자본주의 경제의 만성적인 스태그플레이션 현상은 이렇게 해명될 수 있다.[113]

여기서 제1 국면과 제2 국면은 인플레이션율과 실업률의 수준에 차이가 있을 뿐 본질적으로는 같은 요인에 의한 같은 증상을 나타내고 있음을 알 수 있다. 다만, 제2 국면은 제1 국면보다 훨씬 심화한 양상이며 '스태그플레이션의 함정(stagflation trap)'에 빠진 상황으로 규정할 수 있다.

이처럼 스태그플레이션은 총수요 확대로 인한 화폐공급의 팽창, 거

---

[113] 지포는 그래프 하나를 사용하여 여러 요인에 의하여 인플레수요곡선과 인플레공급곡선이 이동하면서 스태그플레이션 현상이 나타나는 프로세스를 두 국면으로 나누어 일목요연하게 설명하였다.

기서 유발된 인플레 기대 작용, 그리고 공급력의 절대적 부족 등 네 가지 복합 요인이 상호 유기적으로 작용하여 나타난 이상 국면이라 할 수 있다.

한편, 여러 경제학자가 '스태그플레이션 현상은 케인스정책의 유산 (Keynesian legacy)'이라 비판한 것과 관련하여 지포는 "부분적으로는 맞지만, 전적으로 그것에만 전가할 수 없다."라고 주장하였다. 그것은 제2 국면의 현출(現出)이 총수요 확대가 중요한 한 요인으로 작용한 결과인 건 분명하지만 '공급 조건의 장벽'이라는 또 하나의 중요한 요인이 인플레공급곡선을 상방 이동시킴으로써 초래된 현상이기 때문이다.

결국 1970년대 이르러 선진 자본주의 경제 내부에 잠재된 여러 불안 인자와 그 후에 나타난 교란 요소의 복합작용에 의해 스태그플레이션이 발생한 것이어서 긴축정책을 펼치면 견딜 수 없을 정도의 불황·실업 사태가 초래되고, 확대정책으로 반전할 때는 한층 심화한 스태그플레이션을 맞게 돼 수요관리라는 종래의 정책 관행으로는 자본주의 생성·발전 이래 초유의 병리 현상을 해결할 수 없었다.

스태그플레이션을 일으킨 복합 요인들을 하나하나 다스릴 수 있는 종합적 정책 처방 제시

지포는, 스태그플레이션이란 경제 내부의 어느 한 측면만의 기능 장애에서 나타난 것이 아니고 더 복합적인 장애와 병원체에서 표출되는 구조적인 현상이기 때문에, 그에 대처하기 위해서는 복합 요인들을 하나하나 다스릴 수 있는 '종합적인 정책접근'이 아니고서는 안 된다고 보았다. 종합적 정책접근이란 앞에서 밝혔던 수요·화폐·인플레 기대·공급 측면의 네 가지 요인에 의한 스태그플레이션 발생 메커니즘을 근원적으로 다스리기 위한 모든 정책 수단·전략을 체계화하고, 정책 수단 간 상호 연관 작용을 고려해 다듬은 후, 단기·중기·장기 계획으로 조정하여 단계적으로 실행해 나감을 말한다.

이러한 인식하에 지포가 제시한 스태그플레이션에 대한 종합적인 정책접근의 골격은 다음과 같다.

우선, '금융정책과 재정정책의 대전환'이다. 과잉유동성이 스태그플레이션의 시발 요인이기 때문에 화폐당국의 '안정적 화폐 증가율의 유지'가 그에 대처하는 초미의 기본 전략으로서 바로 실행하되, 화폐공급 증가율을 분기마다 서서히 감소시키는 방식으로 부작용과 마찰을 피해 가며 적정 수준에 근접시켜 나간다. 그리고 화폐공급에 대한 중·단기 계획을 수립하여 공표하고, 차질 없이 실행함으로써 (과잉유동성 다음으로 인플레이션을 가속하는) 사람들의 '인플레 기대심리를 진정'시켜 합리적 기대가 형성되도록 한다. 이러한 금융정책과 함께, 그동안의 수요 확대 정책에서 비롯된 방만한 재정지출이 인플레이션을 가속한 주범이기 때문에 연차적 재정계획을 수립하여 단기간에 '균형예산의 원칙을 실현'해 나간다.

둘째, 스태그플레이션의 발생 메커니즘의 중요한 요인 중 하나인 공급 조건의 제약과 생산력의 쇠퇴에 대처하기 위한 '총공급관리정책의 시행'이다. 에너지 등 '주종자원의 개발'을 추진해 나가고, 그 유통 장벽과 가격 횡포를 무너뜨리기 위한 국제협력을 강화한다. 그리고 '기술혁신'은 새로운 장기투자의 유발과 왕성한 신생 기업의 출현 등 스태그플레이션 상황에서 새로운 활로를 개척하는 핵심 전략 수단으로서 연구개발비 지출을 늘려 주종자원의 대체자원을 개발하고, 자원절약형 생산시설과 산업구조로 전환해 나간다. 아울러 경영의 질과 직업훈련·기술교육을 강화하여 근로자의 질을 높이고, 노동 환경·조건의 개선으로 근로의욕과 창의성의 발휘를 유도함으로써 '노동과 자본의 생산성을 상승'시킨다. '자본축적에 의한 공급력 확충'도 인플레이션을 침정(沈靜)시킴과 동시에 경기를 활성화하는 중요한 정책 장치이다.

셋째, '건전한 시장기능의 회복'이다. 시장의 자동 조절 기능[114]의 장애는 스태그플레이션의 강도를 나타내는 경제불쾌지수[115]를 높이는 중

---

114 시장가격이 신축적일 때 경제는 장기적으로 자동으로 완전고용에 도달하며, 가격의 조정 속도가 매우 빠르면 단기간에도 그에 이를 수 있다. 이때는 아무런 정책 개입의 여지가 없으며 개입할 땐 오히려 물가의 상승이나 (국채 발행을 통한 정부의 재정지출 확대로 이자율이 상승하여) 민간의 투자와 소비를 위축시키는 크라우딩 아웃(crowding out)만 낳을 뿐이다. 정부의 개입은 가격 조정 속도가 매우 완만해 장기적 균형으로의 회복이 더디고 실업은 해소되지 않는 장기 불황 국면에서 성장 촉진과 실업 해소를 위해 총수요관리정책의 유효성이 강조될 때 필요하다.

115 경제에 대한 국민 불만 정도를 나타내는 지수로서 소비자물가 상승률과 실업률의 합계치에서 실질 경제성장률을 뺀 수치이다.

요한 요인으로서 시장기구의 기능 회복만이 경제 내에 막힌 장벽을 제거하고 자유로운 유통과 정상순환을 촉진하는 지름길이다. 시장기능, 경제의 자동적 균형 기능의 회복과 관련하여 상품시장에서 '가격의 수급 조절 기능의 회복·강화'가 무엇보다도 중요하다. 정부의 시장개입을 최대한 자제하는 한편, 상행위 합병의 규제와 독과점 금지 조치 등을 통해 시장지배력 형성을 근본적으로 억제해 자유경쟁을 촉진하고, 발명과 기술혁신을 장려하여[116] 새로운 장기투자의 유인과 신규기업의 출현으로 그 분야의 경쟁을 확대한다. 다음으로 임금이 생산성 격차를 공평하게 반영하고, 노동수급을 일치시키는 수준에서 결정되도록 '노동시장의 원활한 조정 기능의 회복'도 중요하다. 그리고 '자본시장에 대한 규제와 경직성을 제거'하여 시장 실세를 반영하는 금리에 의해 자금이 흘러가도록 한다.

마지막으로, 스태그플레이션에 대처하는 정책당국의 정책 운용의 행동 원리로서, 정부는 위에서 언급한 종합적 정책체계를 적극적으로 실행해 나가되 그 과정에서 필요선(善)이라 판단되는 범역(範域)에서 '최소한의 규제나 제한'에 그치도록 절제하고 기본적으로는 시장 메커니즘의 회복을 위한 제반 정책 수단을 펴 나간다.

통화주의자 등 반케인스파는 스태그플레이션이 케인시언의 재량적

---

116 발명과 기술혁신은 앞에서 언급한 생산성 향상과 공급력 확대를 위해서도 필요하면서 경제기능의 장애 요소를 제거하기 위한 전략으로서도 중요하다는 것이 지포의 일관된 인식이었다.

정책 개입과 총수요관리정책의 오류와 착각이 빚어낸 고질병이기 때문에 정부의 개입을 근본적으로 배격하고 시장 메커니즘에 그대로 방임하는 작은 정부를 완강히 주장하나, 지포는 주요 선진경제가 스태그플레이션의 함정에 침몰해 있는 상황에서 시장의 자동 조정 기능에만 맡겨두자는, "정부는 아무것도 안 하는 것이 상책!"이라는 주장에는 우려를 표명했다. 시장 메커니즘이 경색되고 불완전성이 심화하여 경제의 자생적 회복을 기대하기 어렵기 때문에 스태그플레이션을 극복하기 위한 새로운 정책체계를 실행하는 역할을 정부가 수행하지 않으면 안 된다고 보았다.

그러면서도 정부가 경색된 시장기능과 경제를 회복시키는 조정자로서, 스태그플레이션의 함정을 극복하기 위한 처방의 관리자로서 역할과 사명을 다하여야 하되, 필요한 최소한에 그쳐야 한다며 중도·중용의 태도를 보였다. '정책의 학(學)', '실천의 학'으로서 케인스 경제학을 신봉하면서도 '하베이 로드의 전제(the presuppositions of Harvey Road)'[117]를 과신하고 '블룸즈버리 세계관(the Bloomsbury view)'[118]에

---

117 케인스는, 지적으로 우수한 엘리트는 공공의 이익을 위해 합리적으로 사고하고 행동하며, 사회적 사명감과 책임감이 강하고 세론(世論)을 유도할 수 있는 설득력이 있으므로, 정부 정책은 소수 엘리트에 의해 수립되어야 한다는 생각이 강했다. 그런 전제하에서 총수요관리정책 등 정부의 자유 재량적 정책 개입을 당연시하는 케인스의 모든 정책 처방전이 케임브리지시 하베이 로드에 위치한 그의 생가에서 이루어진 데서 연유한 표현이다.

118 '이성적이며 품격 있는 엘리트는 전통적인 기준의 제약과 경직적인 행동 규칙에서 해방되어 오직 진리와 객관적 기준에 따라 행동해야 한다.'라는 것이 케인스가 속해 있었던 케임브리지의 지식인 토론 모임 블룸즈버리 그룹의 일반적인 인식이었다. 케인스는 이런 고고한 엘리트 의식과 충만한 지적 풍토에 크게 영향을 받아 "정부의 정책은 품격 있고 총명한

젖은 케인시언의 재량적·과잉 정책 개입에 대해선 경계하였다.

요약하면, 스태그플레이션이라는 병리 현상을 어느 한 시각의 부분 검진이 아니라 종합 검진에 의해 병소(病巢)와 실체를 탐색한 후 국부적인 단방 요법이 아니고 종합 요법을 통해 근본적으로 치유하고자 한 것이 지포가 제시한 정책 처방이었다.

엘리트의 신뢰할 만한 직관에 일임해야 한다."라고 확신했다. '균형예산 원칙은 경직적인 정부 행동 기준에 불과하다.'라는 사고와 그의 경제정책 내지는 정책일반에 대한 태도 모두 그러한 지적 풍토, 세계관에서 비롯된 것으로 알려져 있다.

『미국경제의 위기(부제: 레이거노믹스의 귀결과 경제학의 현상)』[119]

- 3중 적자의 구조적 함정에 빠트린 레이건 정부 8년간의 경제정책 과정의 해부와 논증

> 레이거노믹스의 경제학적 귀결과 그 이론적 지주인 세 학파의
> 정책 논리의 정당성을 검증코자 집필

지포는 1981년 2월 출범한 미국의 레이건 행정부가 경제정책 사조에 있어서 획기적 정책 패러다임인 레이거노믹스(Reaganomics)로의 대전환을 선언하고 이를 실행하는 과정을 초미의 관심을 두고 관찰했다. 레이거노믹스는 한 시대를 풍미했던 케인스학파의 정책 기조를 폐기하고 새롭게 대두한 통화주의 학파, 공급중시파(supply-siders),[120] 그리고 이론적 프레임은 다르나 금융정책의 제언에 있어선 통화주의 학파와 거의 궤를 같이하는 합리적기대파의 기본 시각을 반영하여 세

---

119 5·18광주민주화운동의 여파로 1980년 8월 해직되었다 4년 만에 전남대학교로 돌아와 안정된 연구터전에서 집필에 착수해 1989년 3월 출간한 지포의 두 번째 저서이다.

120 1970년대 구조적 위기 국면에 빠진 미국경제를 재생시키기 위해서는 무엇보다도 생산력 증강과 공급 측면의 역할을 강조했던 유파이다. 그 이론적 프레임을 구축한 펠드스타인(Martin Feldstein), 길더(George Gilder) 등은 자유시장원리와 '세이의 법칙(공급은 그 자신의 수요를 창조한다)'을 신봉하는 철두철미한 반케인시언으로서 가격의 수급 조절 기능을 중시하고, 경제의 원동력은 기업가 정신에 있다고 확신하며, 과도한 조세가 미국경제의 구조적 딜레마의 근본 요인이라는 인식하에 저축·투자·생산성·인플레이션에 미친 세제의 부정적 효과에 연구의 초점을 두었다.

학파의 정책 논리를 지주로 한 정책체계로서, 이는 대담하고 장대한 '정책 실험'이면서 그 결과에 따라 (모두 자유시장 경제원리를 신봉하고 철저하게 반케인스 진영에 선) 세 학파의 이론적 프레임워크의 논리적 정당성 여부를 가늠하는 '경제학의 실험'이기도 했기 때문이다. 스태그플레이션 현상을 해명하기 위한 『거시경제이론의 새 과제』를 집필하면서 참신하면서도 극단적인 세 학파의 주장을 검증하고 그 경제학적 귀결을 확인하고 싶었던 지포로서는 레이거노믹스가 절호의 기회를 제공한 셈이다.

『미국경제의 위기』는 레이건 정부가 최초 공약했던 레이거노믹스를 어떻게 실행해 왔고, 어떠한 정책효과를 나타냈으며, 그 결과 미국경제의 실상이 어떻게 변모하고 어떤 구조적 변화가 일어났는지를 8년에 걸친 관찰을 토대로 지포 자신의 시각에서 접근해 하나하나 논증해 보고자 집필한 책이다. 그것이 오늘의 매크로 경제학을 연구하는 데 있어 가장 핵심적 과제라는 인식에서였다.

레이거노믹스로의 정책적 대전환의 배경
- 스태그플레이션의 구조적 위기에 빠졌지만, 케인스 경제학으로는 그 요인과 정책 장치 못 찾아

지포는 『미국경제의 위기』에서 맨 먼저, 레이거노믹스로의 정책적 대전환의 배경과 그것의 정책론적 특징부터 살펴보았다. 자본주의 경제의 대명사라 할 수 있는 미국경제가 1970년대에 이르러 심각한 위기 국면에 빠진 것은 단기적 요인이나 일시적인 경제정책의 시행착오에 의해서가 아니라 장기에 걸친 근본적인 경제구조의 변화와 구조적 요인에 기인한 것으로 인식하고, 레이거노믹스로의 대전환의 배경을 고찰하고자 2차 대전 후 세계 자본주의 경제를 주도해 온 팍스 아메리카(Pax America) 체제가 구축되고 나서 주요 선진국에 비해 상대적으로 쇠퇴할 수밖에 없었던 미국경제의 다이내믹한 전개 과정부터 살펴보았다.

미국은 전후 막강한 경제력과 군사력을 바탕으로 국제 정치·경제 체제를 주도하면서 유럽경제부흥계획(Marshall Plan) 등 대규모 대외원조와 과다한 방위비 지출로 경제에 큰 압박을 받아 왔다. 그리고 그러한 원조와 안전보장하에서 경제적으로 급성장한 서유럽과 일본의 도전에 직면해, 갈수록 국제경쟁력을 상실하며 원자력·항공우주산업 위주로 산업구조가 왜곡되던 터에 8년여에 걸친 베트남전쟁의 충격으로 미국경제의 우위 기반이 결정적으로 붕괴하고 말았다.

이렇게 '경제적 잉여'는 줄어드는데 '체제 유지비용'이 급증하며 발생하는 국제수지 적자 폭[121]은 달러 살포로 충당되었다. 기축통화인 달러에 대한 신뢰가 떨어지기 시작했고, 급기야 '달러 위기'에 직면했다. 1967년 말 '달러 매각, 금 매입' 열풍이 일기 시작하더니 1968년 3월 골

---

121 미국의 국제수지는 1950년대, 1960년대 줄곧 적자였지만, 그동안 흑자 기조를 유지했던 무역수지마저 베트남전쟁 이후 악화하며 1971년 적자로 돌아서고 말았다. 1893년 이래 80여 년간 유지해 온 무역수지 흑자 기조의 붕괴로 국제수지 적자가 더욱 빠르게 확대되었다.

드러시(gold rush) 강풍이 휘몰아쳤다. 결국 각국 중앙은행이 미국 금융당국에 대하여 달러의 금 태환 요구를 삼가기로 협정을 맺었다. 해외에 거대한 달러가 쌓여도 금 태환 압력이 사라져('달러 특권'이 부여되어) 미국의 국제수지 적자는 더욱 확대되었다. 국제유동성이 급증하고 국제통화 불안이 고조되자 마침내 1971년 8월, 닉슨 대통령은 일방적으로 달러의 금 태환 정지를 선언했다. '닉슨 쇼크(Nixon Shock)'라 불리는 금 태환 정지는 잠재적으로 진행되어 온 미국을 기축으로 한 국제통화체제의 위기의 모습을 드러나게 한 조치였다.

한편, 미국에서 진행된 인플레이션이 주요국으로 확산하며 세계적인 인플레를 유발하자[122] 달러의 금 평가 기준 재조정과 달러에 대한 각국 통화의 재조정을 위해 1971년 2월 '스미스소니언 통화협정(Smithsonian Agreement)'을 체결하였다.[123] 1973년 2월에도 달러의 평가절하가 이루어졌지만, 주요국이 제각기 인플레를 유발하는 정책을 추진하고 자본이 자유롭게 이동하는 상황에서는 더 이상 고정환율제를 존속시키기 어려워 1973년 3월 변동환율제도로 대전환이 이루어졌다. 1944년 탄생한 고정환율제도를 축으로 하는 브레튼우즈체제는

----

[122] 프리드먼(M. Friedman)에 따르면, 고정환율제도하에서 어느 나라가 과도한 금융완화정책을 펴 인플레가 가속화될 때 그 나라와 교역 관계를 맺고 있는 나라는 환율을 유지하기 위해 인플레 진행 국가의 통화를 흡수하지 않으면 안 되어 인플레가 국제적으로 확산하는 '인플레의 수출입 현상'이 나타난다.

[123] 금 1온스당 35달러에서 38달러로 달러의 평가절하와 동시에 40개국 통화의 평가절상이 이루어졌다. 이러한 응급처방으로 브레튼우즈(Bretton Woods)체제의 고정환율제도는 간신히 그 명맥을 유지할 수 있었다.

붕괴하고 말았다. 미국경제의 상대적 쇠퇴와 서유럽, 일본의 급속한 성장으로 인한 세계 자본주의의 불균형적 발전이 달러를 기축통화로 하는 국제통화체제를 붕괴시킨 것이다.

이처럼 1970년대에 이르러 달러 위기를 중심으로 전개된 금-달러 태환 정지, 스미스소니언 협정과 브레튼우즈체제의 붕괴 등 일련의 사태는 팍스 아메리카의 종언을 고하는 동시에 세계경제가 다극화시대로 접어들었음을 시사하는 것이었다. 그러한 격동의 와중에 석유 무기화의 회오리, 오일쇼크(oil shock)가 덮쳐 1974년 소비자물가상승률이 11%나 되는 전후 최고 수준의 악성 인플레이션과 함께 실업이 발생하는 스태그플레이션 현상이 나타났다. 결국 미국경제는 기존 경제이론으로는 해명할 수 없는 불가사의한 병리 현상, 스태그플레이션의 함정에 빠져 심각한 구조적 위기 국면을 맞게 되었다.

미국경제가 스태그플레이션의 함정에 빠졌는데도 케인스 경제학으로는 그 요인을 해명할 길이 없고 대처할 정책 장치도 찾지 못하고 있던 1970년대를 전후하여 통화주의 학파의 케인스혁명에 대한 '반혁명'에 이어 합리적기대파, 공급중시파가 대두해 하나같이 반케인시언 전선에 서서 집중포화를 터트리자, 결국 케인스 경제학은 퇴조하고 경제학계에 새로운 조류가 형성되어 갔다.

레이거노믹스의 등장과 그 정책론적 특징

1970년대 후반 미국경제가 실업과 인플레이션, 생산성 정체라는 3

중의 구조적 딜레마에 빠져 회복을 기대하기 어려운 위기 상황에서 제 40대 대통령으로 취임한 레이건은 1981년 2월 상하 양원 합동회의에서 '미국의 경제 재생계획(America's New Beginning: A Program for Economic Recovery)'을 발표하였다. 이는 미국의 경제정책사에 있어 대전환을 선언한 것으로 그 정책체계를 가리켜 '레이거노믹스'라 부르게 되었다.

경제 성장과 안정을 동시에 실현하기 위한 재정, 금융 등 여러 정책수단의 조합(policy mix)인 레이거노믹스는 안정적이며 예측할 수 있는 금융정책, 감세를 통한 저축·투자 유인 강화, 세출 삭감에 의한 재정지출 개선, 그리고 민간에 대한 정책 개입 축소와 규제 완화의 네 가지 정책 지주로 집약된다.

레이거노믹스는 통화주의 학파, 공급중시파 그리고 간접적으로는 합리적기대파 등 새로이 대두한 반케인스 진영 세 학파의 정책 제언을 동시에 수용해 한 틀에 종합한 정책 패러다임으로서 스태그플레이션과 생산성 정체 현상을 극복할 수 있는 정책 처방으로 창출되었다. 이는 대담한 정책 실험이면서 세 학파의 이론적 프레임워크와 정책 논리의 정당성 여부를 판가름하는 새로운 매크로 경제학의 실험이기도 했다. 그러기에 그 실행 과정과 효과에 대해 정책당국은 물론 학계의 비상한 관심이 집중되었다.

레이거노믹스 금융정책의 실행 과정과 정책효과(통화주의 학파, 합리적기대파 이론의 실증적 검진)

통화 공급의 'k% 기준(k-percent rule)'을 고수하는 통화주의 학파의 금융정책[124]의 실행을 천명했던 레이건 정부가 공약과는 달리 국면에 따라 경기를 조정하기 위해 긴축으로부터 완화 기조로, 다시 완화에서 긴축으로, 일곱 차례나 피드백을 반복하는 과정을 살펴보니,[125] 통화주의 학파가 주장했던 효과는 거의 발견되지 않고 불황이 더욱 심화하고 장기화하자, 통화주의 정책을 포기하고 역설적으로 케인시언 금융정책 기조로 돌아선 것으로 나타났다.

그리고 통화주의자들의 주장처럼 화폐공급의 변화가 명목 GNP와 인플레이션에 영향을 미치는지 실증자료를 통해 관찰하였다. 미국에 있어서 1959년부터 1980년까지는 통화 공급 증가율과 인플레율 사이에는 약 2년의 시차를 두고 인과관계가 나타났으나, 1982년 이후엔 통화 공급 증가율이 급격히 상승했음에도 인플레율은 오히려 역방향으로 선회하여 디스인플레이션(disinflation)이 진행되는, 통화주의에 반

---

124 프리드먼은 통화당국의 어느 일정한 통화 공급 증가율(k-%)의 엄격한 관리만이 인플레 없는 경제 안정화의 핵심 정책이라 주장해 왔다.

125 레이거노믹스 이후 8년에 걸쳐 실행된 미국의 금융정책 과정은 일곱 차례에 걸쳐 변화되었다. 제1기(1981년 1월~1982년 8월) 엄격한 금융긴축, 제2기(1982년 9월~1983년 8월) 초금융완화, 제3기(1983년 9월~1985년 1월) 긴축, 제4기(1985년 2월~1987년 3월) 초금융완화, 제5기(1987년 4월~10월) 긴축, 제6기(1987년 10월~1988년 3월) 완화, 그리고 제7기(1988년 4월~1989년 2월) 금융긴축 기조로 피드백을 반복했다.

하는 기현상이 나타났다. 이는 유가 하락, 미국의 상대적 고금리에서 비롯된 달러 가치 강세에 의한 수입 물가 하락, 임금 상승률 하락과 노동생산성의 점진적 회복 등 비화폐적 요인에 기인한 것이었다. 1987년부터 1988년 전반기까지 진행된 인플레이션 현상도 통화 공급의 변화에 의해서가 아니라 주로 비화폐적 복합 요인에 의한 것이었다. 레이거노믹스 과정에서 통화주의자들이 그동안 완강히 주장해 온 '인플레이션은 언제 어디서나 화폐적 현상'이라는 기본명제는 확인되지 않았으며, 통화량과 인플레이션 간 인과적 관계가 붕괴하고 있는 것으로 나타났다. 또, 통화 공급이 명목 GNP의 유일한 결정요인이라며 끈질기게 주장했던 화폐량과 GNP 간 인과관계도 관찰되지 않았다. [126]

---

126 1980~1981년 금융긴축에 따라 $M1$(현금통화, 요구불예금 등 당장 현금화할 수 있는 통화량) 증가율이 소폭 하락했는데도 1981년 명목 및 실질 GNP 성장률은 1980년에 비해 크게 상승하였고, 1985~1986년엔 $M1$ 증가율이 두 자리 숫자를 기록할 만큼 폭발적인 금융완화정책을 폈지만, GNP 성장률은 오히려 크게 하락하였다. 이처럼 통화량과 GNP 사이 인과관계가 붕괴한 이유를 안정적인 변수라 가정했던 화폐유통속도(V)의 불안정성·불가측성이 교환방정식($MV=PT$)에서 유효통화인 MV를 교란하면서 통화지표로서 $M1$의 유용성이 상실된 데서 찾고 있다. MV가 교란되면서 명목 GNP인 PT는 계측할 수 없는 수치로 남게 된 것이다. 한편 더로우(L. C. Thurow)에 따르면, 단기적으로 안정적이라 보았던 화폐유통속도가 불안정해진 것은 금융시장이 새로운 통화 수단(예: mutual fund, Now accounts)을 창출할 수 있는 능력을 보유하게 되었고, (거래적 동기에 의한 화폐수요는 안정적이지만) 유동성을 조성하기 위한(즉, 예비적 동기와 투기적 동기에 의한) 화폐수요는 장래에 대한 불확실성으로 인해 매우 불안정하기 때문이다. 화폐유통속도의 불안정성에 대해서는 245쪽 더 참고.
Lester C. Thurow. 1984. 『Dangerous Currents: The State of Economics』. New York: First Vintage Books Edition by Random House. 67~69쪽.

사전트(Thomas J. Sargent)와 윌리스(Neil Wallace) 등 합리적기대파는 통화 공급이 아무리 변화하더라도 경제주체가 정책변수의 변화에 대해 정확하게 예측할 수 있을 때에는 산출량, 고용량 등 실물경제에 아무런 영향을 미치지 않는다는 '금융정책 무효론'을 끈질기게 주장해 왔다. 정책당국이 예고 없이 불의에 금융긴축정책을 폈을 때 기업은 총수요가 감퇴하고 일반물가가 하락한다는 사실을 전혀 인식하지 못하고 자기 제품가의 하락을 상대가격의 하락으로 착각하여 생산과 고용을 감축하는 것과 같이 불완전 정보하에서나, 즉 경제주체의 '정보의 착각(information confusion)'과 '그릇된 기대(misperception)'의 경우에나 금융정책이 실물경제에 영향을 미친다고 주장했다.

그러나 레이거노믹스 전 기간을 통해 화폐당국은 정책변수의 변화에 대하여 정확하게 고시했고, 경제주체가 예기치 않은 금융긴축으로 인해 그릇된 기대나 착각을 일으킬 상황이 아니었는데도 긴축정책을 펼 때마다 금리가 상승해 소비·투자 수요를 위축시키며 실물경제에 심대한 영향을 미쳤다. 루카스(Robert E. Lucas)의 공급함수를 도입하여 사전트-윌리스 모델로부터 도출된 합리적기대파의 금융정책 무효론은 1980년대 미국의 금융정책에 있어선 확인되지 않음으로써 실증적 정당성을 잃고 말았다.

레이거노믹스 재정정책 효과의 실증적 검진(공급중시파의 정책적 귀결)

레이건 정부는 감세와 함께 재정지출의 삭감으로 재정균형원칙을 고수하는 공급중시파의 정책 논리에 따라 재정정책 기조의 대전환을 선언했다. 소득세를 감세함으로써 개인저축과 근로의욕을 부추기고, 법인투자세의 감세와 가속(加速)상각제도의 도입으로 투자를 유인하는 동시에 침체된 생산성을 상승시키고자 하였다. 감세 규모만큼 재정지출을 삭감하고 간접세의 증세로 재정 균형을 달성함으로써 총수요를 자극하지 않는 수요 중립적 재정정책이 그 특징이다.

공약대로 감세정책은 과감하게 실행되어 1982~1984 회계연도 예산에 편성된 연도별 감세 규모가 각각 377억 달러, 900억 달러, 1,430억 달러에 달했다. 이러한 감세 규모만큼 재정지출을 삭감하는 것이 펠드스타인(M. Feldstein) 등 공급중시파가 구상했던 재정정책의 원형이었지만, 레이건 대통령이 '강한 미국'을 표방하며 해마다 국방비가 확대되었고 소득보조·사회보장·복지지출이 급증함으로써 재정지출이 오히려 대폭 증가하여 재정적자가 기하급수적으로 늘어났다.[127] 이 재정적자의 누적이 미국경제의 구조적 불균형과 악순환의 근원적 요인이 되었다.

지포는, 레이건 정부가 원래 공약했던 펠드스타인, 보스킨(Michael Boskin) 등이 주장한 공급중시파의 재정정책의 원형(감세와 함께 재정지출 삭감으로 재정 균형 달성)을 폐기하고 재정지출형 정책 패턴으로 선회한 것은 래퍼(Arthur Laffer)를 중심으로 길더(G. Gilder), 로버

---

127 레이건 대통령 재임 8년 동안 재정적자 누계가 1조 1,838억 달러에 달했다. 미국 건국 이래 1980년까지 200여 년 동안 연방정부 누적 부채가 9,143억 달러였음을 감안하면 레이건 정부에서 재정적자가 단기간에 엄청난 규모로 증가하였음을 알 수 있다.

츠(Paul C. Roberts) 등 신진 공급중시파의 정책 제언을 과신하고 착각을 일으켰기 때문이라 보았다.

모두 공급 측면을 중시하는 경제학자들이지만 이들은 이론과 정책 논리에 있어서 서로 시각을 달리했다. 펠드스타인 등 공급중시파의 재정정책 원형에 충실한 학자들은 조세감면은 장기에 걸친 파급 메커니즘에 의하여 비로소 총공급의 증대를 일으킬 수 있으며 단기적으로는 세수 증대가 이루어지지 않으므로 재정적 유인 중심의 재정운용은 단기가 아닌 중장기적 관점에서 실행되어야 한다고 주장했다. 그리고 사회보장을 위한 이전지출의 증대는 저축과 근로의욕을 떨어뜨리니 이전지출의 축소 조정을 권고하였다. 반면, 신진 공급중시파 학자들은 '래퍼곡선(Laffer Curve)'[128]을 근거로 감세는 단기적으로 세수 증대를 일으켜 재정지출을 삭감하지 않더라도 재정적자가 자동으로 감소해 재정 균형이 실현된다며 '감세의 속효성'을 주장하였다.

감세의 속효성만을 제기하고 있을 뿐 이를 논증할 실증 분석이 없는[129] 래퍼의 가설을 과신한 레이건 정부는 감세를 지속해서 실행하며 세출 삭감이 아니라 오히려 이를 대폭 늘렸는데, 믿었던 감세의 세수 증

----

128 횡축에 세율, 종축에 세수를 표시한 그래프에서 세율이 인상됨에 따라 세수는 증대하지만 어느 세율에 이르러 최대가 되고 난 뒤엔 오히려 세수가 감소하는 것을 나타내는 종 모양의 곡선이다. 세수가 최대가 되는 세율 이상으로 세율을 인상하면 사람들이 일을 더 하더라도 세후 수입 증가 속도가 둔화하여 근로의욕이 떨어지고, 그 결과 추가 노동이 감퇴해 높은 세율에도 불구하고 세수는 줄어든다는 게 그 함의이다.

129 래퍼곡선은 세수가 최대가 되는 상한 세율에 대한 과학적인 논거를 제시하지 못하고, 감세 규모와 조세의 자연 증수에 대한 정밀한 교량(較量) 분석과 감세로부터 세수 증대가 나타날 때까지의 동태적 시간 요소에 대한 시각도 결여되었다고 지적했다.

대 효과에 대한 뚜렷한 증거를 발견하지 못했다. 또, 감세정책에도 불구하고 민간저축률이 상대적으로 격감했으며 소비수요만을 자극하고 원래 기대했던 투자 유인으로 연결되지 않아 국내총투자율은 하락했다. 결국 국내총투자를 국내저축으로 충당하지 못해 투자금의 약 1/2을 해외저축에 의존하는 결과를 가져왔다. 이러한 과정과 결과는 공급중시파의 메커니즘과는 전혀 궤를 달리하는 것이었다.

결론적으로 래퍼의 가설을 신뢰하고 정책을 폈던 결과 천문학적인 수치의 재정적자를 낳음으로써 미국경제는 헤어나기 힘든 구조적 함정에 빠지게 되었다. "레이건 정부에서 실행한 공급중시파의 재정정책은 실패했다."라고 지포는 단언했다.

레이거노믹스의 경제적 귀결

레이건 대통령은 1988년 2월 의회에 제출한 『대통령 경제보고』에서 미국 역사상 가장 기록적인 경제성장과 고용 창출을 이루어 냈다고 찬양하며 "현재 미국경제는 번영의 와중에 있고, 앞날은 양양하다."라고 자찬했지만 지포의 레이거노믹스에 대한 평가와 미국경제의 실상에 대한 진단은 달랐다. 7년에 걸친 강력한 '캠퍼주사(camphor injection)'로 장기 경기상승을 자극했지만, 그 부작용은 체내에 축적되어 치유하기 어려운 고질병을 유발했다고 지적했다. '장기에 걸친 경기상승'이란 게, 마치 환자의 병세가 악화하는데 계속 체중만 느는 것과 다를 바 없다고 비유했다.

• 자유시장 경제원리의 과신

레이건 정부는 통화주의 학파, 합리적기대파, 그리고 공급중시파가 주장해 온 자유시장 경제원리를 신봉하고 정부의 민간 경제활동에 대한 간섭이나 시장개입을 배제하기 위해 규제 완화를 하나의 정책 지주로 삼아 종래 독과점을 허용하고 가격을 통제해 왔던 운수·통신·에너지 산업 부문에 대한 규제를 1981년 초부터 완화했다. 신규업체의 시장진입을 허용하고, 가격통제를 해제하거나 완화하여 시장 자율 메커니즘에 맡겼다.

그 결과, 규제가 해제된 분야에서는 경쟁 원리에 의한 시장 조정 기능이 회복되기 시작해 기업이 더 저렴한 가격과 다양한 서비스를 제공하기 시작했다. 경영 효율과 생산성을 향상하려는 고무적인 현상도 나타났다. 민간 부문에 대한 정부 통제보다 시장의 자동 조절 기능에 맡기는 것이 인센티브를 활성화해 기술혁신, 생산성 향상, 소비 후생 증대 측면에서 효율적이라는 게 레이거노믹스의 정책 실행 과정에서 확인되었다. 이렇듯 규제 완화 조치는 어느 정도 실효를 거두었으나, 거대한 미국 산업에서 규제 해제 업종이 지극히 한정된 영역에 지나지 않아 그 효과가 미국경제의 펀더멘털(fundamentals)이나 기본적인 퍼포먼스(performance)의 변화에는 영향을 미치지 못했다.

그리고 레이건 행정부의 정책을 자문해 온 경제학자들은 모든 시장은 균형가격의 원리에 의해 신속한 가격조정이 이루어진다는 균형론적 시장관에 입각해 통화 긴축정책과 강력한 공급정책의 폴리시 믹스를 실행한다면 경기 침체 없이 인플레만 정지시킬 수 있다고 인식했지만 (이를테면, '통화 브레이크'에 '재정 액셀러레이터'를 동시에 밟으면 실질 GNP나 고용에 아무런 영향을 미치지 않고 인플레만 진정시킬 수 있다고 확신했지만), 현실 세계는 균형론적 세계와는 너무나 거리가 멀어 금융긴축으로 1982년 심각한 불황 국면이 장기화하자 미국의 중앙은행인 연방준비제도(FRB: Federal Reserve Board)는 '안정적 통화 공급'이라는 통화주의 학파의 금융정책 기조를 폐기하고 경기회복을 위한 초금융완화정책으로 선회하고 말았다.

레이거노믹스 이후 (금융정책 제1기부터 제7기까지) 전개된 미국경제의 퍼포먼스는 시장 균형론적 세계와는 너무나 괴리된 '스톱(stop)-고우(go)'의 순환적 굴절 과정의 연속이었지 가격의 수급 조절 기능에 의한 자동적 안정 균형 국면이 아니었다.

이처럼 레이건 정부가 규제 완화를 표방하고 자유시장 기능을 촉진하는 정책을 폈지만, 미국경제는 경쟁 원리에 의한 자율적 안정 균형 국면이 나타나지 않았다. 레이거노믹스의 패러다임을 창출했던 경제학자나 레이건 정부가 자유시장 경제원리를 너무 과신한 것이다.

• 반레이거노믹스에로의 정책 변신

레이거노믹스는 통화주의 학파의 금융정책과 공급중시론자의 재정정책을 지주로 하는 새로운 폴리시 믹스이며, 총수요관리를 위한 관행적인 케인시언의 정책 패턴을 기본적으로 배격한 철두철미 반케인시언 패러다임이었으나, 레이건 정부가 실행해 온 것은 의도적이든 아니든 역설적이게도 그때그때의 경기 국면에 따라 총수요의 관리를 위한 '적절한 조정(fine-tuning)' 정책이었다. 레이건 정부가 폐기하겠다고 공약했던 케인시언 정책으로 방향을 튼 것이다. 정책의 실행 결과를 보더라도 통화주의 학파나 공급중시 학자들이 주장했던 효과가 아니라 케인시언 효과가 나타났다.

레이건 정부가 공약했던 금융정책은 '안정적이며, 건전하고 예측할 수 있는 통화 공급'이었으나 전후 가장 장기의 심각한 불황과 실업 사태를 견디지 못하고 1982년 9월 이를 폐기하고 경기순환의 한계적 국면에 직면할 때마다 또는 금리 조정이 필요할 때마다 경제 안정화를 위한 반순환적(counter-cyclical) 정책 패턴, 전형적인 케인시언의 '피드백 룰(feed-back rule)'에 의한 금융정책으로 돌아갔다. 그러한 금융정책의 기조 변화가 있을 때 매번 케인시언이 주장한 총수요와 금리의 변화가 일어났으며 경기순환의 반전현상이 나타났다. 통화주의 학파가 주장한 효과보다 케인시언 효과가 뚜렷하게 나타난 것이다.

레이거노믹스의 재정정책도 공약했던 원형은 감세 규모만큼 세출 삭감과 간접세 증세로 균형예산을 실현하는 동시에 재정적 자극에 의해 총수요를 교란하지 않으려는 패러다임이었으나, 이와는 너무나 다른 형태로 실행되어 1984년 목표로 했던 균형예산은 달성하지 못하고 천문학적인 재정적자만 기록하게 되었다. 그리고 개인소득세의 감세로 기대했던 저축 인센티브는 나타나지 않고 소비수요만 자극해 총수요를 증대시킴으로써 경기회복에 크게 기여했다. 결국 공급중시파가 주장했던 메커니즘은 관찰되지 않고 의도하지 않은 케인스파의 총수요관리정책의 효과만 확인되었다.

자유시장 경제원리를 근저로 한 레이거노믹스임에도 불구하고 대외 경제정책에서도 이에 반하는 정책을 실행했다. 자유시장원리에 의한 외환시장이란 변동환율제를 원칙으로 하는데 레이건 정부는 1985년 9월 주요국이 달러화의 평가절하를 위해 적극적으로 외환시장에 개입하도록 요구하는 'G5 합의'를 끌어냈다. 그리고 미국의 무역적자를 해소하고자 1986년 5월 7개 주요 선진국이 GNP 성장률, 인플레율 등 10개 항의 주요 경제지표에 대해 상호 감시하는 내용의 'G7 경제선언'을 주도했다. 또한, 미국통상법 제301조를 앞세워 대미 흑자국에 대한 환율 절상 압력, 시장개방 압력 등 다각적인 신보호주의 무역조치를 취하기도 했다. 모두 출범 당시 표방했던 자유시장원리에 어긋나는 사항으로서 이를 서슴지 않고 실행하는 자기모순을 저질렀다. 반레이거노믹스 정책을 자행한 것이다.

• 3중 적자(재정적자, 무역적자, 마이너스 저축·투자 밸런스)의 함정

미국경제는 재정 부문과 무역수지 부문, 그리고 저축·투자 밸런스에 있어서 갈수록 거대한 구조적 3중 적자의 함정에 빠져 최대채무국으로 전락하였다. 이러한 3중 적자는 레이건 행정부가 실행해 온 레이거노믹스 정책이 빚어낸 필연적 귀결이었다.

거대한 재정적자로 고금리하에서도[130] 불황으로부터 경기회복을 이

---

130 과거 많은 나라에서 재정적자를 통화발행으로 충당함으로써 인플레가 발생하고 금리와

루었지만 (고금리에 기인하여 미국으로 자본유입이 급증하면서 달러 가치의 장기에 걸친 초강세로) 무역적자의 팽창으로 이어졌으며,[131] 그것은 다시 재정적자를 가속했다. 그리고 재정적자와 더불어 국내총투자가 국내총저축을 초과하는 마이너스의 저축·투자 밸런스가 무역적자를 누적해 확대시키는 상호 악순환의 관계에 놓여 있었다. 재정 부문과 저축·투자 갭, 무역수지구조는 분리 불가분의 관계로서 미국경제의 함정인 3중 적자구조는 레이거노믹스의 인과적 귀결이었다.[132]

미국은 1983년 이후 무역적자와 재정적자를 충당하고, 경기를 회복하기 위한 자금조달을 해외로부터의 차입에 의존해 왔다. 해외자금으로 소비와 재정적자를 충당하는 '차입경제(overborrowed economy)'로 전락하였는데 1987년 말 현재 대외채무가 4,200억 달러에 달했다. 정치적·경제적 불확실성 때문에 해외투자가들의 여유자금이 미국에 집중적으로 투자됨으로써 미국의 무역적자에 충당되었고, 정부 채권으로 흘러 들어가 재정적자의 충당에도 활용된 결과였다.

이처럼 『미국경제의 위기』를 저술할 당시 미국경제를 구조적으로 피

통화의 명목가치를 하락시켜 재정적자는 의당 인플레와 금리하락을 연상케 했다. 그러나 미국은 인플레 요인을 제거하기 위해 1981년 이후엔 구조적으로 확대된 재정적자를 통화 증발에 의하지 않고 국채를 발행해 충당했기 때문에 민간의 투자자금과 경합이 치열해지면서 금리가 폭발적으로 상승했다.

131 1981~1987년 무역적자 누계가 6,630억 달러에 달했다.

132 지포는 저축·투자 밸런스와 재정 부문, 무역수지와의 관계를 $(S-I) + (T-G) = (X-M)$ 이라는 사후 항등식으로 설명했다(S: 국민총저축, I: 국내총투자, T: 세입총액, G: 세출총액, X: 수출, M: 수입). 여기서 $(S-I)$는 국민저축 잉여, $(T-G)$는 재정흑자, $(X-M)$은 무역수지를 의미한다.

폐화시키고 국제수지를 극도로 악화시켜 세계 최대채무국으로 떨어지게 한 근원적 요인은 재정적자였다. 신진 공급중시파와 레이건 행정부가 한낱 허상에 지나지 않는 '래퍼곡선'을 과신하고 감세와 동시에 세출을 늘리는 재정정책을 펴 온 결과였다. 미국의 풍토에서는 감세로 '저축-투자-공급능력 확충'으로 이어지는 공급중시파의 메커니즘이 아니라 케인시언 효과가 나타나리라는 사실을 전혀 예상하지 못했을 뿐아니라[133] 재정적자의 가공할 만한 경제적 귀결을 통찰하지 못하고 우행(愚行)을 범한 것이 그 원인이었다.

지포는 "레이거노믹스는 실패했다!"고 단언하며, 미국의 무역수지 적자 등 3중 적자는 '미국경제의 구조적 딜레마'인 동시에, 이미 고도로 통합되어 국제간 상호 의존관계가 갈수록 깊어지는 환경에서 미국과 경제 관계를 맺고 있는 주요 국가에 커다란 영향을 미치고 '세계경제를 위기 국면으로 몰고 갈 블랙홀(black hole)'이라 규정하고,[134] 이를 해소

---

[133] 소득세의 감세로 개인저축·노동 인센티브를 강화하고, 법인투자세의 감세로 투자유인을 강화하는 동시에 낮은 생산성을 향상시키고자 했던 감세 조치가 공급중시파가 기대한 저축 인센티브로 나타나지 않고 소비수요만 자극했다.

[134] 미국의 무역적자가 장기화하며 대외채무가 빠르게 쌓일 때 국제간 거대한 채권·채무 관계의 문제에 봉착하게 된다. 적자국 미국은 외채 중압, 이자 지불, 실업 유발과 경기 침체 등 구조적 함정에 빠져들며 경제적 파탄에 직면하게 된다. 대미 흑자국도 재화·서비스의 생산을 미국 시장에 의존하게 돼 시장 상실의 불안감을 늘 가질 수밖에 없다. 대미 수출 산업과 그 근로자는 사실상 미국 시장의 볼모인 셈이다. 게다가 미국의 환율 절상·시장개방 압력, 수입과징금 등의 조치가 경제의 불안정성을 키운다. 결국 미국경제만이 아니고 세계경제까지 위기에 빠지게 된다.

하기 위한 정책적 대전환의 결행을 주장했다.

미국경제의 위기관리 해법으로 미국·유럽·일본 3핵 지대의 정책 대전환 권고

지포는 세계경제의 블랙홀인 미국경제의 대내·외적 불균형 구조를 해결하기 위해서는 "미국의 독자적인 노력만으로는 안 되고 1985년 9월 'G5 합의'나 1986년 5월 'G7 합의'를 계기로 출범한 주요 선진국의 연대적인 정책협조체제, '팍스 콘소르티스(Pax Consortis)' 체제를 더 확고하게 재구축해야 하며, 이해 당사국인 미국·일본·유럽의 3핵 지대가 역할을 분담해 정책을 대전환하여야 한다."라고 역설했다.

• 미국은 재정 혁신, 달러 가치 적정 인하, 생산성·경쟁력 향상, 과잉 소비 풍조의 개혁에 힘써야

미국은 우선, 재정적자의 단계적인 감축으로 예산 균형을 이루는 재정 부문의 일대 혁신이 이루어져야 하며, 스스로 자신의 문제를 해결하는 노력 없이 대미 흑자국의 정책협조만을 기대할 수는 없다.[135] 그

---

135 당시 미국은 겨우 공업국 단계로 진입한 한국, 대만, 홍콩, 싱가포르 등 신흥공업국에도 시장개방, 통화조정, 대미흑자 감축을 요구하며 자신의 정책 실패로 인한 대내·외 불균형 구조를 해결하려는 행태마저 보였다.

러기 위해서는 미국 정부의 강력한 정책 의지와 국민적 합의를 토대로 1985년 12월 제정된 〈균형예산 및 긴급 적자 억제법〉을 착실히 실행하여야 한다.

그리고 재정적자의 감축과 더불어 무역적자를 해소하기 위해 달러 가치를 적정 수준으로 인하 조정하는 동시에 기업경영의 혁신으로 생산성과 국제경쟁력을 개선하며, 미국인의 과잉 소비 풍조도 개혁해야 한다.

지포는 아울러 미국경제의 구조적 불균형의 근원적 요인인 저축의 절대적 부족에 기인한 저축·투자 갭을 해소하기 위해 주요국에 비해 매우 낮은 국내 순저축률을 높여야 한다고 주장하였다.

• 유럽은 긴박한 실업문제를 해결하고 적정 성장을 촉진하기 위해 적극적 재정·금융 정책 펴야

당시 유럽 주요국은 1982년 이래 재정 및 금융 부문의 엄격한 긴축정책으로 기간산업이 쇠퇴하고, 물적 생산이 크게 위축되었으며, 실업이 폭발적으로 늘어나는 상황이었다.[136] 이는 반케인시언 정책의 유산으로서 긴박한 실업문제를 해결하고 적정 성장을 촉진하기 위해 적극적인 재정·금융 정책을 펴는 것이 국제경제의 구조적 불균형을 해소

---

136 1970년과 1986년 유럽 주요국의 실업률을 살펴보면, 서독은 0.5%→7.2%, 프랑스 2.5%→10.7%, 영국 3.1%→11.1%, 이탈리아 3.2%→6.3%로 크게 상승했다.

하기 위해 유럽 지역이 분담해야 할 정책협조라고 지적했다.

• 일본은 수출주도형 산업구조를 재편성해 무역흑자를 감축하고, 내수 확대와 시장 전면 개방해야

과거 20년 동안 수출이 수입에 비해 2배 이상 빠른 속도로 증가했고, 수출증가율이 실질 국내수요증가율의 거의 2배에 가까운 추세를 보인 일본은 장기에 걸쳐 쌓인 무역흑자가 직·간접적으로 경제성장의 기축을 이루어 왔다. 이는 자급 체제를 중시하고 수입을 '필요악'으로 여겨 국내에서 대체할 수 없는 필수품에 한정하는 일본 특유의 경제적 내셔널리즘[137]과, 오랜 기간 무역흑자구조를 강화하는 방향으로 해외 부문 위주 공업화 정책을 편 결과였다. 그뿐만 아니라 다른 나라에 비해 순 국민저축률이 월등히 높으며, 긴축적 재정정책을 펴 온 관계로 저축이 투자를 초과하여 무역수지 흑자구조가 굳어졌다. 이것이 GNP 성장보다 수입이 갈수록 감소하고 구조적으로 무역흑자가 늘어나는 이유이면서, 엔화의 지속적 평가절상에도 불구하고 그 충격을 흡수해 흑자 대국으로 부상한 원동력이었다.

그러나 일본의 무역흑자가 지속되어 미국 등 적자국이 경기 침체, 실업 유발, 외채 격증으로 더 이상 일본의 무역흑자를 흡수할 수 없는 한

---

137 일본 자본주의 발전 과정에서 배태된 경제적 내셔널리즘은 패전 후 더욱 강화되었다. 전통적인 무사도 정신과 근면·절약, 그리고 국민적 응집력을 발휘해 전재와 폐허로부터 재건과 공업화를 추진하면서 완강한 경제적 내셔널리즘이 나타나며 해외에 의존하지 않고 자체 능력으로 생산이 가능한 경제구조, 산업구조를 구축했다.

계적 국면에 이르게 되면 적자국과 흑자국 모두 파국에 직면하게 된다. 일본의 기간산업이 수출지향 구조로 육성되어 적자국을 무역적자의 누적 함정에 몰아넣을 때 자신의 존립 기반도 파괴하는 결과를 낳기 때문이다.

언제 다가올지 모를 그러한 상황에 대비하여 일본은 충분한 자기 조정과 정책 전환을 이루어 나가야 한다. 수출주도형 산업구조를 재편성하여 수출을 억제하고 수입을 확대함으로써 무역흑자를 줄여 나가며, 재정·금융 자극을 통한 적극적인 성장 정책으로 내수를 확대하고 시장을 전면 개방해야 한다.

이처럼 정책 실패와 산업 부문의 취약성, 그리고 국민의 소비 풍조가 미국경제를 구조적으로 쇠퇴시켰던바 미국은 자기 회복을 위한 새로운 정책 패러다임으로 전환하여야 하며, 세계경제가 갈수록 밀접하게 연결되고 상호의존적인 상황에서 미국의 경제위기가 세계경제의 블랙홀이 되지 않도록 유럽과 일본도 제각기 담당해야 할 정책을 동시 병행적으로 실행해 나가야 한다고 강조하였다.

『20세기 경제학의 조류(부제: 케인스혁명과 반혁명의 궤적)』[138]

- 고전파-케인스-반케인스파 경제학으로 이어지는 20세기 경제학의 지적 조류 통찰·조감

『20세기 경제학의 조류』는 지포가 공부하고 강의하고 연구했던 경제학의 한 세기에 걸친 세계관·철학·학설·이론적 프레임워크 및 분석방법의 흐름을 정리하고, 그 경제학사적 함의를 조명한 책이다. 스태그플레이션의 원인을 규명하고자 집필했던 『거시경제이론의 새 과제』의 후속편이라고 할 수 있다. 『거시경제이론의 새 과제』를 집필하면서 케인스 경제학에 대항해 새로이 대두한 여러 학파의 이론과 정책 논리를 개관했던 것을 토대로, 각파가 제각기 주장했던 이론체계와 정책논의의 논리적 정당성을 그간의 정책효과에 대한 실증적 귀결을 통해 평가하고 검진함으로써 '혁명'과 '반혁명'으로 점철된 20세기 매크로 경제학의 조류 변화가 더욱 선명히 드러나게 하였다.

아울러 이 책에서는 케인스 체계의 기본적 결함을 크게 보완하여 재구축한 현대 케인스학파의 새로운 매크로 모델과, 당시 매크로 경제학이 직면하고 있는 불확실성 및 초미의 과제도 조감하였다.

---

138 병마와 싸우면서도 운명 직전까지 펜을 내려놓지 않고 마무리한 지포의 유작이다. 지포의 마지막 혼과 숨결이 깃든 이 책은 별세 한 달 뒤인 1992년 10월 출간되었다.

케인스혁명의 본질

'암흑의 화요일(Black Tuesday)'로 알려진 1929년 10월 29일, 뉴욕 주식시장의 주가 폭락에서 촉발된 미국의 공황[139]은 일파만파 주요 자본주의 국가에 전파되어 1930년대 세계경제는 암담한 회오리 속에서 심각한 국면에 직면하게 되었다. 자본주의 경제가 공황의 충격 속에 침잠되어 파멸 상태에 있었으나 그 당시 고전파 경제이론으로는 심각한 공황의 요인을 명쾌하게 해명할 분석 도구도 없었으려니와 이에 대처할 아무런 정책 장치도 제시하지 못하는 속수방관의 상황이었다. 세계의 지성들은 마르크스가 주장했던 공황으로부터 혁명으로 이어진다는 '공황-혁명 테제'에 의한 자본주의의 필연 붕괴론을 떠올리며 자본주의의 운명이 어떻게 될지 촉각을 곤두세우고 있었다.

이미 1920년대 중반부터 자본주의 경제 내부구조의 변화 과정을 골똘히 통찰해 왔던 케인스는 세계적 대공황의 요인을 추적하고 그 내재적 모순을 해부·검진한 끝에, 생산능력에 대응하는 '유효수요의 부족이 공황의 근원적 요인'이라고 결론 내렸다. 그리고 수요 측면에서 경제의 전 순환과정을 분석하고 자본주의 경제의 안정과 번영을 위한 새로운 정책체계의 창출에 심혈을 기울였다. 12년에 걸친 '긴 투쟁'의 산물이 바로 1936년 출간된 『일반이론』이었다.

---

139 공황이 장기화하고 갈수록 그 심도가 깊어지면서 1933년 미국의 실질 GNP가 공황 발생 이래 약 30%(GNP 디플레이터는 22%)나 하락하였고, 고용지수는 18% 감소했으며, 실업률은 24.9%까지 치솟았다.

케인스는『일반이론』에서 150여 년 전통의 고전파 경제학에 정면 도전하여 그를 근본적으로 부정하고 새로운 거시경제 분석 방법, 이론 모델, 유효수요의 원리, 유동성선호설 및 종합적인 총수요관리정책을 펼쳐내며 경제이론에 혁명적 변혁을 일으켰다. 새로운 이론적 프레임워크와 정책 패러다임을 제시한『일반이론』은 당시 경제 상황에서 세계 자본주의 경제를 구원할 수 있는 유일한 복음서로 인식되었다. 미국의 경제학자 클라인(Lawrence R. Klein)은『케인스혁명(The Keynesian Revolution)』이라는 표제의 저술을 간행할 정도로 케인스의 우람한 학문적 업적을 '경제학의 혁명'이라 평가하며 찬탄했다.

케인스는 방대한 자본재가 축적되어 있고 고도의 기술혁신을 이루고 있으며 풍부한 자원과 노동력을 가지고 있으면서도 물적 생산이 불가능해 '풍요 속의 빈곤'에 떨고 있는 역설적인 현상과, 불황과 실업 등 자본주의의 내재적 모순을 총수요의 시각에서 접근했다. 그리고 이에 대처하기 위한 정책 수단으로서 총수요를 관리하는 새로운 금융 및 재정 정책 패러다임을 설파했다.

• 고전파의 화폐수량설을 부정하고 산출량은 총수요에 의해 결정된다는 '유효수요의 원리' 제시

케인스는 "화폐만이 중요하다."라는 고전파의 화폐수량설[140]을 부정

---

140 물가수준(P)에 영향을 미치는 요인은 화폐량(M), 화폐유통속도(V) 및 거래량(T)임을 정식화한 미국의 경제학자 피셔(Irving Fisher)의 교환방정식($MV=PT$)으로 집약될 수 있는 화

하고, 산출량은 총수요의 크기에 의해 결정된다는 '유효수요의 원리'를 제시했다. 새로운 소비이론을 체계화하고 투자승수 이론을 정식화하여 승수 메커니즘의 중요성을 제시했으며, 소득의 결정에 있어서 투자수요가 전략적 결정인자임을 논증했다. 이때 투자 유인은 자본의 한계 효율과 이자율에 따라 결정되고, 자본의 한계 효율은 일정한 자본자산으로부터 거둬들일 것으로 예상되는 기대치[141]와 경상 공급가격에 의해 결정되며, 이자율은 (고전파의 투자·저축의 이자 결정이론을 배격하고) 유동성 선호와 화폐량에 의해 결정됨을 정식화하였다.

실업을 해소하고 산출량을 증대시키기 위해서는 유효수요의 원리에 따라, ① 공개시장조작에 의하여 이자율을 인하하고, ② 정부의 적극적인 재정지출로 공공투자를 확대하며, ③ 장기적으로는 소비수요를 증대시키기 위해 누진 세제와 상속세 등 조세제도와 사회보장제도 등 재정정책에 의한 소득의 재분배를 실현해 나가야 한다고 역설했다.

그리고 자유방임의 자본주의하에서 경제의 자율 조정 기능에 의해 장기적으로 완전고용 균형에 이른다는 고전파의 비전을 부정하고, 자본의 한계 효율의 순환적인 변화로 경기가 불규칙적으로 변동하며 경제는 기본적으로 불안정하다고 주장했다.[142] 고전파가 주장해 온 자유방임 정책

폐수량설은 화폐공급량의 증감이 물가수준을 비례적으로 변화시킨다는 이론이다. 화폐량 변화의 경제 교란 효과와 화폐정책의 경제 안정화 효과를 중시한다.

141 케인스는 '기대'의 역할을 이미 그때 경제이론에 도입했다.

142 고전파는 아담 스미스 이래 공급이 스스로 자신의 수요를 창출한다는 '세이의 법칙'을 기본 명제로, 가격과 임금은 신축적이어서 시장의 수급이 자동 조절되며 총수요와 총공급은 일치해 완전고용 균형이 보장된다는 균형적 시장관을 가지고 있었다. 반면, 케인스는 20세기

에는 한계가 있으며 정부가 인적·물적 완전고용, 경제안정, 성장, 소득 재분배 등 제반 정책목표를 달성하기 위해서는 그때그때의 경기 상황에 따라 재정정책과 금융정책을 적절하게 조정하여 종합적·일체적으로 운영하는 재량적 총수요관리정책이 불가피하다고 했다.

• 경기 상황에 따른 총수요관리정책이 1970년대 초반까지 주요 국가의 경제정책 기조 이루어

케인스의 유효수요의 원리는 재정·금융·소득 재분배 등 제반 경제 정책의 이론적 지주가 되었고, 총수요관리정책은 1970년대 초반까지 자유세계 주요 국가의 경제정책 기조를 이루었다. 특히, 1960년대 미국은 적극적으로 총수요관리정책을 폈던 결과 고용의 확대, 고도성장, 물가안정을 동시에 성취하며 '황금의 60년대'를 구가했는데 이는 오로지 미국 케인시언의 정책 성과로 인식되었다.

이처럼 '케인스혁명'은 맨 먼저 미국에 침투하여 거기서 정착되고 개화되었으며, 케인스 경제학과 미국 케인시언의 경제학은 고전파에 이어 주류파의 위좌(位座)에서 한 시대를 풍미했을 뿐만 아니라 자유세계 전역에 깊이 뿌리내리며 일반화되었다. (케인스가『일반이론』에서 제시한 이자율과 투자, 산출량 간 관계를 그래프를 사용해 분석한) IS-LM 모델을 개발했던 영국의 경제학자 힉스(J. R. Hicks)의 표현처럼

에 이르러 세이의 법칙은 성립할 수 없으며 가격의 수급 조절 기능은 기본적으로 불완전하다는 인식에서 불균형 시장관을 근저로 하는 이론체계와 정책 패러다임을 구축했다.

"20세기의 3·4반기는 케인스의 시대!"라 할 만큼 『일반이론』은 경제학에 혁명을 일으켰고, 경제정책에 일대 변혁을 가져왔으며, 그 영향력은 실로 광활했다.

• 케인시언이 케인스 경제학의 발전에 크게 공헌했으나 왜곡된 해석으로 정수(精髓) 훼손하기도

케인스 이후 사무엘슨(P. A. Samuelson)을 비롯하여 토빈(J. Tobin), 모딜리아니(Franco Modigliani), 솔로우(Robert M. Solow) 등 미국 케인시언은 『일반이론』에서 제시한 기본상정과 전제를 확충하여 동학이론(動學理論), 성장 이론, 계량적 경제 분석 등 다양한 이론적 발전을 이루어 냈다. 특히, 일정한 자본 설비를 전제로 하는 단기 분석을 버리고, 케인스 체계의 장기화 내지는 동태화를 시도한 거시 동학적 경기 순환 이론은 케인스 경제학의 발전에 크게 공헌한 것으로 평가되었다.

그러나 케인시언이 케인스의 이론을 보완·발전시킨 공적도 컸지만, 케인시언 가운데는 케인스 이론의 진수를 이해하지 못한 나머지 원래의 체계에 큰 혼란을 일으키고 엉뚱한 오류를 범하며 자기모순에 빠지거나, 케인스의 참신한 논리를 영영 매몰시켜 버리는 경우가 적지 않았다. 스웨덴의 거시경제학자 레이온후부드(Axel Leijonhufvud)는 "케인스의 이론 가운데 가격이론이나 화폐에 관한 내용 대부분이 땅속에 묻혀 버리고, 오히려 '화폐는 중요하지 않다.'든가 '금융정책은 유효하지 않다.'라는 등 매우 우스꽝스러운 교의(敎義)가 빛을 발하고 있다."고 꼬집으면서 "케인스의 경제학(the Economics of Keynes)과 케인시언 경제학(Keynesian Economics)을 엄밀히 구분해야 한다."라고 주장했다.

일부 케인시언의 왜곡된 해석에서 오는 논리적 모순은 케인스 이론의 정수를 훼손하고 허점을 자초함으로써 결국 반케인스파가 대두해 케인스혁명에 대한 '반혁명'을 일으키는 요인이 되었다.

케인스혁명에 대한 여러 학파의 '반혁명'의 본질

1960년대 후반부터 주요 국가에서 격렬한 인플레이션이 진행되며 경제적 불안이 심화하면서 인플레이션이 초미의 경제문제로 부상하고 정책논의도 실업으로부터 인플레이션 문제로 그 조준이 바뀐 상황에서, 이미 1956년 「화폐수량설-재설(The Quantity Theory of Money-A Restatement)」이라는 논문을 발표하며 현대판 화폐수량설을 재구축하고[143] 인플레이션에 관해 많은 업적을 쌓아 올린, 프리드먼을 비롯한 시카고대학 중심의 현대 통화주의 학파는 1970년 케인스혁명에 대한 '반혁명'의 기치를 들고 케인스 경제학에 반격을 가했다.

---

143 피셔의 교환방정식($MV=PT$)에서 화폐량의 변화와 물가의 변화 간 인과관계를 밝힘에 있어 경제활동(특히 지출 활동) 수준은 화폐량, 유동성에 좌우됨을 중시했던 프리드먼은 생산물과 생산요소시장을 대상으로 한 전통적 분석과는 달리 화폐시장을 분석 대상으로 하면서 화폐량의 변화가 산출량·물가·명목국민소득을 변화시키는 것을 밝히고자 했다. 화폐량이 경제활동에 미치는 파급 메커니즘을 중요하게 여겼던 프리드먼은 화폐량이 늘어나면 경제주체의 유동성은 커지고 경제활동이 확대되어 물가수준이 상승한다고 주장했다. 그리고 화폐의 유통속도(V)는 일정하다는 전통적 화폐수량설의 가정은 오류이며, 주요 경제변수의 변화에 예측할 수 있는 형태로 반응한다고 지적했다.

이후 합리적기대파, 현대 고전파, 공급중시파 등 반케인시언 진영의 여러 학파가 잇달아 대두함으로써 매크로 경제학은 엄청난 이론적 변혁을 일으키게 되었다.

• 통화주의 학파의 반혁명의 본질

고전파 경제 세계관으로 회귀해 "화폐만이 중요하다."라는 기본명제 도출

통화주의 학파의 기본 비전은 고전파의 균형이론을 전제로 하고 있다. 임금과 물가는 하방(下方) 경직적이므로 시장의 자동 조정 메커니즘은 불완전하고 완전고용에로의 자체 회복력이 결여돼 있다고 주장하는 케인시언과는 달리, 통화주의자들은 임금과 물가는 기대 물가 상승률을 반영한 변동 메커니즘에 의해 단기적으로는 경직적인 것처럼 보이나 장기적으로는 신축적이어서 완전고용으로의 자동적인 조정 메커니즘이 작동된다고 확신했다. 자본주의 경제는 본질적으로 안정화를 위한 자체 조정력이 내재해 있는데도 정부의 정책 개입이나 그릇된 경제운용으로 경기 침체 국면을 여러 차례 경험했으며, 드디어는 1930년대의 세계공황에 직면했다고 비판했다.

이처럼 통화주의자들은 장기적 완전고용 균형론으로 일관해 온 고전파의 경제 세계관으로 돌아가 "화폐만이 중요하다(Only money does matter)."라는 기본명제를 도출하여 화폐공급의 중요성을 역설했다. 불황, 경기변동, 인플레이션, 명목 GNP의 변동은 오직 화폐공급량의 변화가 주요인이라 확신했다.

1963년 출간한 『미국의 화폐사(A Monetary History of The United

States), 1867~1960』에서 100여 년에 걸친 화폐량의 역사적 변동 원인과 배경을 분석하고, 화폐량·화폐유통속도·명목국민소득·물가·산출량·이자율 등을 관찰했던 프리드먼과 슈워츠(Anna J. Schwartz)는 화폐공급의 변화와 주요 경제변수의 변화는 밀접한 상관관계가 있으며, 화폐공급량의 변화가 경제변수 변화의 주요 요인임을 논증했다. 그 기간 중 발생한 여섯 차례의 대불황과 스물세 차례의 소불황은 화폐공급의 감소가 주요 요인이었으며, 특히 대불황은 화폐공급량의 절대적인 감소가 선행하여 나타났거나 동시에 나타났음을 밝혀냈다.

이들은 케인스가 1930년대 세계공황의 근원적 요인이 유효수요의 부족이라고 해명한 것은 오류에 찬 착각이며, 1930년 10월 이후 파상적으로 발생한 신용공황에 대한 대응 전략으로 연방준비제도(FRB)가 최후의 대출을 실행하지 않아 신용 불안이 커지면서 예금통화가 격감해 빚어진 결과였다고 실증자료를 토대로 주장하였다.[144] 만일 FRB가 당시의 위기 상황에서 충분한 유동성을 공급했더라면 훨씬 빨리 공황에서 벗어날 수 있었다면서 1930년대의 대공황은 FRB의 그릇된 금융정책에서 발생한 '정책 불황'이라고 일컬으며 정부가 실행하는 재정·금융 정책 자체가 경제의 불안정화 요인이니 자유시장의 자동적 조정 메커니즘에 맡겨야 한다고 역설했다.

---

144 1929~1933년 기간 중 현금통화는 증가했지만, 비중이 큰 예금통화가 격감하여 전체 통화량(M2)은 33%나 감소했음을 지적했다. 지포는, FRB가 화폐공급의 절대적 부족이 1930년대 금융위기와 신용공황의 근원적 요인이라는 이들의 분석 결과를 교훈 삼아 지난 1987년 10월(암흑의 월요일) 뉴욕 주식시장에서 1929년 대공황 이후 초유의 주가 폭락 사태에 직면했을 때는 신속한 유동성 공급 확대로 대응해 금융위기 상황을 극복했던 것으로 인식했다.

통화주의자들은 순수한 이론적 결론과 많은 나라의 역사적 경험으로부터 얻은 귀납적 논증을 토대로 케인시언의 경제 세계관과 이론적 프레임워크를 정면으로 비판하고, 전통적인 고전파의 경제 세계관으로 돌아가 화폐수량설의 기본 시각에서 새로운 이론체계를 구축해 케인스혁명에 대한 '반혁명'의 기치를 들며 경제학의 새로운 지평을 열었다.

프리드먼의 '머니터리즘(monetarism)의 기본명제'

「화폐수량설-재설」로 케인스 경제학에 반격의 포문을 연 프리드먼은 1970년 「화폐 이론에 있어서 반혁명(The Counter-Revolution in Monetary Theory)」을 발표하며 본격적으로 케인스혁명에의 '반혁명'의 기치를 들었다. 여기서 밝히고 있는 11개의 '머니터리즘(monetarism)의 기본명제'의 골격은 다음과 같다.

- 화폐량 증가율과 명목소득 성장률 사이엔 정확하지는 않으나 정합적(整合的) 관계가 성립한다. 화폐량의 연간 증가율 수준이 명목소득의 성장 속도에 큰 영향을 미친다.
- 화폐량 증가율의 변화는 평균적으로 약 6~9개월 후 명목소득 성장률의 변화를 일으킨다. 이러한 시차는 여러 나라의 자료 검토에서 나타난 결과이다.
- 화폐량 증가율의 물가에 대한 영향은 소득과 산출량에 대한 영향보다 약 6~9개월 정도 후 나타난다. 이에 따라 화폐 증가율 변화로 물가상승률에 변화가 일어나기까지는 평균 12~18개월이 소요된다.[145]
- 화폐량이 산출량보다 급속하게 증가할 때만 인플레이션이 발생한다. 그러므로 인플레이션은 언제, 어디서나 화폐적 현상이다.[146]

- 정부지출이 인플레이션을 유발할 수도 있고 그렇지 않을 수도 있다. 정부지출이 현금통화의 인쇄나 은행예금의 창출과 같은 화폐의 새로운 팽창으로 충당될 때는 틀림없이 인플레이션이 발생한다. 그렇지 않고 조세나 민간 부문 차입으로 충당될 때는 정부가 그 자금을 납세자(또는 빌려주는 사람)를 대신해서 지출하는 셈이어서 정부지출만으론 인플레이션으로 이어지지 않는다.
- 화폐공급 증가율 변화의 중요한 특징의 하나는 이자율에 대해 처음엔 어느 한 방향으로 영향을 미치고, 그다음엔 반대 방향으로 영향을 미친다는 사실이다. 더 급속한 화폐공급은 처음엔 이자율을 하락시키는 경향이 있으나, 다음에는 지출을 증대시키고 인플레이션을 자극하는 동시에 대출 수요의 증대를 일으켜 이자율을 상승시키는 경향이 있다. 화폐량과 물가가 가장 급속하게 상승한 나라에서 이자율이 세계적으로 가장 높은 수준을 나타내는 이유이다. 이와 반대로 화폐 증가율의 하락은 처음에는 이자율을 상승시키지만, 다음에는 이자율을 하락시킨다.[147]

145 한번 진행되기 시작한 인플레이션을 억제하기 위해서는 지루하고 고통스러운 (긴축의) 시간이 지나야 한다는 얘기로서, 코로나19의 대유행 과정에서 풀린 유동성으로 인한 인플레이션을 진정시키기 위해 FRB가 2022년 3월부터 기준금리를 '제로(zero)' 수준에서 2023년 7월 연 5.25~5.50%까지 여러 차례 인상해 2024년 6월 현재도 그 수준을 유지하고 있는 데서도 이 명제가 확인된다.

146 이처럼 통화주의자들은, 인플레이션은 산출량에 비해 상대적으로 과도한 화폐공급에 의해서만 발생한다고 확신했다. 반면, 케인시언은 강력한 노동조합 운동이나 수입상품 가격 상승 등 제도적·외적 요인에 의해 나타나는 비용 인상(cost-push)을 인플레이션의 요인이라 보았으며, 화폐적 요인은 고려하지 않았다.

147 이 명제로부터 통화주의자들은 이자율이 화폐 정책을 오도하는 지표라고 주장했으며, 이

이처럼 명목국민소득·산출량·물가 변화의 근원적 요인을 오직 화폐량의 변화에서 찾고 있는 프리드먼의 기본명제는 케인스혁명에의 '반혁명'이라 할 만큼 철두철미하게 케인스 체계에 도전하였다.[148]

통화주의자들은 케인스학파의 경기 조정을 위한 금융·재정 정책의 무효성 주장

한편, 통화주의자들은 케인스학파가 주장해 온 정책 패러다임을 통박하고 경기를 조정하기 위한 반순환적 재정·금융 정책의 무효성을 강렬하게 주장했다.

케인시언은 재정지출이 증가했을 때 승수 배만큼 소득이 증가한다고 했으나 이는 화폐시장의 균형 문제를 배제한 분석으로서, 이때 그러한 소득 증가로 화폐의 거래 수요도 증가하고 유동성 선호가 강화되어 화폐 수급이 균형을 이룰 때까지 이자율이 상승함으로써 소비·투자 수요가 줄며 소득은 다시 감소한다. 즉, 재정지출 확대로 인한 승수효과(multiplier effect)는 나타나지 않고 소득 증대가 감쇄되는 현상, '크라우딩 아웃(crowding-out) 효과'가 발생한다.

케인스도 『일반이론』에서 제시했었던 이러한 크라우딩 아웃 효과의 강약에 대해 케인시언과 통화주의자 사이에 쟁론이 펼쳐졌던바, 통화

러한 주장이 미국의 정책에 영향을 미쳐 FRB는 이자율 중심의 정책관습에서 벗어나 화폐량을 기준으로 하는 정책으로 전환한 바 있다.

148 프리드먼의 '머니터리즘의 기본명제'를 비롯하여 그가 다듬어 놓은 이론적 프레임워크는 많은 나라의 실증적 데이터와 역사적·경험적 사실을 근거로 하는 실증주의·귀납적 연구 방법의 산물이었다.

주의자들은 재정지출의 증대로 단기적으로는 얼마간 경기 확장 효과가 나타나더라도 장기적으로는 그 효과가 완전히 감쇄되어 제로에 가깝다고 주장했다. 이러한 주장은 미국 세인트루이스 연방은행의 앤더슨(L. C. Anderson)과 칼슨(K. M. Carlson)이 총지출 함수 모델을 실증자료로 추계한 결과에서 확인되었다.[149]

통화주의자들은 재정정책에 비해 금융정책의 상대적 유효성을 주장하면서도 그때그때의 경기변동을 조정하기 위해 '피드백 룰(feed-back rule)'에 따른 케인시언의 반순환적 금융정책 논리를 배격하였을 뿐 아니라 케인시언이 중시한 금리정책의 무효성, 더 나아가 그것의 유해성까지 주장하였다.

케인스는 화폐공급을 증가하면 이자율이 떨어져 총수요가 창출된다는 인식에서 유동성선호설에 따라 이자율을 조작하는 화폐공급을 중시했다. 그러나 통화주의자들은 화폐공급의 증대로 단기적으로는 이자율이 하락할지 모르나 장기적으로는 화폐공급이 지속해서 증가할 때 사람들이 기대물가상승률도 올라가리라 판단하므로 명목이자율도 상승해 다시 원래 수준으로 복귀하거나 오히려 더 상승한다고 주장하면서, 이자율의 조작을 중시하는 케인시언의 금융정책은 장기적으로

---

149 재정지출의 증대는 그로부터 3/4분기까지는 명목 총지출에 정(正)의 영향을 미치고 있으나, 4/4분기 이후에는 부(負)의 영향을, 그리고 그다음 분기 전체를 통해서 볼 때는 거의 제로에 가깝다고 밝혔다. 일본에서 앤더슨과 칼슨의 총지출 함수 모델을 실증자료에 의해 추계한 결과도 이와 같았다.

실패한다고 비판했다. 그들은 '안정적인 화폐공급 증가율'[150]만이 경제안정화를 위한 핵심 정책 수단이라고 역설했다.

한편, 케인스 경제학이 퇴조하게 된 치명적인 결함은 재정정책이 유발한 재정적자의 경제적 귀결에 대한 낙관적 태도라고 할 수 있다. 케인시언은 확장적 재정지출을 충당하는 방법과 그 메커니즘에 관해서는 관심을 기울이지 않고 오직 산출량과 고용에 미치는 영향만을 중시했다. 그러나 통화주의자들은 재정적자의 경제적 해독을 심각하게 여기고 재정정책은 예산 균형의 원칙을 고수해야 한다고 주장했다.

그리하여 케인시언이 케인스가 중시했던 화폐이론을 경시하고 매몰시킨 결과 통화주의자의 비판과 도전을 피하지 못해 두 학파 간 치열한 논쟁이 전개되었고 몇 가지 쟁점에 대해선 합의가 이루어지기도 했지만,[151] 1970년대 '반혁명'에 의하여 케인스 경제학은 패퇴하지 않을

---

150 '안정적인 화폐공급 증가율'이란 실질 국민총생산성장률에서 화폐유통속도의 변화율을 차감한 수준의 화폐공급 증가율을 말한다.

151 오랜 실증연구 결과, 화폐공급의 변화가 소득의 변화에 커다란 영향을 미치고 화폐당국이 경제의 성과를 이루는 데 중요한 역할을 한다는 사실을 케인시언도 수용함으로써 '금융정책은 무력하다.'라는 초기 케인시언의 견해는 퇴조했다. 통화주의자의 재정정책 무효성 주장에 대해선 양 학파 간 합의를 이루지 못했다. 케인시언은 재정정책은 금융정책과는 독립적으로 효과를 나타내며, 크라우딩 아웃 효과에 의해 재정지출의 GNP 확장 효과가 어느 정도 감쇄되더라도 총지출이 늘어나 소득을 증대시킨다고 주장했다. 실제로 고든(Robert J. Gordon)이 1965년 7월부터 1966년 말까지 화폐공급량이 거의 일정한 수준으로 유지되는 가운데 베트남전쟁으로 확대된 재정지출이 소득에 미친 효과를 분석했더니, 그 기간 중 재정지출은 약 602억 달러 늘어났는데 실질소득은 1,299억 달러 증가한 것으

수 없는 상황에 이르게 되었다.

• 합리적 기대 가설
- 경제주체가 합리적 기대를 형성해 재정·금융 정책은 효과가 없으며 인플레이션만 부추겨

케인스가 현실경제에서 '기대(expectations)'의 역할의 중요성을 역설했음에도[152] 케인시언이 그 정수를 인식하지 못해 발전시키지 못하던 터에 통화주의자보다 더 강경한 반케인스 입장의 합리적기대파가 나타나 기대를 중심 개념으로 하는 충격적 가설을 제기해 매크로 경제학에 새로운 변혁을 일으켰다.

합리적 기대 가설은 1961년 머스(John F. Muth)에 의해 제기되어 1970년대 루카스(R. E. Lucas), 사전트(T. J. Sargent), 바로(Robert Barro) 등에 의해 구축되었으며, 시장균형의 가정과 함께 현대 고전파 매크로 경제학(new classical macroeconomics)[153]의 새로운 영역을 개

로 나타났다. 이는 케인시언이 상정한 승수치보다는 낮지만, 크라우딩 아웃 효과가 작용했더라도 재정지출 증가액의 2.15배만큼 승수효과에 의해 소득이 상승한 결과였다.

152 케인스는 『일반이론』에서 장기적 기대가 불안정하다는 사실을 늘 강조했으며, 자본의 한계효율에 대한 기대의 급속한 변화가 경기순환의 주요인이라 인식했다.

153 1970년대 후반 케인스 경제학의 결함을 지적하며 태동한 논리체계로서 가격의 수급 조절 기능이 완전하고, 합리적 기대를 형성해 효용극대화 행동을 취하는 경제주체가 정책변수의 변화에 대한 완전한 정보를 입수할 때는 금융·재정 정책은 실물경제에 영향을 미치지 못한다는 '정책 무효성 명제(Policy Ineffectiveness Proposition)'를 제기했다. 정책당국이 예고 없이 정책을 펴는 불완전 정보 상황에서만 인플레율 상승과 산출량 확대 효과가

척한 참신한 논리였다. 그 기본 비전과 경제 세계관은 고전파적 사고로 회귀하고 있으며, 케인스학파의 이론체계와 정책 논리를 정밀한 논리도구로 반격했다. '기대'가 경제에 미치는 영향을 심층 탐색해 모델화한 합리적 기대 이론은 프리드먼이 「화폐수량설-재설」에서 제기한 '적응적 기대(adaptive expectations)'[154]의 개념을 모태로 한다.

'합리적 기대'란 경제주체가 모든 정보를 최대한 효율적으로 활용하여 장래에 나타날 경제변수에 대해 정확하게 예상하는 것을 의미한다. 이러한 합리적 기대는 처음부터 기대가 적중해 예상치와 현실치가 조금도 착오가 없다는 뜻은 아니며, 만일 장래치를 높게 예상하여 착오가 나타날 때 사람들은 이를 민감하게 감지해 수정하며 현실치에 접근해 감으로써 궁극적으로는 적중하게 된다. 이러한 합리적기대파의 기본사고는, 경제주체는 모두 자기 이익을 추구하고 이를 극대화하기 위해 합리적 또는 합목적적으로 경제활동을 전개한다는 신고전파 경제학의 경제 분석 전제와 합치한다.

이처럼 '기대 형성이 경제구조의 파라미터(parameters)의 변화를 일으킨다.'라고 믿는 합리적기대파가 전제하고 있는 사회는 케인스가 '하

나타난다고 주장했다. 모두 고전파 경제이론에 뿌리를 두고 있으나 합리적 기대의 개념을 토대로 시장의 효율성에 대해 더 낙관적이라는 점에서 마셜(Alfredo Marshall)로 대표되는 신고전파 경제학(neoclassical economics)과는 구분된다.

154 '적응적 기대'란 경제주체가 미래의 일(특히, 인플레이션과 경제적 의사결정)에 대한 기대를 형성하는 방식을 말하며, 과거의 경험과 관찰을 토대로 미래에 대한 기대(예상치)를 형성하고 나서 실제 결과(실현치)를 관찰하면서 오차를 발견해 점진적으로 자신의 기대를 수정해 나간다는 가설이다.

베이 로드의 전제'[155]를 상정하고 있는 것과는 달리 민간 부문이 정책당국만큼 경제에 관한 지식과 정보를 보유하고 있는 사회로서 모든 경제주체가 합리적으로 행동하기 때문에 재정·금융 정책으로 인플레율에 영향을 미치고 실질 생산량을 변동시키려는 정책은 전혀 무위하다고 하면서 케인시언의 총수요정책 유해론을 주장하였다. 사람들이 정보에 의하여 합리적인 기대를 형성함으로써 재정·금융 정책은 (통화주의자들은 단기적인 효과까지는 부인하지 않았지만)[156] 단기적으로도 전혀 그 효과가 나타나지 않으며, 오히려 인플레이션만 가속한다고 확신하였다.

• 공급 중시 경제학
 - 생산능력 강화와 인플레이션 억제를 위해 '대폭 감세'와 '작은 정부' 주장

1970년대 후반 구조적 위기 국면에 침잠되어 있는 미국경제를 재생시키기 위해 생산력 증강과 공급 측면의 중요성을 주장하는 '공급 중시 경제학(supply-side economics)'이 대두하였다. 공급 중시 경제학은 현대판 '세이의 법칙(Say's law)'을 명제로 생산성·생산능력을 적극적으로 증강하고 인플레이션을 억제하기 위해 각종 세제와 경제구조의

---

155 '하베이 로드의 전제(the presuppositions of Harvey Road)'에 대해서는 191쪽 참고.

156 통화주의자들이 주장한 총수요관리정책에 대한 부정론은 어디까지나 장기 정책효과에 대한 것이다. 장기적으로 볼 때 총수요관리정책의 효과는 물가수준에만 나타나며 국민소득과 같은 실질 경제변수에는 아무 영향을 미치지 않지만, 단기적으로는 투자량·고용량·국민소득 등 실질변수에 영향을 미친다는 걸 용인한다.

개혁을 주장하는 경제학의 새로운 유파로서, 특히 소득세 감세로 근로자의 근로의욕을 고취하고 저축률을 높이는 동시에 투자활동을 촉진함으로써 공급력을 증대시킬 수 있다는 공급 접근 시각의 이론이다. 반케인시언이라는 점, 시장기능을 중시하고 보수적 경향이 강하다는 점에 있어서는 통화주의자나 합리적기대파와 궤를 같이하나, 본질적으로 그와 전혀 다른 이론적 프레임·패러다임의 경제학이다. 통화주의 학파나 합리적기대파 모두 정부의 경제정책에 대해 소극적 내지는 부정적인 데 비해 공급중시파는 공급 면의 관리와 제도상의 개혁을 위해서는 (필요한 최소한의 정책 개입이어야 하지만) 정부의 적극적인 역할의 필요성을 인정한다.

공급 중시 경제학자로는 길더(G. Gilder), 펠드스타인(M. Feldstein), 래퍼(A. B. Laffer) 등을 들 수 있으나 분석 방법과 시각, 정책 제언에 있어서 제각기 큰 차이를 나타내는 등 통일된 논리체계를 갖추지는 못했다. 그러나 당시 레이건 대통령이 경제정책의 대전환을 위해 추진했던 '미국의 경제 재생계획'이 통화주의 학파와 더불어 공급중시파의 정책 제언을 근간으로 할 정도로 큰 영향을 미쳤다.

래퍼가 1974년 정부 관계자와 회의 도중 갑자기 칵테일 냅킨 위에 그린 종 모양의 그래프, '래퍼곡선'으로 일약 주목받게 된 공급 중시 경제학의 기본적인 발상은 세 가지로 집약된다. 첫째, '공급은 그 자신의 수요를 창출한다.'라는 세이의 법칙을 경제의 기본원리라 확신하고 공급만이 본질적 가치를 창조한다고 인식한다. 둘째, 경제의 원동력은 '기업가 정신'에 있다는 사고이다. 셋째, 과중한 과세가 인플레이션의 원인이면서 저축·투자의 유기적 연관성을 파괴한다고 단정하고 '중세로 인한 인플레이션(taxflation)'의 분석에 초점을 둔다.

케인스나 케인시언은 수요 측면의 조정이 적절하게 이루어진다면 불황과 실업은 피할 수 있다고 확신하고, 공급 측면은 거의 주어진 것으로 상정하며 등한시하였다. 케인시언과 언제나 쟁론을 벌였던 통화주의자들도 수요에 초점을 둔 '수요 측면(demand-side) 경제학'의 성격을 띠고 있다. 그러한 경향은 2차 대전 후 미국에서 기술혁신이 왕성하게 이루어져 왔고, 공급 면의 확충이 급속도로 진행되었기 때문에 경제학자들이 오직 수요 측면에만 관심을 기울인 데서 비롯한다. 이런 흐름에 대항한 것이 공급 중시 경제학으로서 케인시언은 물론이고 통화주의자와도 이질적인 입장에 섰다.

이처럼 '세이의 법칙'을 명제로 삼고 있는 공급중시파는 공급이 경제의 원동력이라 여겨 공급의 주체인 기업, 기업가의 역할을 높이 평가하였다. 케인스도 자본주의의 기본적 기능은 '혈기(animal spirits)'에 의한 기업가의 왕성한 투자활동이라고 생각했는데, 공급중시파는 케인스의 이런 인식을 넘어 공급 측면이 자본주의 경제의 사활을 결정하며 그 주체로서 기업가의 왕성한 활력과 모험적 의욕이 무엇보다 중요하다고 주장했다. 그리고 이런 민간 부문의 혈기와 인센티브를 정부가 오히려 감퇴시킨다고 힐난하며 이를 재생시키기 위한 '조세 부담 경감 시책'과 '작은 정부'를 강조하였다.

한편, 기업가 정신에 따른 활발한 투자의 원천이 바로 저축으로서 저축을 (공급을 확충시키는) 투자와 어떻게 연결하느냐의 문제에 지대한 관심을 기울였다. 케인스에 의하면 저축이 모두 투자로 나타나지 않기 때문에 과소 수요가 발생해 '소비가 미덕'이라는 발상이 나왔으나, 공급중시파는 '저축의 미덕'을 주장하며 저축만이 기업가 정신의 발양을 뒷받침할 수 있고, 기술혁신의 원천이라 여겼다. 케인스는 저축의 일부가 투자되지 않고 화폐 형태로 저장된다고 보았지만, 공급중시파는 토지·보석·내구소비재 등 비생산적인 부의 저장으로 나타나거나 지하경제로 침투되어, 혈기 왕성하고 모험적인 기업이 기술혁신이나 신상품 개발을 추진하려 해도 자본시장에서 자금조달이 억제되어 위축될 수밖에 없다고 보았다.

저축과 투자의 연계를 중요하게 여겼던 공급중시파는 1970년대에 이르러 미국에 있어서 '저축=투자'의 유기적 관련성이 붕괴하였는데 그 원인이 '중세(重稅) 구조'와 '큰 정부'에 있다고 주장하였다. 과중한 세금은 사람들이 세금을 피하는 길을 찾게 만들어 토지나 각종 내구소비재·예술품·기념용 건조물 등 비생산적인 자산 구매를 부추겨 공급의 정체를 발생시키고, 생산성 상승률을 떨어뜨리며, 인플레를 구조화한다고 여겼다. 공급중시파는 이를 '중세로 인한 인플레이션(taxflation)'이라 표현한다. 그리하여 공급 면의 확충을 위해서는 저축이 투자로 연결되는 메커니즘의 복원이 시급하며, '세제의 대대적인 개혁'과 '작은 정부'의 실현이 불가피하다고 주장했다.

또, 공급 중시 경제학은 세율과 생산이라는 경제변수 사이에 매개변수로서 유인(incentive), 의욕과 같은 심리변수의 작용을 매우 중시하는 '인센티브의 경제학'으로서의 특징을 지니고 있다. 자본주의의 활력이 쇠퇴하고 위기 국면에 침잠되어 있는 주원인을 비정상적인 조세 구조와 높은 세율에서 오는 인센티브의 상실에서 찾았으며, 저축증대·근로의욕·기업투자 및 생산성 향상 인센티브의 회복이 무엇보다 요긴하다고 강조했다. 그리고 그러한 인센티브를 회복하기 위해서는 근로소득·투자소득·자본이득에 대한 대폭 감세와 작은 정부의 실현이 필요하다고 본 것이다.

요약하면, 현대판 '세이의 법칙'을 명제로 공급중시파는 생산능력의 강화와 인플레이션 억제를 위하여 각종 세제와 경제구조의 개혁을 중시했으며, 다른 학파들과는 달리 공급 측면에서 미국경제의 구조적 위기를 타개해야 한다고 역설했다.

위에서 살펴본 바와 같이 통화주의자의 케인스혁명에 대한 '반혁명'을 비롯하여 잇달아 제기된 여러 학파의 분석 시각이나 학설은 기존의 매크로 경제학에 엄청난 변혁을 일으켰다. 새로이 대두된 여러 학파의 이론, 정책 논리는 하나같이 케인스 경제학에 집요하게 도전하여 총수요관리정책의 무효성을 논증하고 정면에서 통박함으로써 일견 케인스혁명의 탑을 무너뜨리고 '반혁명'을 성취한 것으로 인식되었다. 이 과정에서 케인시언과 반케인스학파 사이에는 격렬한 논쟁, 비판과 반비판이 그치질 않았다. 바야흐로 1970년대 말 경제학계는 지적 구심력을 잃은 채 혼돈의 와중에서 표류하고 있었다.

제 학파의 이론 및 정책 논리의 실증적 귀결

지포는 케인스학파와 이에 대항한 통화주의 학파, 합리적기대파,

공급중시파의 기본 비전과 모델, 정책 논리를 개관한 후 먼저 케인스학파의 총수요관리정책의 효과를 종합적으로 평가하였고, 다음으로 1980년대 초 레이거노믹스에로의 정책적 대전환 후 나타난 효과와 미국경제의 성과를 실증자료를 통해 분석함으로써 반케인스학파의 이론체계·정책 논리의 논리적 정당성 여부를 검증하였다.

• 케인스정책의 귀결

총수요관리정책을 기조로 고용 확대, 고도성장, 물가안정을 동시 실현하며
'황금의 60년대' 구가

1930년대 자본주의 경제가 공황의 회오리 속에 심각한 위기 국면에 함몰되었지만, 당시 고전파 경제학으로는 그 심각한 위기 상황을 명쾌하게 해명하지 못하고 그에 대처할 아무런 정책 장치도 제시하지 못하던 상황에서, 1920년대 중반부터 자본주의 경제 내부구조의 변화 과정을 통찰해 왔던 케인스는 세계공황의 요인을 추적하고 그 내적 모순을 해부·진단하여 경제의 안정과 성장을 위한 총수요관리정책 패러다임을 『일반이론』에 담아 제기했다. 이는 '경제학의 혁명'으로 평가되었으며, 어떠한 경제사상에 비길 수 없을 만큼 그 영향력은 심대했다.

경제활동 수준은 총수요에 의존한다는 '유효수요의 원리'는 주요 국가의 경제정책의 이론적 지주가 되었고, 재정정책과 금융정책을 적절하게 조정하는(fine-tuning) '총수요관리정책'은 1970년대 초반까지 경제정책의 기조를 이루었다. 그 결과 주요국에서 고용의 확대, 고도성장, 물가안정이 동시에 실현되어 '황금의 60년대'는 오직 케인시언 정

책의 성과라 평가되었다. 케인스 경제학은 복지사회 실현의 이론적 기초를 제시하며 사회사상에도 커다란 영향을 미쳤다.

케인스 사후에도 케인스의 이론은 케인스학파에 의하여 성장 이론, 동학적 경기순환 이론, 계량경제학 등 다양한 분야에 걸친 매크로 경제이론으로 다듬어져 발전하게 되었다. 해리스(Seymour E. Harris)가 "하늘의 계시를 받은 경제학자였다."라고 할 정도로 위대한 학자로 평가되었던 케인스가 일으킨 혁명의 지적 풍토는 20세기 한 시대를 풍미했다.

케인시언의 고도성장 정책 논리적 기반: 물가상승률과 실업률 간 역(逆)상관관계의 필립스곡선

총수요관리를 근간으로 하는 케인시언 정책에 대한 확고한 이론적 기반을 제시하고, 1960년대 이후 주요 선진국에서 추진한 고도성장 정책을 지지하는 논리적 기반이 되었던 것이 명목임금 상승률과 실업률 사이에는 안정적인 트레이드오프(trade-off) 관계가 성립한다는 '필립스곡선'[157]이었다.

총수요를 구성하는 요인의 분석에 집중하는 케인스 모델에서는 임금이나 가격은 고정된 일정치이거나 모델 밖에서 (경제 외적 요인에 의하여) 결정된다고 상정했는데, 이는 임금이나 가격을 결정하는 '방

---

157 필립스(Alban W. Phillips)가 97년에 걸친 영국의 실증자료 통계분석에서 그러한 관계를 발견하였으며 이를 종축에 명목임금 상승률, 횡축에 실업률을 나타내는 그래프에 그린 것이 부(負)의 기울기를 갖는 필립스곡선이다.

정식이 하나 빠져 있음(missing equation)'을 의미하는 것으로서 총수요가 어느 요인에 의해 변동했을 때 생산과 가격에 어떤 변화가 나타나는지 분석하는 총공급과 가격 이론이 너무나 절실히 요청되었다.

이러한 이론적 프레임의 결함을 보완한 것이 명목임금 상승률과 실업률 간 역상관관계를 나타내는 필립스곡선이었다. 이에 의하여 케인스 모델에서 빠져 있던 방정식 하나가 보완되고, 그 후 명목임금 상승률과 물가상승률의 관계를 관찰한 결과 양자 사이에 정(正)의 관계가 확인되면서 (필립스곡선의 종축을 명목임금 상승률 대신 물가상승률로 변환하여) 물가상승률과 실업률의 역의 상관관계가 도출되며 물가는 비로소 내생적으로 결정된다는 사실이 밝혀졌다.

필립스곡선을 통해 자본주의 경제가 해결하지 않으면 안 될 인플레이션과 실업률이라는 두 가지 문제의 상호연관관계가 발견되면서, '고용 증대'와 '인플레이션의 진정'이라는 정책목표의 동시적 추구란 불가능하며 어느 하나를 택일하지 않으면 안 된다는 것을 알게 되었다. 세계공황의 교훈으로서 (실업의 사회적 불안과 고통을 중시하여) 고용문제를 최우선시하는 케인시언에게 필립스곡선의 정책적 함의는 높은 경제성장률과 고용수준을 우선하고 어느 정도의 인플레이션은 용인하는 것이었다.

케인스의 이론은 주요 선진국의 정책에 깊이 침투되어 시행되었고, 그렇게 해서 이룬 1960년대의 고도성장과 번영이 바로 케인스 경제학의 정책적 귀결이었으며, '케인스혁명'의 영광은 최절정에 달했다.

1970년대 후반 '실업·물가 동시 상승 현상'이 일어나며 케인스학파는 이론적 함정에 빠져

그러나 1960년대 말부터 미국을 비롯한 주요 선진국의 데이터로부터 실업률과 물가상승률 간 트레이드오프 관계가 무너지고 있다는 사실이 밝혀졌다. 1970년대 후반엔 양자가 같은 방향으로 움직임으로써 트레이드오프 관계가 성립하지 않는다는 게 명백하게 나타났다. 실업과 물가가 동시에 상승하는 '스태그플레이션 현상'이 일어난 것이다. 그러면서 케인스 경제학의 결정적 결함을 보완해 주었던 필립스곡선의 함의가 붕괴하였고, 케인스학파는 다시 치명적인 이론적 함정에 빠지게 되었다.

스태그플레이션 현상은 고용수준, 즉 유효수요 수준과 인플레율 사이에는 케인스파가 상정하고 있는 정(正)의 상관관계가 나타나지 않고 안정적인 필립스곡선이 성립하지 않는 특이한 현상으로서, '불황의 경제학'으로 전후 불황 극복 측면에서 성공적인 정책효과를 거두었다고 평가되어 온 케인스 경제학은 인플레 시대를 맞아 그 정책의 유효성에 대한 신뢰가 무너지기 시작했다.

케인스 경제학이 절실한 사회경제적 문제로 부상한 인플레 현상을 해명하지 못한 이론적 함정을 겨냥해 통화주의자들이 화폐적 접근에 의한 실증자료를 제시하며 '반혁명'의 기치를 들자 합리적기대파, 재정균형론자, 공급중시파 등이 잇달아 케인스의 이론체계와 그의 정책 패러다임에 대해 냉혹한 비판과 논박을 펼치면서 세계 경제학계를 풍미했던 케인스 시대는 종언을 고하기에 이르렀다.

그러나 새로이 제기된 여러 학파의 논의는 모두 제각기 한정된 시각에서 어느 한 측면만을 중시한 나머지 현대자본주의의 구조적 특이성과 위기에 대한 전체 모습을 통찰한 종합적인 체계를 제시하지 못하고, 국부적 검진과 처방에 불과하다는 평가를 면하지 못했다. 케인스의『일반이론』에 버금가는 체계를 창출하지 못하고 경제학은 바야흐로 주류를 잃은 채, 불가사의한 경제 병리인 스태그플레이션의 해명을 둘러싸고 여러 학설이 맞서며 정설을 찾지 못하고 지각변동만 일어났을 뿐이었다.

결론적으로 지포는 케인스 경제학이 집중적인 도전과 비판을 받고 주류파의 위좌에서 물러났지만 그 지적 체계는 매몰될 수 없으며, 케인스 경제학의 결정적인 결함을 보완하고 더욱 깊이 추구해 유효하게 활용하지 않으면 안 된다고 역설하였다. 케인스 경제학이 총수요 접근만을 기축으로 한 체계라 하더라도 경제의 총체적 운행 과정에서 중요한 수요 측면을 깊고 넓게 통찰한 업적은 앞으로 구축해야 할 종합적인 체계의 틀 속에 포괄되어야 하며, 통화주의자 등이 주장하는 시장 메커니즘에 의하여 경제가 장기균형으로 자동 회복된다는 기본상정이 무너지거나 가격의 조정 속도가 매우 완만할 때는 케인스 경제학의 진수를 재음미하지 않으면 안 된다고 강조했다.

• 통화주의 학파 정책효과의 실증적 귀결(레이거노믹스의 금융정책 효과)

금융긴축으로 불황이 지속되고 자체 회복 기능에 의한 완전고용의 실현 기미가 보이지 않자 결국 케인스학파의 금융정책 패턴으로 선회

『미국경제의 위기』에서 언급한 것처럼, 레이거노믹스는 네 가지 지주의 정책으로 다듬어진 패러다임이다. 안정적이고 건전하며 예측할 수 있는 금융정책, 감세로 저축·투자 유인의 강화, 세출 삭감에 의한 재정지출의 개선, 그리고 민간 부문에 대한 정책 개입의 축소와 규제의 완화가 그것이다. 이 가운데 '안정적이고, 건전하며 예측할 수 있는 금융정책(a stable, sound and predictable monetary policy)'이 프리드먼 등 통화주의자의 정책을 따를 것을 천명한 것이다.

이는 통화당국이 일정한 통화 공급 증가율 목표(이른바 'k-percent rule')를 정해 사전에 공포하고 이를 고수하도록 관리하는 것을 의미한다. 일정한 통화공급량의 관리가 핵심 정책 과제일 뿐 케인시언이 중시해 온 이자율 정책은 폐기하고 이자율은 금융시장에서 자율적으로 결정되도록 방임한다. 프리드먼은 'k-percent rule'에 따른 통화 공급 증가율의 엄격한 관리만이 인플레 없는 경제 안정화의 핵심 정책이라고 주장했다. 다만, 인플레이션을 진정시키는 과정에서 저성장과 높은 실업률 같은 '불쾌한 부작용(unpleasant effects)'은 피할 수 없으나, 이런 침체 국면은 단기적 현상으로서 장기적으로는 시장 메커니즘에 의해 경제는 완전고용 균형 상태로의 자체 회복력을 갖는다며 낙관적 견해를 폈다.

그리하여 레이건 정부는 출범하자마자 제2차 세계대전 후 가장 격렬하게 진행되었던 인플레이션을 진정시키기 위해 1979년 10월부터 펴오던 금융긴축을 더욱 엄격하게 실행하였다. 그 결과 인플레이션은 예측보다 더 신속하게 진정되어 디스인플레이션(disinflation) 국면으로 선회했다.

그러나 금융긴축으로 이자율이 급등하며 1981년 우대 대출 금리 (prime rate)가 18.87%를 기록하였고, 소비수요와 설비투자는 격감하며 심각한 불황에 직면하였다. 1982년 실질 GNP 성장률은 -2.5%, 실업률은 9.5%를 나타내며 1930년대 대공황 이후 가장 극심한 경기후퇴가 장기화하였다. 프리드먼이 얘기한 단기적으로 나타나는 '불쾌한 부작용'이라고 하기엔 너무 불황의 심도가 깊고 오래 지속되었으며, 완전고용 균형으로의 자체 회복의 기미는 보이지 않았다.

결국 FRB는 1982년 9월 초(超)금융완화정책으로 급선회하고 말았다.[158] 레이거노믹스의 정책 지주의 하나인 안정적이고 건전한 금융정책 기조는 폐기되고 만 것으로서 지포는 사실상 레이건 정부 출범 후 1년 8개월 만에 당초 선언한 통화주의 정책을 포기했다고 평가했다.[159] 영국의 대처(Margaret Thatcher) 내각도 하이퍼인플레이션 (hyperinflation)을 진정시키기 위해 통화주의 긴축정책을 고수했는데 그 결과는 미국의 경우와 같아 물가수준은 떨어뜨렸지만, 그 대가는 너무나 커 실업률이 두 자릿수나 되는 극심한 불황 국면이 장기화하였다.

---

158 1983년 1~8월 중 월평균 13.7%의 통화 공급(M1) 증가율을 기록하며 폭발적인 금융완화 정책으로 선회했다.

159 폭발적인 금융완화정책을 실행하자 1983년 초부터 이자율이 하락하였고, 재정적자의 확대, 투자 감세 등 복합적 요인의 작용으로 경기는 급격하게 회복 국면으로 반전하며 동년 2/4분기엔 명목 GNP 성장률이 12.3%를 기록하는 경기과열 국면을 맞게 되었다. 그래서 1983년 9월부터 다시 통화 공급 증가율을 감속시키는 긴축정책을 펴자, 금리가 반등하고 민간투자는 침체하며 경기가 빠르게 냉각돼 FRB는 1985년 2월 금융완화정책으로 재차 회귀했다.

지포는 레이건 대통령 재임 8년 동안 실행된 금융정책의 기조 변화를 분석한 결과 공약했던 안정적인 통화 공급의 'k-percent rule'은 일찍이 폐기하고 '제1기 초긴축-제2기 초완화-제3기 긴축-제4기 폭발적 완화-제5기 긴축-제6기 완화-제7기 긴축'과 같이 그때그때의 경기순환에 따라 긴축과 완화의 피드백을 되풀이하는, 통화주의에 반하는 정책으로 일관해 왔음을 주목했다.

다시 말하면, 통화주의자들의 핵심 정책 논리인 'k-percent rule'을 포기하고 아이러니하게도 폐기하겠다고 했던 케인시언의 총수요관리를 위한 금융정책 패턴을 따랐다. 통화주의 정책 패러다임과는 상반되게 완전고용 균형에서 크게 이탈한 경기 국면을 반순환적으로 '적절하게 조정하기 위한' 재량적인 금융정책을 펼친 것이다. 그리고 '피드백 룰'에 의한 금융정책의 기조 변화가 이루어질 때마다 총수요와 금리에 변화가 일어나며 경기가 반전하였다. 케인시언이 주장하는 효과가 뚜렷하게 나타났다.

금융긴축으로 상승한 고금리가 지속되어 케인스학파의 금리 중심 재량적 금융정책으로 복귀

통화주의자들은 인플레이션을 진정시키기 위해 금융긴축을 실시했을 때 단기적으로는 금리가 상승하더라도 인플레이션이 진정되면서 기대인플레율도 하락하기 때문에 금리는 다시 원래 수준 또는 그보다 낮은 수준으로 하락한다고 했지만, 1979년 10월 이후 실행해 온 긴축 정책으로 2차 세계대전 이래 최고 수준의 고금리 현상이 발생하고 3년 이상 지났는데도 금리의 하락 추세는 나타나지 않았다. 오히려 갈수록

상승세를 보였다.

그러자 통화 공급 관리만 중시할 뿐 (금리를 조작하는 케인시언 정책을 폐기하고) 금리는 오직 시장 자율에 맡기는 정책을 천명했던 레이건 정부는 심각한 경기후퇴의 주범이 장기간 금융긴축에서 오는 과다하게 높은 실질금리라 인식하고 금리 조작을 위한 완화정책으로 돌아가고 말았다. 금융긴축으로 금리가 상승할 때마다 시간이 지나도 통화주의자들이 주장한 자동적 금리 내림세가 나타나지 않아 부득이 경기회복을 위해 재할인율과 실질금리를 하향 조정하는 케인스학파의 재량적 금융정책을 편 것이다.

화폐량과 인플레이션 간 인과관계 붕괴, 화폐유통속도의 불안정성 등 반(反)
통화주의 현상 관찰

그뿐만 아니라, 통화 공급 증가율과 인플레율 사이에는 약 2년의 시차를 두고 거의 정확하게 나타났던 인과관계[160]가 1982년 9월 이후에는 통화공급량의 급격한 상승에도 불구하고 인플레율은 오히려 역방향으로 선회하여 가속적인 디스인플레이션 국면이 나타났다.[161] 화폐

---

160 1959~1980년 기간 통화 공급 증가율이 상승 경향을 보일 때마다 거기에 상응하여 인플레율도 상승했고, 통화 공급 증가율이 하락할 때는 시차를 두고 디스인플레이션 국면이 나타났다.

161 통화주의자의 주장에 따라 1984년 후반기부터 격렬한 인플레이션이 진행되리라 전망했지만, 예상과 달리 소비자물가지수(CPI)의 인플레율이 1984년 4.3%에서 1985년에는 오히려 3.6%로, 다시 1986년에는 1.9% 수준으로 급격한 감속 추세를 나타내며 1950년대 이래 최저를 기록하는 기이한 현상이 일어났다.

량과 인플레이션의 인과관계가 붕괴하는 반(反)통화주의 현상이 일어난 것이다. 이는 에너지와 농산물 수입가격의 하락, 달러 가치의 지속적인 평가절상, 1984~1986년 미국의 방대한 무역적자, 유가의 하락 등 비화폐적 요인에 기인한 것으로서 통화주의 학파의 이론에 반하는 현상이었다.

한편, 통화주의자들은 화폐의 유통속도는 단기적으로 일정하다는 '유통속도의 안정화 가설'을 토대로 화폐수량설의 틀을 다듬었는데 레이거노믹스 금융정책 실행 과정에서 그것은 단기에도 지극히 불안정하고 예측하기 어렵다는 사실이 밝혀졌다.[162] 화폐수량설의 교환방정식($MV=PT$)에서 살펴볼 때, 정부가 화폐공급(M)은 '적절한 조정(fine-tuning)'을 할 수 있지만 화폐의 유통속도(V)를 추정할 수 없어 결국 MV를 적절하게 조정할 수 없으므로 명목 GNP(PT)의 관리가 어렵다는 얘기가 된다. 이에 따라 프리드먼을 비롯한 통화주의자들이 소득 결정에 있어서 케인스의 유효수요의 원리를 정면에서 배격하고, 통화 공급만이 명목 GNP를 결정하는 유일한 인자라는 끈질긴 주장의 근저에 있었던 화폐량과 GNP와의 안정적 인과관계도 붕괴하고 말았다. 화폐유통속도의 불안정성과 불가측성이 MV를 교란하면서 통화지표로서 $M1$의 유용성이 상실되었기 때문이다.

---

162 미국의 대통령 경제자문위원회는 1987년 〈연차 보고서〉에서 안정적인 계측이 가능했던 화폐의 유통속도가 불가측 변수로 바뀌게 된 건 전반적인 금융규제 완화에 따라 통화 공급의 구성 내용이 크게 변했고, 화폐수요의 이자 탄력성이 상승한 데 기인한다고 밝혔다. 화폐유통속도의 불안정성의 원인에 대해서는 각주 126 더 참고.

이처럼 레이건 행정부의 경제정책전문가들은 통화주의 학파의 금융정책이론을 신봉하고 그 정책효과를 확신했지만, 결과를 보면 화폐유통속도의 불안정성, 통화주의 이론에 반하는 금리의 변화, 통화량과 인플레이션 및 통화량과 GNP의 안정적 인과관계의 붕괴 등 통화주의에 반하는 현상이 일어났다. 통화주의자들이 주장한 효과는 관찰되지 않고 케인시언 효과만 나타났으며, 종국엔 케인스의 금융정책 기조로 선회하고 말았다.

• 현대 고전파 모델(정책 무효성 명제)에 대한 실증적 평가

루카스, 사전트, 월리스, 바로로 이어지는 현대 고전파 매크로 경제학(new classical macroeconomics)은 합리적 기대 형성과 시장균형 등의 가정을 상정하여 구축된 새로운 논리체계로서 주로 경제정책 효과에 관한 논의를 중심과제로 삼고 있다. 현대 고전파 모델에서는, 어떠한 금융정책을 펴더라도 경제주체가 정책변수의 변화에 대하여 정확하게 예측할 때는 합리적 기대를 형성하여 최적화 행동으로 대응하기 때문에 단기적으로는 실물경제에 아무런 변화를 일으키지 못하고 물가에만 영향을 미칠 뿐이라고 주장하며, 통화주의자보다 더 완강하게 '금융정책 무효성 명제'를 제기했었다.

그러나 레이거노믹스 실행 이후 제1기부터 제7기까지 일곱 차례 금융정책의 기조 변화가 이루어질 때마다 화폐당국은 정책변수의 변화에 대하여 정확하게 고시해 왔고 경제주체는 완전한 정보를 활용할 수 있었지만, 금융긴축정책(제1기, 제3기, 제5기)을 펼 때마다 금리는 상승하고 소비수요와 설비투자는 격감하며 경기가 침체에 빠졌고, 이러한 상황을 더 이상 견딜 수 없어 금융완화정책(제2기, 제4기, 제6기)으로 선회할 땐 호황 국면으로 반전함으로써 금융정책이 실물경제에 크게 영향을 미쳤다. 루카스 등 현대 고전파는 경제주체가 정책 내용을 예상할 때는 산출량, 고용 등 실물 경제변수에는 아무런 영향을 미치지 못하며 물가의 변화만을 가져온다고 주장했지만, 현대 고전파의 이러한 금융정책 무효성 명제는 레이거노믹스 기간 중 확인되지 않은 것이다.

그리하여 1970년대 후반부터 미국 경제학계를 풍미해 온 현대 고전파의 금융정책 무효론은 실증적 정당성을 잃게 되었다.

• 공급 중시 정책효과의 실증적 검진

지포는 감세와 재정지출 삭감을 기본 골격으로 한 공급 중시 재정정책을 표방하고 출범한 레이건 정부가 8년 동안 어떠한 패턴의 정책을 실행했으며, 그 결과 어떤 경제적 귀결을 낳았는지 검증하였다.

래퍼곡선이 제시하는 '감세의 속효성'을 과신하고 재정지출을 늘린 결과 천문학적 재정적자 발생

레이건 정부는 1981년 제정된 〈경제재건조세법〉을 통해 공약했던 감세정책을 과감하게 실행하였다. 저축과 노동의 인센티브를 강화하기 위해 개인소득세는 3단계에 걸쳐 한계세율을 25%포인트만큼 경감하고, 최고세율을 70%에서 50% 수준으로 인하했다. 법인소득세에 대해서도 최고세율을 인하하고, 기계설비에 대한 10% 투자세액 공제와 동시에 감가상각기간을 종래의 1/2 수준인 5년으로 단축하는 투자 감세 혜택을 부여했다. 그 결과 예산편성상 감세 규모가 1982회계연도 377억 달러, 1983년 900억 달러, 1984년 1,430억 달러에 달했다.

이러한 감세로 인한 ('래퍼 효과', 즉 저축·투자의 유인으로 경제가 호전됨으로써 자동적인 세수 증대 효과가 발생하기 전까지는) 재정적자의 발생을 최소화하기 위해 감세 규모만큼 세출을 삭감하여 1984회계연도에는 재정 균형을 달성하겠다는 공약과는 달리 '강한 미국'을 건설하기 위한 국방비 지출과 소득보조·사회보장·복지 지출이 급증함으로써 재정적자가 기하급수적으로 늘어났다. 늘어만 가는 재정적자를 줄이기 위해 〈조세형평 및 재정책임법〉, 〈적자감축법〉 등을 제정하여 감세 규모를 애초 예상액의 약 60% 수준으로 축소하였지만, 재정적자는 눈덩이처럼 불어나 레이건 대통령 재임 8년간 재정적자 누계가 1조 1,838억 달러라는 천문학적인 수치에 달했다.[163]

레이건 정부가 감세와 함께 재정지출 삭감으로 재정 균형을 달성하겠다는 원래 공약과 달리 펠드스타인 등이 주장한 공급중시파 재정정책의 원형을 폐기하고 재정지출형 정책 패턴으로 방향을 튼 이유는 래퍼를 중심으로 하는 신진 공급중시파의 정책 제언을 과신한 데 있었다.

펠드스타인은 감세효과는 단기에 나타나지 않아 감세로 세수가 늘

---

163 미국 건국 이래 1980년까지 약 200년 동안의 연방정부 부채총액 9,143억 달러와 비교할 때 레이건 정부가 얼마나 방만하게 재정지출을 팽창시켰는지 알 수 있다. 이러한 재정적자는 무역적자와 마이너스 저축·투자 밸런스로 파급되어 미국경제를 3중 적자의 구조적 함정에 빠트렸다. 3중 적자의 구조적 함정에 대해서는 208~210쪽을 더 참고.

어날 때까지는 재정적자를 줄이기 위해 필수적으로 재정지출을 삭감해야 하고, 사회보장을 위한 이전지출을 과감하게 감축해야 한다고 역설했다. 하지만 래퍼, 로버츠 등 신진 공급중시 경제학자들은 감세는 단기적으로 세수 증대를 일으켜 재정지출을 삭감하지 않더라도 재정적자는 자동으로 감소하게 된다며 '감세의 속효성'을 주장했다. 결국 신진 공급중시론자의 정책 제언이 받아들여졌고, 감세 조치의 단기적인 세수증대 효과를 제시하고 있는 '래퍼곡선'을 과신한 레이건 정부는 감세만을 지속해 실행했을 뿐 세출 삭감이 아닌 재량적인 지출 확대 정책을 폈다. 그러나 기대했던 감세로 인한 세수 예측치가 전혀 실현되지 않아 건국 후 최대의 재정위기를 맞게 되었고, 결국 래퍼곡선은 오류로 평가되었다.

래퍼곡선이 오류를 나타낸 것은 감세의 속효성만을 제기하고 있을 뿐 이를 논증할 실증 분석이 빠졌기 때문이다. 세율이 최대가 되는 상한 세율에 대한 과학적인 논거를 제시하지 못했을 뿐만 아니라, 감세 규모와 세율 인하로 인한 세수 증대 규모와의 정밀한 교량관계(較量關係)와, 감세 후 세수 증대가 나타날 때까지의 동태적 시간 요소에 대한 분석도 빠져 있었다. 감세에 의한 저축함수·노동공급함수·설비투자함수·감세승수에 관한 실증적 분석은 물론이고, 감세가 미칠 시간적 경로와 동학적 메커니즘에 관한 해명 없이 래퍼곡선의 함의는 결코 논증할 수 없다는 것이 지포의 인식이었다.

레이건 행정부의 경제정책가들이 논리적 타당성이 부족한 래퍼곡선이 제시하는 감세의 속효성을 과신한 나머지 대담한 감세정책에도 불구하고 소비수요만을 자극하고 민간저축률은 오히려 격감하면서 원래 기대했던 투자 유인으로 연결되지 않아 국내총투자율은 상대적으로 하락했다. 감세로 인한 세수 증대 효과도 확인되지 않았다. 1971~1981년의 세입 증가율이 연평균 11.2%였는데, 대폭적인 감세정책을 폈던 1982~1987년은 7.0%로서 오히려 감소하였다. 1970년대에 인플레이션으로 인한 명목 세입의 상대적 팽창을 고려하더라도 이 수치로부터 1980년대에 실행한 감세로 세수가 월등하게 증가했다는 뚜렷한 증거를 발견할 수 없었다.

감세에도 불구 개인·기업 저축 모두 늘지 않아 국내 투자의 약 1/2을 해외 자본유입으로 충당

한편, 레이건 정부는 조세 삭감으로 인해 잉여 가처분 소득액의 70% 정도가 저축되리라 예견했으나, 1975~1979년 연평균 5.2% 수준이었던 개인저축률이 1981년 이후 지속해서 감소해 1987년에는 2.6%로 격감하였다.[164] 법인세의 감세조치와 더불어 가속상각제도의 도입으로 늘어나리라 보았던 기업저축도 1975~1979년 수준을 벗어나지 못했다. 감세의 공급중시파적 메커니즘은 나타나지 않고 오히려 저축이 감소했다. 감세로 인한 가처분 소득의 증대가 저축 인센티브로 연결되지 않고 의도하지 않았던 소비수요만 자극했기 때문이다.

결국 국내저축이 국내투자에 못 미쳐 1983년부터 순 자본유입으로 국내투자의 약 1/2을 충당해 왔는데 이것이 채권국 미국이 최대채무국으로 급격히 전락하게 된 근본 요인이었다.

---

[164] 이러한 미국의 개인저축률은 1980년대 다른 주요국의 1/3에서 1/4 수준이었다.

감세와 세출 증대로 유효수요를 자극해 고금리하에서도 경이적인 성장률을 기록하며 공급중시파의 메커니즘은 관찰되지 않고 케인스파의 총수요관리 정책 효과만 확인

1981년 들어 전후 가장 심각한 불황에 빠졌던 미국경제는 실질금리의 경이적인 상승에도 불구하고 1983년 초부터 급속한 경기회복 국면으로 바뀌어 1984년에는 1950년대 이후 가장 높은 실질성장률을 기록했다. 이례적인 고금리하에서도 급속한 경기 확대가 나타난 것은 거대한 재정적자가 수요증대와 경제활동에 강한 자극제가 된 데 기인한다. 고금리와 경기 확대라는 역설적 현상은 재정적자에서 비롯된 인과적 국면이었다.[165]

이와 같이 공급중시파의 재정정책은 감세에 의한 저축 인센티브를 강화하려는 목적이었지 유효수요 자체를 자극하려는 것은 아니었으며, (주로 개인소득세, 법인세의) 감세 규모만큼 세출삭감과 간접세의 증세로 충당함으로써 수요 측면의 자극을 배제하려 했다. 그러나 감세만이 실행되고 간접세의 증세는 단행되지 못한 채 오히려 폭발적인 세출증대에 따른 재정적자가 수요를 자극했다. 게다가 개인소득세의 감세가 저축으로 나타나지 않고 소비수요만을 증대시킴으로써 의도하지 않았던 수요창출에 의한 경기회복을 일으키게 되었다. 레이거노믹스에 의하여 실행된 공급중시파의 재정정책의 결과는 공급중시파

---

165 미국의 성장률과 성장의 기여도를 살펴보면 1984~1988년 기간 중엔 정부수요의 기여도가 상대적으로 높았다. 1985년의 경우 민간수요에 의한 성장이 2.1%인 데 비해 정부수요는 5.8%였다. 이것은 연방정부수요, 즉 재정지출의 확대가 경기회복의 기동적 자극을 일으켰음을 확인해 주는 부분이다.

의 메커니즘은 관찰되지 않고 (레이건 대통령이 공공연하게 비난해 왔던) 케인스파의 총수요관리정책의 효과만 확인된 것이다. 더로우(L. C. Thurow)는 『제로섬 해결(The Zero-Sum Solution)』에서 "반케인스주의의 오류를 증명한 사람은 바로 레이건 대통령이었다는 사실은 역사의 아이러니로서 후세에 길이 기록될 것이다."라고 적으면서 레이건과 케인스정책과의 관계를 다음과 같이 표현하고 있다.

"레이건 대통령은 케인스정책을 폐기하겠다고 서약하고 대통령으로 취임했으나, 케인스정책의 유효성을 입증하고 대통령직에서 물러났다. 케인스의 묘비에는 이렇게 새겨도 좋을 것이다. '레이건 대통령에 의해 명예가 회복되었다.'라고."

경제학의 현상

지포는 '케인스혁명과 반혁명의 궤적'으로 규정한 20세기 경제학의 조류를 긴 호흡으로 개관하고, 평가하고, 실증한 후 경제학자로서 철학과 소신을 담아 '경제학의 현상'이라는 제목으로 마지막 세 장을 마무리하였다.

① 현대 케인스 경제학의 재구축

통화주의, 합리적 기대 이론 등을 체계에 도입하여 결함을 보완하기 위한 새 모델 전개

1936년 케인스의『일반이론』이 출간된 이래 경제학의 일대 혁명으로 평가되며 매크로 경제학의 주류를 이루어 왔고 주요국의 경제정책의 이론적 지주가 되었던 케인스 경제학은 통화주의 학파의 총수 프리드먼의 '반혁명'에 의하여 주류파의 위좌에서 흔들리기 시작하더니, 합리적기대파 루카스에 의하여 결정적으로 퇴조하지 않을 수 없었다. 그리고 스키델스키(Robert Skidelsky)가 그의 편저『케인스 시대의 종언(The End of Keynesian Era)』에서 밝혔듯이, 1970년대에 이르러 선진 자본주의 경제가 거의 예외 없이 '스태그플레이션'의 함정에 빠져들자 케인스혁명은 종언을 고하기에 이르렀고, 케인스 경제학은 지적 유물로 매몰되어 버린 것으로 인식했다.

그러나 1980년대 미국의 레이거노믹스 실행 과정에서 관찰된 미국 경제의 실제 모습은 통화주의자의 이론적 프레임워크에서 밝힌 인과적 관계에서 크게 벗어났다. 신화폐수량설은 인플레이션 이론을 제외하고는 크게 훼손되고 신인을 잃게 되었다. 공급중시파의 재정정책은 천문학적인 재정적자를 누증시키는 역효과만 나타났으며, 케인시언 정책의 효과를 재확인해 주는 결과를 낳았다. 현대 고전파가 주장한 케인시언의 금융·재정 정책 무효성 명제는 1980년대 미국의 경기 국면에서 나타난 실증적 결과에 따라 그 정당성을 잃게 되었다. 이들 세 학파의 이론은 경제학의 새로운 영역을 개척한 업적은 크지만, 현대 자본주의 경제의 구조적 특이성을 깊이 통찰한 종합적 체계가 아닌 일면적 논리에 지나지 않는다는 평가를 면할 수 없었다.

그리하여 매크로 경제학이 지적 구심력을 잃은 채 표류하고 있는 상황에서, 지포는 케인스학파가 반케인스 진영의 이론체계를 신중히 음미하면서 케인스 경제학의 기본적 결함을 보완하기 위해 새로운 모델을 전개하며 현대 케인스파 매크로 경제학을 재구축하고 있음을 주목했다. 현대 케인스파 신에 경제학자들은 케인스의 원래 사상과 학설의 진수 부분을 다시 추구하면서 다른 학파가 제기한 논점을 흡수하여 경제 현실의 변화에 대응하는 모델 수정을 위해 모든 정력을 기울여 왔다. 통화주의 이론을 이해하고 합리적 기대 이론을 체계에 도입해 통합하려고 시도하고 있다.

20세기 경제학은 케인스 이론을 '날', 프리드먼·루카스·펠드스타인 등의 이론을 '씨'로 하여 전개
- 케인스 경제학은 앞으로도 매크로 경제학의 중심적 논점 대상, 지적 원천이 되리라 확신

이런 의미에서 '케인스 시대의 종언'이 아니라 케인스혁명은 다시 이어지고 있으며, 1990년대 들어서도 매크로 경제학은 케인시언이든 반케인시언이든 케인스가 제기한 이론체계를 축으로 전개되고 있다. 쇼(Graham K. Shaw)는 그의 저술 『케인스 경제학: 영원한 혁명 (Keynesian Economics: The Permanent Revolution)』에서 케인스 경제학은 재생되어 불사조와 같이 이어지고 있다며 케인스혁명의 영원성을 강조했다.

20세기 경제학의 조류를 다 회고하고 나서 지포는 그동안 이루어진 이론적 변혁 과정을 마치 베틀로 직물을 짜는 과정에 비유해 경제학사에 있어서 거봉처럼 우뚝 솟아 있는 케인스의 이론을 '날'로 하고, 프리드먼·루카스·펠드스타인 등의 이론을 '씨'로 하여 전개되었다고 규정

하였다. 그리고 1970년대에 이르러 지적 유물로 매몰되리라 인식했던 케인스 경제학과 그의 사상은 오늘에도, 앞으로도 매크로 경제학의 중심적 논점의 대상이 되리라는 데 의심할 여지가 없으며, 지적 원천으로서 계속 논의의 축을 이루리라 확신했다.

② 경제이론의 불확실성과 '반혁명'의 성취에 대한 평가, 그리고 표류와 모색의 시대

논리적 정당성 입증과 객관적 평가 전에는 새로운 이론을 신인하고 음미하는 데 신중해야

지포는 경제학은 비(非)실험과학이며, 경제활동의 거의 전부는 실험실의 현상이 아니라고 했다. 경제 현상을 두고 의견 대립과 논쟁이 잦고, 경제 예측이 틀리는 경우가 많은 이유이다. 그리고 경제이론의 전개 과정에서 경제학자 자신의 주관적 판단, 선입견, 편견이 개재할 여지가 크다. 노벨경제학상을 수상한 두 학자가 같은 경제문제를 두고 대통령에게 상반되는 정책 제언을 했던 것도 그 때문이다.

사회과학으로서 경제학의 문제점이 바로 여기에 있다. 새로이 제기되는 학설, 이론체계, 정책 논리에 대해 어느 정도 신인(信認)해야 할지의 문제가 늘 대두되며, 그들의 논리적 정당성 여부를 가늠하는 결과를 실험실에서 얻어낼 수 없어 검증을 위한 모든 자료가 입수될 때까지 기다려야 한다. 그리하여 경제이론이나 정책 논리에 대한 신뢰가 갈수록 허물어지고, 그 내용의 진위를 판별하지 못한 채 불확실성만 증폭되고 있는 것이 오늘의 경제학이 직면한 숨길 수 없는 현상이라 진단했다.

지포는 1970년대 잇따라 대두한 반케인스학파의 이론적 프레임과 정책 논리를 검증하는 과정에서, 그들의 위상 변화에서 그러한 경향을 여실히 느꼈다. 1979년 5월 대처 내각의 출범, 그리고 1981년 2월 레이건 대통령의 취임과 더불어 케인시언 정책의 폐기를 공인하고 통화주의와 공급중시파의 정책 논리를 한 틀에 종합한 새로운 정책 패러다임으로의 대전환을 결행했지만, 앞에서 분석한 바와 같이 여러 학파가 끈질기게 주장했던 정책효과는 기대한 것과 달리 거의 나타나지 않았다는 사실이 자료에 의해 검증되었다. 오히려 케인시언 정책효과만 재확인해 주는 결과가 나타났다.

신화폐수량설을 근간으로 한 통화주의 경제학을 불후의 업적이라 찬탄하며 전적으로 신봉했고, 현대 고전파의 합리적 기대 가설은 '기대 혁명'이라 할 만큼 관심이 집중되면서 정밀한 수학적 논리 전개와 참신한 모델로 1970년대 경제학계에 선풍을 일으켰으며, 공급중시파의 생산성 정체 요인 분석이나 인플레이션과 세제 구조의 상호작용에 대한 분석은 큰 업적으로 평가되며 감세로 저축·근로·투자·생산성 인센티브를 유인해 공급구조의 확대를 일으킨다는 새로운 재정정책 논리에 대해 한때 깊은 관심을 기울였지만, 결국 이들의 이론체계에 대한 신뢰는 크게 허물어지고 말았다.

지포는 이렇듯 경제학이 불확실한 학문 분야로 전락하게 된 작금의 현실을 안타깝게 여기며, 새로이 제기되는 이론이나 정책논의에 대한 진정한 논리적 정당성이 입증되고 객관적 평가가 이루어지기 전에는 그를 신인하고 음미하는 데 신중해야 한다고 경종을 울렸다.

'반혁명'은 실패했고 매크로 경제학은 『일반이론』만 한 체계를 창출하지 못하고 모색·혼돈 속에 표류

한편, 1970년 프리드먼이 「화폐이론에 있어서 반혁명」으로 케인스 혁명에 대한 '반혁명'의 포문을 터뜨린 지(그리고 합리적기대파 등 반케인시언 진영의 여러 학파가 잇달아 그 대열에 선 지) 20여 년이 지난 시점에서 지포는 '반혁명'은 성취하지 못했으며, 실패로 돌아갔다고 단호하게 평가하였다.

8년에 걸친 미국의 레이거노믹스 실행 과정에서 나타난 금융정책 효과는 프리드먼 등 통화주의자들이 그동안 끈질기게 주장한 것과는 달리 거의 관찰되지 않았으며, 오히려 화폐공급량의 변화와 GNP의 안정적인 인과관계나 화폐유통속도의 안정화 가설 등이 붕괴하였음이 명백히 검증되었다. 레이거노믹스의 중요한 골간을 이루었던 공급 중시 재정정책의 경우, 감세로 단기간에 세수 증대 효과가 나타난다는 '래퍼 곡선'은 한낱 허상에 지나지 않았고, 저축·노동·투자 유인 강화도 나타나지 않았으며, 천문학적인 재정적자의 누증이 고금리 상황에서도 지속적인 고도성장의 요인으로 작용하는 등 오히려 케인시언 정책의 효과만 확인해 주었다.

1980년 드러커(Peter F. Drucker)는 스미스혁명, 리카도혁명, 한계혁명, 케인스혁명 등 네 차례에 걸쳐 경제 세계관과 철학 및 학설의 대전환을 경험한 경제학계가 또 한 차례의 대전환, 즉 '다섯 번째 혁명'의 와중에 놓여 있다고 전망한 바 있었다.[166] 그것은 프리드먼이 포문을 연

---

166 Peter F. Drucker. 1981. 『Toward the Next Economics, and Other Essays』. New York:

케인스혁명에 대한 '반혁명'이 성취되리라 보고 그렇게 통찰했었다. 그러나 그 전망은 빗나갔으며, 당시 경제학계의 흐름을 엄밀히 조감해볼 때 경제학의 혁명 징후는 전혀 엿보이지 않았다는 게 지포의 인식이었다. 여러 학파가 대두하여 경제학의 미개척 영역이라 할 참신한 이론체계를 제기해 매크로 경제학은 외견상 엄청난 이론적 변혁을 일으켜 온 것처럼 보였으나, 그 논의 가운데 몇 가지 함축성을 빼곤 한정된 시각에서 일면적 논리만을 지닌 내용으로서 모두 케인스의『일반이론』에 버금할 만한 새로운 체계 창출을 이루지 못했다고 평가했다.

지포는 "진지한 경제학자가 새로운 경제 세계관·철학·접근 방법에 의하여 새로운 학설이나 종합적인 모델을 도출함으로써 기존 경제학과는 비길 수 없을 만큼 우람한 체계를 창출하여, 경제학에 혁명적 변혁을 일으킬 만큼 학문적 풍토를 주도하고 심대한 영향력을 미칠 만큼 불후의 업적을 빛냈을 때, 그를 기리고 송표(頌表) 하기 위해 경제학계에서 혁명이라 평가했다."라고 경제학의 혁명에 대한 정의를 내리면서, 지난 네 차례의 혁명은 약 50년을 주기로 성취되었지만, 마지막 케인스혁명 후 50년이 지난 지금이나 머지않은 장래에 다섯 번째 혁명이 성취되리라는 증후나 전망은 엿보이지 않는다고 평가했다.

그리하여 오늘의 매크로 경제학은 20세기의 금자탑인 케인스혁명의 지적 풍토에서 벗어나지 못한 채 모색과 혼돈의 와중에서 표류하는 중이라 진단했다.

Harper & Row.

③ 경제학의 새 지평(地坪)을 향한 과제

지포는 집필을 마무리하면서 오늘의 매크로 경제학이 앞으로 새로운 지평을 향한 이론적 대변혁의 진전을 위해서는 해명하지 않으면 안될 (상호 밀접하게 연관되고 분리 불가분의 관계에 있는) 초미의 몇 가지 과제를 제시하였다.

먼저, 경제학의 내부모순의 문제에 대한 해명이다. 그동안 미시경제학의 오류에서 거시경제학의 문제가 발생했으며, 미시경제학의 근본적 변혁이 이루어져야 매크로 경제학의 근본 문제가 해결될 것으로 확신하였다.

미시경제학에서 모든 시장은 경쟁적 입찰로 교환이 이루어지는 균형가격 경매시장[167]이다. 반면, 거시경제학은 교환이 완전히 이루어지지 않는 불균형 시장을 연구한다. 미시경제학에서 대전제로 밝히려는 균형론적 접근 방법과 거시경제학에서 추구하려는 불균형론적 접근은 서로 상치된다. 만일 임금이 생산성보다 빠른 속도로 상승하여 인플레의 원인을 조성하고 있다면 그것은 미시경제적 현상으로 보아야 한다. 이처럼 거시경제학의 실패라 간주하는 많은 것들이 미시경제학의 실패에 기인하는데, 거시경제적 실패는 거시경제이론의 기반을 뒤

---

[167] 어떤 시장도 언제나 균형을 이루며 만족하지 못하는 경매참가자는 없다. 모든 생산요소는 한계생산성에 따라 대가를 지급받으며, 고용되고자 하는 생산요소는 그 생산성에 의해 결정되는 가격으로 고용된다.

흔들어 그 지적 조류에 큰 변화가 이루어져 왔지만, 미시경제적 실패는 미시경제이론에 영향을 미치지 않아 균형가격-경매모델은 수정되지 않고 오늘에 이르렀다.[168]

거시경제학이 바탕을 두고 있는 균형가격-경매모델이 불완전하고 개별 경제주체의 행태를 설명해 주지 못하고 있다면, 미시경제이론에 근본적인 개혁이 일어나지 않고는 거시경제학의 많은 문제는 해결될 수 없는 일이라 인식했다. 매크로 경제학이 직면하고 있는 만성적 위기를 극복하기 위해서는 경제는 언제나 균형이 실현된다는 극단적인 견해를 버리고, 오히려 어떻게 가격설정이 이루어지는가를 밝히지 않으면 안 된다는 현대 케인스학파 경제학자 토빈(J. Tobin)의 주장도 그와 맥을 같이한다고 지적했다.

다음으로, 노동시장에서 신축적 가격체계와 하방 경직적 고정 가격체계의 관계 문제이다. 1970년대 이후 우세한 견해는 신축 가격을 주장하는 편에 있었다. 합리적 기대론자 내지는 현대 고전파는 경직적 고정 가격에 의한 (케인시언의) 거시경제이론체계를 부인하고, 모든 시장은 가격-경매모델로 완벽하게 설명할 수 있으며 시장 불완전성이

---

168 더로우는 "거시경제의 실패에 못지않은 미시경제의 실패는 균형가격-경매모델의 정당성에 거의 영향을 미치지 않았다. 케인스 경제학은 거센 풍파를 맞고 있었으나 '가격-경매'라는 배는 휩쓸려야 할 풍랑 속에서도 끄떡없이 순탄하게 항해하고 있다."고 함축성 있는 시사를 한 바 있다.
L. C. Thurow. 1983. 『Dangerous Currents: The State of Economics』. New York: Vintage Books. 49쪽.

란 존재하지 않거나 극히 단기적으로만 존재한다고 주장했다.

그러나 노동시장에서의 수많은 관측 결과를 보면 시장의 불완전성이 자주 드러났고 장기적으로 지속되었으며,[169] 임금도 신축적으로 반응하지 않았다.[170] 지포는 경제학의 새 지평을 열기 위해 신축적 가격 메커니즘에 의한 균형가격-경매모델은 현실세계의 생산물시장 및 노동시장의 구조적 특이성과 그 실상을 그대로 반영한 새로운 모델로 재구축되지 않으면 안 된다고 역설하였다.

이와 관련하여 현대 케인스학파가 전통적 케인시언이 주장했던 하방 경직적인 고정임금론을 수정하여 '노사 간 임금협상을 통해 장기 노동계약을 체결하고 재계약할 때마다 기대물가상승률을 반영하여 평균임금 수준 이상으로 협정가격을 결정'하는 새로운 논의의 제기에 주목했다.

마지막으로, 이미 성립된 경제적 균형에서 이탈하여 외부 조건에 맞는 새로운 균형에 도달하는 데 시간이 얼마나 소요되는지에 대한 균형

---

169 1929년 미국에서 공황이 발생하며 1%이던 실업이 25% 수준까지 높아졌으며 공황 기간 12년 동안 높은 수준을 나타냈다. 2차 세계대전 중에는 낮았고, 1950년대에는 높았으며, 1960년대 중반 다시 낮아졌다가 1960년대 말 인플레이션을 진정시키기 위해 재정·금융 제동장치를 강화하면서 한층 더 높은 수준으로 치솟는 등 현실의 노동시장은 가격-경매모델만으로 해석할 수 있는 완전고용의 세계는 아니었다.

170 공황이 발생하고 1929년에서 1933년까지 화폐임금이 25%나 떨어졌지만 물가 역시 25%나 떨어져 대량실업에도 불구하고 실질임금은 하락하지 않았으며, 2차 대전 이후 가장 높은 10% 수준의 실업률을 보인 1982년에도 임금은 6% 상승하는 등 실업이 급증하는 상황에서도 임금은 그에 상응해 하락하지 않았다.

조정 속도의 문제이다. 미시경제이론의 균형 시장 모델은 균형에로의 즉각적인 조정이 실현되는 것처럼 설명해 왔으나, 시간이 얼마나 소요되는지에 대해서는 언급하고 있지 않다. 그리고 그러한 조정 기간(불균형 기간) 동안 무엇이 일어나는지에 대해서도 설명하지 않고 있다.

조정 기간이 상당히 길 때 그동안에 중요한 문제가 야기될 수 있고, 그 문제가 경제의 운행에 커다란 영향을 미칠 수 있다.[171] 균형 시장론자들은 시장은 '장기적으로는' 균형 상태에 이르며, 균형 상태의 조건이 교란되면 경제는 새로운 균형 상태에 이르러 장기적인 불균형 상태란 존재하지 않는다고 가정하지만, 균형에로의 조정 기간이 장기에 이를수록 시장은 불완전하고 경직화되어 현실적으로는 장기적 불균형 상태에 놓이게 된다. 그 결과 인적·물적 자원의 적정 배분이 왜곡되어 불완전고용 상태가 심화하며 경제의 장기적 불완전성이 지속된다.

그럼에도 일부 경제학자들이 불균형 시장을 왜 균형 시장이라 가정하는지, 경제의 불균형 체계에서 어떻게 '장기적으로는' 자동 회복 기능에 의해 완전고용 균형이 실현되는지, 그리고 명백한 장기적 시장

---

171 더로우는 조정 기간이 오래 지속되면 경제 내 '불균형 준지대(disequilibrium quasi-rent)'의 흐름이 생성된다고 밝혔다. '불균형 준지대'란 관련된 생산요소의 정상보다 많거나 정상 이하 수입의 흐름을 말하며 이는 재화·용역의 수요, 더 나아가 경제 전체의 수요와 생산 패턴을 변경시킨다. 불균형 준지대가 크게 작용할 때 경제는 새로운 균형으로 이동하지만 새로운 균형은 이미 계측된 균형은 아니며, 만일 조정 기간이 길 경우 외부 충격이 그 충격에 대한 조정보다 더 빨리 올 수 있고 경제는 결코 균형 상태에 이르지 못하기 때문에 현실 세계에서 무엇이 일어나는가에 대한 실제분석은 불균형 상태에 초점을 맞추어야 한다고 주장했다.
앞의 책, 12~15쪽.

불균형 상황을 균형 시장으로 혼동하는 데에 대한 깊은 통찰이 있어야 한다고 지적했다.

9장

토종 경제학자로서 한국적 상황, 한국적 경제모델을 중시하다

「일제 및 미군정 시대의 경제정책과 경제구조」

『한국경제론』

「소련 페레스트로이카의 북한 경제정책 변화에 미칠 영향」

「일제 및 미군정 시대의 경제정책과 경제구조」[172]

- 개항 후 70여 년에 걸친 일제의 수탈적 경제정책과 미군정의 경제정책을 경제사적으로 평가

「일제 및 미군정 시대의 경제정책과 경제구조」는 1876년 일본의 강요로 체결된 '강화도조약'을 기점으로 이루어진 개항의 경제적 충격과, 이때부터 면밀한 계획 아래 70여 년 동안 추진된 일제의 수탈적 경제정책과 그 영향, 그리고 해방 후 남북분단으로 민족경제의 '남농북공(南農北工)'의 분기화 상황에서 미군정의 경제정책을 정리·기술하고 경제사적으로 평가한 논문이다. 특히, 지포가 궁벽한 시골에서 자라면서 몸소 겪었던 일제의 토지 점탈과 식량 수탈 등 조선 농촌을 파멸과 영락(零落)으로 피폐화시킨 대조선 농업정책과, 물적자원의 수탈·노동력 착취·병참기지화로 일관한 광·공업정책에 대해 통계자료를 토대로 객관적이고 냉철한 시각으로 분석·비판하였다.

실학사상으로 싹튼 근대적 사회경제 기반이 19세기 들어 세도정치 등으로 억제

지포는 실학사상의 영향으로 전대의 전통적·봉건적 침체에 비하여

---

[172] 이 논문은 한국정신문화연구원이 1987년 발간한 논문집 『한국의 사회와 문화』 제8집에 게재·발표되었다.

놀라울 만큼 근대지향적인 여러 요소가 움트기 시작했던 18세기 사회 경제적 상황부터 기술했다.

실학파는 경세학(經世學)을 제창하며 근대 지향의 정치·사회·경제 개혁론을 역설했을 뿐 아니라 새로운 역사 인식과 민족의식을 싹 틔웠다. 특히, 지배층과 양반사회의 모순과 비리를 개탄하며 봉건 윤리·제도에 도전해 전통적 사회 계층 질서를 배제하고, 사민론(四民論)을 주장하며 사농공상(士農工商)을 일체로 하는 새로운 국민관, 즉 근대적 국민주의를 정립·표방했다. 학문과 문화 면에도 큰 영향을 미쳐 영·정조 시대의 문예부흥을 이끌며 서민 중심의 문화가 성장·발전하기 시작했다.

나아가 현실적인 사회·경제 문제를 깊이 통찰하여 전통적·봉건적 체제를 지양하는 광범한 제도개혁을 논의했고, 혁신적인 정책을 제시해 근대적 발전을 촉진하고자 하였다. 집권양반층의 대토지 소유와 토지세습 제도를 근본적으로 배격하고 농민층에 토지를 지급해야 한다는 '전제개혁론'을 주장했으며, 새로운 영농 방법을 내놓았고 근대적인 기업론, 상업혁신론, 자본합자론 등 새로운 상공관을 펼쳤다.

18세기 후기, 상업이 전국 규모로 확산하기에 이르렀고 청나라와의 무역이 활발하게 전개되어 거대한 상업자본가가 출현하기 시작했다. 상업의 발달은 독립적인 자영수공업의 발달을 촉진해 생활필수품 생산이 활발히 이루어졌다. 더불어 많은 화폐가 주조되어 전국적으로 유통되며 화폐경제도 발달하였다.

농업 부문에 있어서는 이앙법의 발달, 이모작과 수리시설의 보급 등 농업기술의 발전과 농업경영의 변화로 농업소득이 증대되었다. 그 결과 부를 축적한 부농층이 양반 계층과 신분상 대등한 지위를 확보하고 농촌의 실권을 장악하며 점진적으로 농촌사회의 분화가 일어났다.

이처럼 18세기에 이르러 조선조 사회는 자생적으로 서민문화와 민중 의식이 성장하고 사회경제적 기반이 성숙하며 근대지향적 요소들이 싹트기 시작했지만, 불행히도 지속되지 못하고 19세기로 접어들며 침체와 혼미의 상황을 맞았다.

1800년, 11세의 나이로 순조가 임금에 오른 후 왕권이 약해진 틈을 타 외척 권세가들이 발호하는 세도정치의 폐해가 심화하고 외침이 빈번해지며 민심은 극도로 불안해졌다. 국방 수비를 위한 재정지출의 증가는 백성들의 조세부담을 늘렸고, 관료 사회의 기강이 허물어지며 가렴주구(苛斂誅求)가 극에 달했다.

농민들의 이농(離農)이 느는 가운데 경작 규모는 확대되지 못하고 농업기술의 개선도 이루어지지 않아 농업생산은 갈수록 줄어들었다.

상공업부문도 정부의 통제 강화로 침체일로에 빠졌다. 수공업의 독립적 자영의 길이 봉쇄되기에 이르렀고, 청나라와의 무역마저 위축되어 시장의 협소화로 생산이 침체하며 자본축적의 기회를 잃게 되었다. 도가(都家)[173]의 독점이 강화되어 일반 상인들의 자유로운 활동이 저지되면서 상업도 크게 위축되었다. 상업의 위축은 수공업과 대외무역

---

173 같은 장사를 하는 상인들이 모여 계(契)나 그 밖의 장사에 대해 의논하는 집(『민중 에센스 국어사전』, 2002).

을 더욱 침체시켰다.

지포는 18세기에 이르러 비교적 활발하게 전개되었던 근대 지향 요소들이 19세기 들어 세도정치와 봉건세력의 준동으로 성숙하지 못하고 오히려 침체·정지되고 말았던 순조부터 철종 대까지 약 60년의 기간을 근세 우리 역사에 있어서 '근대지향적 발전의 중단기'이면서 '봉건적 반동기'였다고 평가하였다. 그 이후 전개된 국가와 민족의 수난과 수모, 백성의 비참한 삶을 생각해 볼 때 이를 피할 수도 있었지만, 세상이 하루가 다르게 개화되는 줄도 모르고 문을 걸어 잠그고 허구한 날 권력투쟁을 일삼았던 조선조의 무능한 위정자들 때문에 기회를 놓쳐 매우 애석하고 비통해 그렇게 평가했으리라.

이처럼 실학사상의 영향으로 싹을 틔웠던 근대적 요소의 성장이 완강한 전통적·봉건적 사회경제 체제에 막혀 더 성숙하지 못하고 억제되자, 19세기 말 외세에 의해 쇄국의 철벽이 깨어지고 강요로 개항이 이루어지는 충격적 상황을 맞게 되었다.

일제의 식민지 지배를 위한 전초적 구축 작업으로 점철된 개항 30년

조선조 정부는 '강화도조약'에 뒤이어 미국·청국(1882), 영국·독일(1883), 이탈리아·러시아(1884), 프랑스(1886) 등 열강과 수교조약을 맺음으로써 통상의 문호를 개방하였다. 타력에 의한 개항을 계기로 조선조 후기의 전통적 봉건사회는 해체되고, 일본 자본주의의 조선 지배를 위한 치밀한 구축 작업이 전개되며 한민족의 고난과 수탈의 역사가 시작되었다.

개항으로 국제사회의 일원으로 참여하며 오랜 침체에서 벗어나 근대사회로 발전하는 결정적 전기가 될 수 있었던, 5천 년 민족사에서 획기적인 사건임이 틀림없었지만 안타깝게도 그리되지 못하고 머지않아 어둡고 암담한 역사적 귀결을 맞는 게 조선의 개항이 지닌 특수한 함의라고 지적했다. 개항 이후 30여 년 동안 전개되는 과정이 오로지 (선진제국에 비해 늦게 출발해 자본의 자체 축적이 어려운 데다, 협소한 시장에 직면한 일본 자본주의의 활로를 열려는) 일제의 조선 식민지화를 위한 빈틈없는 전초적 구축 작업으로 점철되었기 때문이다.

문이 열리자마자 개항장에 나타난 수많은 일본 상인은 일본 관헌과 군대의 비호 아래 조선 내 각 도시에 설치한 일본금융기관의 지원을 바탕으로 또는 일본 본토의 대자본 진출에 힘입어 독점적 상권 확대와 약탈적 무역에 의한 부의 축적에 열을 올렸다. 일본 화폐가 자유롭게 통용되었으며, 조선 시장에 일본 상품이 범람했다. 무자비한 상행위와 약탈적 무역에서 가득한 흑자를 금괴와 사금으로 가혹하리만큼 헐값에 결제하여 본원적 자본축적을 이루었고 일본의 금본위제도 확립에 활용했다.

일제는 경제적 침식의 길을 닦고 조선 시장을 독점하기 위한 합법적·제도적 장치로서 조선조 정부가 근대적 화폐제도를 확립하게 하였고, 재정제도의 개혁을 강요해 재정의 일제 예속화를 꾀했으며, 장차 식민정책을 펴 나가기 위한 온갖 제도적 기반을 다져 나갔다.[174] 그러한 조치의 결과로 후에 조선 정부의 재정권은 통감부[175]의 지휘하에 예속되었다. 통감부는 재정지출을 고의로 늘려 그로 인한 재정적자를 보전하기 위한 거액의 재정차관을 공여함으로써 식민지화의 정착 자금으로 활용하기도 했다.

개항의 경제적 귀결의 가장 중요한 측면으로서, 일본 상인과 대자본가의 조선 농촌 침식과 토지 수탈로 봉건적 토지제도가 확대 재생산되고, 조선 농민의 일본인 지주에게로 예속과 이촌 현상이 심화해 갔다. 무역상부터 일개 행상, 심지어 군인과 관헌에 이르기까지 일인들은 일본금융기관에서 거액의 자금을 융통받아 조선 농민을 상대로 한 고리대금업을 통해 토지를 수탈해 갔다. 춘궁기에 자금을 살포하고 변제기가 지나도 채무를 이행하지 않으면 담보로 맡긴 토지를 탈취하는 방법을 썼다.

일본의 토지 수탈은 청일전쟁 이후 대자본가들이 참여하고 일본인의 농업이민이 계획적으로 진행되면서 본격화되었다. 헐값으로 매입하는 방법만이 아니고 군용지와 철도 부설을 빙자한 토지 수용, 개간을 이유로 미개간지와 산림의 점탈, 국유지 불하 등 온갖 방법을 다 동원하였다. 나중에는 동양척식주식회사와 군소 농업회사, 농업조합이

---

174 일제가 우리 민족 스스로 추진하려는 근대적 개혁은 고의로 봉쇄하면서도 재정 개혁 등을 강요한 이유는 어디까지나 그들의 조선 식민화 목표를 이루기 위한 제도적 토대를 완비하려는 데 있었다.

175 1905년 을사늑약이 체결되고 1910년 한일병합 때까지 일제가 한국 침략을 목적으로 서울에 두었던 기관이다.

설립되자 일인 대자본가들이 전국을 무대로 토지의 약탈적 매입에 나섰다. 이러한 무자비한 토지 수탈 결과 빈손과 맨주먹으로 개항장에 나타난 일본인들은 조선 내에 엄청난 토지를 소유하게 되었다.[176]

그리하여 조선 말 농촌사회는 일본 상품의 범람, 일본인 고리대금업의 횡포, 일본인의 토지 수탈, 일본 농업이민의 침투 등 충격적 교란 요인에 의해 자급자족 경제구조가 해체되고 이촌 유민(流民)이 점증하는 가운데 반(半)봉건적, 반(半)식민지 농촌사회로 전화되어 갔다.

한편, 일제는 조선 내에 철도를 부설하여 일본 상품의 조선 시장 침투와 군사적 목적의 수송 체계의 확립에 혈안이 되었으며, 경부선·경의선 등을 매수하여 방대한 규모의 재정수입을 획책했다. 통신사업도 통감부에 흡수하였다.

개항 후 민족 상인은 일본 상인에 밀려 활동 영역이 점차 축소되었고 자본축적의 길이 막혔다. 특히, 1905년 폐제(幣制) 개혁을 계기로 고의로 금융공황을 조성해 조선인 토착자본의 명맥을 단절시켰다.

조선 농촌을 파멸과 영락(零落)으로 피폐화시킨 일제의 대조선 농업정책

일제는 통감부 시대에 이미 〈토지가옥소유증명규칙(1908)〉 등을 발

---

176 조선총독부 발행 1910년도 통계연보(182쪽)에 의하면, 1910년 말 현재 조선 내 일본인 토지 소유 면적은 총 8만 6,952정보에 달했다. 그 후 일제는 1912년부터 1918년에 걸쳐 시행한 토지조사사업 과정에서도 방대한 토지를 점탈하여 1918년 12월 현재로는 23만 6,586정보에 이르렀다.

포하여 토지와 가옥의 매매·저당·증여·교환 등을 법적으로 확인하는 조치를 통해 일인이 소유한 토지의 기득권을 보장했으며, 1910년 한일병합으로 조선을 완전히 식민지로 만든 후에는 〈조선부동산증명령〉 등을 제정해 일본인의 토지 소유를 법적으로 보장했다.

이어서 토지 수탈 과업을 철저히 실행해 나가기 위해서는 무엇보다도 전 국토의 면밀한 토지조사가 선행되어야 한다고 보고 조선총독부 내 토지조사국에서 사업에 착수하였다. 1912년 8월 〈토지조사령〉을 발포하여 본격적으로 토지의 소재·지가·지형 및 경계선 등에 대한 면밀한 조사·측량 사업을 시행하여 1918년 10월 완료하였다.

일제는 토지조사사업을 시행하면서 일정한 문서 수속에 따라 토지 소유의 사실을 신고해야만 토지소유권을 인정하는 '신고주의제도'를 채택했던바, 일반 농민들은 토지 소유 관념이 모호했고 문서 절차에 대해 무지해 법정기간 내에 신고하지 않은 농민의 수가 헤아릴 수 없이 많았다. 반면, 양반 귀족들은 일반 농민의 농토나 일촌일족(一村一族)의 공유지를 임의로 자기 소유지로 신고하여 막대한 토지소유권을 확보하였다.

조선총독부는 신고하지 않은 토지와 삼림을 국유지로 편입시키고, 이를 동양척식주식회사를 비롯한 일본인 농업회사에 매각함으로써 방대한 토지 수탈을 자행했다.[177] 이상화의 시 〈빼앗긴 들에도 봄이 오는가〉에서 '빼앗긴 들'은 나라를 잃어버린 비유적 표현만은 아니며, 실제로 조선 농민들이 짓던 막대한 규모의 논과 밭의 소유권이 일인들에

---

177   일제가 토지조사사업을 통해 자행한 토지 수탈에 대해서는 165~167쪽 더 참고.

게 넘어갔다.

이처럼 토지조사사업으로 근대적 토지 소유제도가 확립되었지만, 이 과정에서 일제는 방대한 토지를 수탈하여 자본의 본원적 축적 기반을 닦았고, 또한 예전의 봉건 지배층에 의한 막대한 토지의 도탈(盜奪)이 가능하게 해 그들을 반(半)봉건적 지주로 재생시켰다. 결국 토지조사사업의 중요한 목표의 하나는 구(舊) 봉건 지주층을 식민 지배의 협력자로 포섭하기 위해 대규모 토지소유자로 부활시키려는 데에도 있었다. 기존 봉건세력이 토지소유자가 되면서 그동안 해당 토지의 세습적 경작인은 토지에 대한 모든 권리를 박탈당하고 단순 계약소작인으로 전락하고 말았다.[178]

토지조사사업으로 방대한 토지를 수탈해 대지주로 군림하고, 식민지 경영에 유리한 지주 중심의 반봉건적 생산 관계를 창출한 일제는 조선을 낙후된 농업국으로 억압·정체시키면서 식량 보급기지로서, 일본 공산품의 상품시장으로서 기능을 떠맡도록 만드는 정책 기조하에 대(對)조선 농업정책의 최우선과제로 인구급증으로 식량 핍박이 심화하는 본국에 헐값으로 수출하기 위한 식량 증산에 박차를 가했다.

---

178 조선총독부 발간 「조선의 농업」(1940)에 의할 때 1918년 말 현재 전국 농토의 50.3%를 소유하여 새로운 지주 계층으로 재생한 양반 관료들이 전 농가 호수의 3.4%, 소작인이 39.4%, 그리고 약간의 농지를 소유하고 있으면서도 그것만으론 자가(自家) 경제를 충족하지 못해 소작지를 경작해야만 생계를 유지할 수 있었던 소작농이 38.8%를 차지해 일제의 토지조사사업으로 전 농가의 78.2%가 영세 빈농인 반봉건적 생산 관계가 생겨났음을 알 수 있다.

일제는 1차(1920년) 및 2차(1926년) '산미증식(産米增殖)계획'을 수립하여 농지개량사업과 농업생산 기술 사업을 추진하였다. 그 결과 쌀 생산량은 이전에 비해 점증했지만 대일 수출량은 생산량 증가에 비해 기하급수적으로 늘어났다. 대일 쌀 수출의 급증 영향으로 일본의 국내 미가(米價)가 폭락하고 1930년 세계 농업공황 파동까지 겹치자 일제는 1934년 산미증식계획 사업을 중단했다.

일제는 1937년 중일전쟁의 발발로 대륙파견군의 식량을 충당하기 위해 쌀 증산이 절실히 요청되자 폐기했던 산미증식 정책을 1939년 다시 추진하였다. 하지만 조선의 청·장년층과 물자가 전쟁에 동원되고 징발됨에 따라 쌀 생산량이 오히려 감소해 급증하는 군량미 수요를 종래의 자유 매입 방법으로는 충당할 수 없어 1940년부터 조선의 농가 호당 일정량의 식량을 의무적으로 내게 하는 '식량공출(食糧供出) 제도'를 실시하였다.

공출제도가 강제 시행되면서 농민들의 생산 의욕이 감퇴해 쌀 생산량이 격감하는데도 공출 실적은 격증하여, 일부 부농을 제외한 대다수의 조선 농민은 겨울을 나기도 전 식량이 바닥나 기아선상을 헤매었다. 이른 봄을 기다려 초근목피로 연명하는 목불인견의 참상이 해마다 벌어졌다.

이렇듯 일제는 조선 농촌에 일본의 식량 보급기지 역할을 강요하는 일관된 정책을 폈으며, 농업의 근대화를 고의로 봉쇄한 채 농산물의 수탈에만 급급했다.[179]

---

179 1912~1937년 기간 동안 조선미 생산량은 1.59배 증가했으나 대일 수출량은 6.78배 증가

일제의 대조선 농업정책의 결과 우리의 농촌은 일본인 지주나 (봉건양반 계층) 조선인 지주의 토지를 소작하는 반봉건적 영세소작 농경사회로 전화되었다.[180] 농촌사회는 4% 미만의 지주와 17% 수준의 자작농, 그리고 약 80%에 이르는 소작농으로 구성된 '소수 지주의 부농화와 다수 소작인의 궁핍화'의 양극화 현상이 두드러졌다.

생산물의 50~70%에 이르는 고율 소작료와 각종 조세 공납, 경제 외적 강제 등 반예노적(半隷奴的) 생활 조건에 시달리다 못한 소작 농민은 농촌을 등지고 유산(流散)의 길로 떠나야 했다. 결국 일제의 대조선 농업정책의 사회경제적 귀결은 조선 농촌을 파멸과 영락(零落)으로 피폐화시킨 것이었다.

근대적 화폐·금융제도를 정비하여 식민지적 종속관계와 수탈 체계가 심화

제1차 한일협약이 체결되고 난 1904년 11월, 조선의 재정 고문으로 취임한 메가타(目賀田種太郎)는 본국의 승인을 받은 〈조선화폐제도정리안〉을 조선 정부에 강요해 실행에 착수하도록 했다. 이 화폐제도정리안은 일본과 동일한 금본위제를 확립하고 동일한 화폐를 발행·사용하

했다. 그리고 생산량에서 차지하는 대일 수출량의 비율이 1932~1936년 기간 평균 51.5%로서 쌀 생산량의 절반 이상이 일제에 의해 '기아수출(飢餓輸出)'에 충당될 정도로 농산물 수탈이 극심했다.

180　경작지 총면적에 대한 소작지 비율이 1921년 50.7%, 1930년에는 55.0%에 달했다.

도록 하여 조선의 화폐와 재정금융을 완전히 일본에 예속시키는 동시에 조선의 자주적 경제 운용권을 박탈하려는 데 그 목적이 있었다.

강제 합병 후인 1911년 1월 〈구조선화폐조례〉에 의해 발행된 조선 화폐를 일본 화폐와 교환하도록 한 데 이어, 1918년 4월에는 일본의 화폐법을 그대로 조선에 시행함으로써 조선경제를 예속시키기 위한 화폐제도의 정비 작업을 완결하였다.

화폐제도의 개혁은 일본의 대조선 경제 진출을 위한 기초 공작이었으며, 근대적 화폐제도의 확립을 전기로 일본 상품과 상업자본·산업자본·고리(高利) 자본이 분류(奔流)처럼 밀려듦으로써 자본의 원시적 축적과 식민지 수탈이 본격적으로 이루어지게 되었다.

메가타는 화폐제도의 정비와 더불어 그와 표리일체의 관계에 있는 금융 부문의 정비 작업도 빈틈없이 단행하였다.

1878년 부산을 필두로 주요 개항장과 상업중심지에 지점(출장소)을 설치하여 사실상 조선의 중추적 금융기관 역할을 담당해 왔던 일본 제일은행에 조선의 중앙은행 임무를 맡겨 국고금 관리와 화폐정리사업을 위탁하는 동시에 제일은행권의 법정화폐로서의 무제한 통용을 공인했다.

1905년 9월 〈약속어음조례〉와 〈어음조합조례〉를 발포하여 어음 조합의 결성과 어음의 발행·보증의 길을 열어 놓았고, 한성공동창고주식회사를 설립하여 화물의 기탁·보관증권 발행·상품담보 대부를 맡겼으며, 상업어음 할인과 부동산담보 대부도 겸영하도록 했다.

1906년 3월 〈농공은행조례〉를 발포하여 부동산금융과 장기금융을 담당하는 지방금융기관인 농공은행을 전국 12개소에 설립하였다. 1907년 5월에는 그 보조기관으로 전국 각지에 금융조합을 설치함으로써 지방 소도시의 상공인과 농민을 대상으로 조직적인 고리대금업을 할 수 있도록 하였다.

1908년 동양척식회사를 설립하여 토지 매매·임차, 식산(殖産) 사업, 금융업, 그리고 이민사업을 담당하면서 토지의 강탈과 제국주의 이민정책 등 식민정책의 직접적인 수행자로서 해야 할 역할을 맡겼다.

1910년 한일병합 직전 제일은행의 중앙은행 업무를 인계받아 한국은행(이후 '조선은행'으로 명칭 변경)을 설립하였다. 그리고 1912년 설립된 조선상업은행이 한성공동창고주식회사를, 농공은행이 어음 조합을 각각 흡수하였다. 1918년에는 농공은행을 통합하여 조선식산은행을 설립하는 등 식민지 조선을 경영하고 수탈하기 위한 금융제도와 금융기관의 계통을 면밀하고 정연하게 확립했다.

이로써 일본 제일은행 지점의 부산 진출 이래 숱한 과정을 거쳐 1918년 조선식산은행이 설립됨으로써 일제의 대조선 금융지배를 위한 기초 공작은 완결되었고, 조선경제의 식민지적 종속관계와 수탈 체계는 가속적으로 심화해 갔다.

원시적 광산기술과 육체노동에 의한 수탈적 자원 개발로 일관한 일제의 광업정책

일제는 식민지 조선에 대해 일본 공산품의 독점적 판매시장으로서 역할을 강화하면서 원료자원, 특히 광산자원의 독점적 개발을 강행하여 공업원료를 확보하는 데 중점을 두었다. 경남 창원의 광산개발권을 시발로 조선의 광업에 자본 진출을 서두르다 병합 후 본격적으로 지하자원의 수탈적 개발에 나섰다.

일제의 대조선 광업정책의 기본 목표는 자국의 근대적 공업 발전을 위해 조선의 지하자원을 개발하는 것이었다. 조선에서 개발한 철강 자원을 토대로 일본 최초의 대규모 제철공장인 야하다(八幡) 제철소를 건설할 수 있었고, 그것을 근간으로 하여 중공업의 발전을 이룩했다.

일제의 조선 광산개발 초기엔 (세계화폐인 금의 획득을 위한) 금광개발과 (해군용 연료인) 무연탄 광산개발에 역점을 두었다. 그러다 만주사변 후 대륙 진출과 전시 체제에 대비하기 위해 조선에 부존하는 군수 지하자원의 개발에 눈을 돌렸다. 중일전쟁이 발발하고 다시 태평양전쟁으로 확대되면서 군수자원에 대한 무제한의 수요가 일어나자 철·석탄·중석·아연·마그네사이트·몰리브덴·형석 등 조선산 지하자원에 절대적으로 의존했다.

그 결과 조선경제는 반봉건적 영세농경사회로 정체된 상태이면서도 일제의 전쟁 수행상 절대적 필요 때문에 광업생산량은 기하급수적으로 늘어났다.[181] 그러한 광업생산물은 대부분 일본인에게 귀속되었고 민족 경영인에의 귀속은 전체 생산액의 몇 퍼센트에 불과했다. 그리고 일제가 광업근대화를 고의로 봉쇄하였기 때문에 기하급수적으로 증

---

181 조선은행 조사부의 「조선경제연보」(1948)에 따르면 광업생산액이 1930년 24,654천 원에서 1936년 110,429천 원으로 4.5배, 1942년에는 445,422천 원으로 약 18배 증가하였다.

대된 광산자원 생산물은 근대적 시설투자와 기술 인력에 의해서가 아니라 구식 광업 기술과 식민지 노동력의 강제 동원을 통해 캐어낸 약탈적 개발의 소산이었다.[182]

조선공업을 기형 구조로 불구화시키고 자생적 발전을 봉쇄한 일제의 공업정책

일제의 대조선 공업정책 전개 과정은 3기로 구분할 수 있다.

• 제1기(1910~1920): 조선의 자생적 공업화 요인 말살과 일본 공산품의 독점 판매시장 역할 강화

메이지유신으로 후진 자본주의 국가로 출발해 방직산업을 중심으로 공업화를 추진했으나 시장의 협소로 1890년 공황의 암벽에 부딪히며 일본 자본주의의 발전을 위해서는 해외시장의 개척, 더 나아가 식민지 획득이 무엇보다 절실하게 요구되었던 일제는 강제로 병합하자마자 식민지 조선을 일본 상품의 독점시장으로 만들어 자본의 본원적 축적과 공업화 추진을 꾀했다.

---

182 「조선경제연보」(1948)에 따르면 노동 징용령에 의해 강제로 동원된 노무자 수가 1944년 말 현재 261만여 명에 이르렀다. 이 방대한 노동력은 광산지대, 군수공장, 그리고 위험한 토목 공사장에 징용되어 참혹한 노동을 강요당했다. 결국 일제하 비약적인 광업생산은 반(反)근대적·약탈적 광업경영에 의한 식민지 노무자들의 고혈의 소산이었다.

1910년 〈조선회사령〉을 제정하여 일본 국내공업과 경합하는 모든 공장 건설을 억제함으로써 민족자본에 의한 자생적 공업화의 요인을 말살하고, 오직 일본 공산품의 독점적 판매시장의 역할만을 강화하였으며, 급기야는 1920년 조선 관세 제도까지 폐기했다.

그 결과 조선의 대일본 수입액이 기하급수적으로 증가했다.[183] 경공업 제품인 일제 생필품이 대량 유입되면서 조선의 낙후된 수공업 생산은 결정적인 타격을 받았으며, 자생적인 공업화의 기동력이 근본적으로 봉쇄되고 말았다. 그리고 근대적 화폐경제, 상품경제가 농촌에까지 깊숙이 침투하며 전통적인 자족경제가 해체되기에 이르렀다. 이는 농촌경제의 정상적인 근대화로의 전개 과정이 아니라 앞에서 언급했듯이 조선 농촌을 반봉건적 영세소작 농경사회로 전락시키는 결과를 낳았다.

생산에 있어서는 봉건적 관계를 그대로 유지온존(維持溫存) 시키면서 유통 측면에서는 근대적인 상품경제를 침투시키는 것이 일제의 식민지 지배를 위한 경제적 처방이었다.

• **제2기(1920~1930): 군소 민족 기업의 설립을 허용하는 한편 일본 자본의 대규모 진출**

3·1운동 발발 후 무단정치를 지양하고 문화정치를 표방하면서 〈조

---

183 「조선경제연보」(1948)에 따르면 1910년 25.3백만 원이었던 대일 수입액이 1931년 217.8 백만 원으로 8.6배, 1939년엔 1,229.4백만 원으로 48.5배나 증가하였다.

선회사령〉을 폐기하여 민족 기업의 진입을 허용했던 기간이다. 특히, 조선에서 획득한 원료를 현지에서 가공 생산하는 것이 조선 시장의 침투에 유리하다고 판단하고 자본제적 공업생산을 일정한 한계 내에서 허용했다.

이처럼 군소 민족 기업이 설립되고 단초적 공업 발전이나마 비교적 활발하게 전개되었으나 대일 식량·원료 공급관계는 오히려 확대되고, 일본 공산품의 소비시장 역할은 더욱 강화되었다. 또한 일본 자본이 조선에 진출하면서 식민지적 관계는 갈수록 확대 심화하였다. 민족 자본에 의한 기업 설립이 추진되었어도 거의 원료 가공 수준의 지극히 빈약한 규모였으며, 일본기업의 자본 규모와 공업생산액에 비하면 너무나 열악했다.[184] 그것도 조선의 자주적 공업화를 위한 게 아니고 일본 자본주의의 발전에 도움이 되는 방향으로 추진되었기 때문에 처음부터 기형적인 특질을 지니고 있었다.

- **제3기(1931~1945): '대륙병참기지'로서 조선에 군수공업이 이식되며 중화학공업이 기형적으로 발전**

만주사변 이후 특히, 중일전쟁 전후로 일본 자본의 급격한 진출과 더불어 '대륙병참기지'로서 조선에 군수공업을 이식하고 대규모의 군수

---

184 조선식산은행의 조사(1934)에 의하면 1928년 현재 조선인 경영 공장은 2,752개로서 일본인 공장 수(2,425개)를 능가하고 있으나 불입자본액은 2,532만 원으로서 일본인(4억 9,440만 원)의 5%에 불과했다.

산업을 일으켜 그러한 이식자본에 의한 중화학공업의 기형적 발전을 경험했던 기간이다.

일제가 전시 체제로 돌입한 1931년 이후부터 일본 자본의 대량 유입으로 공업 부문의 폭발적인 양적 성장이 이루어졌다.[185] 그러나 급격한 공업 성장의 내부구조와 성장의 동인(動因)을 살펴보면 그것의 허상과 기형성이 바로 드러난다. 1936년 이후 경공업의 구성비는 줄어들고 중화학공업의 비중은 급속히 상승하는데 이는 전쟁 수행을 위한 군수공업의 이식이 그 원인으로서 군수 화학약품공업과 경금속공업의 경이적인 성장에서 비롯되었다. 야금업과 기계공업 등 기간산업의 발전은 여전히 빈약한 상태였으며 일본으로부터 수입에 의존했다.

결국 전시하의 요구에 따라 조선은 대륙병참기지로서 급작스럽게 건설된 보충적 공업지대에 지나지 않았기 때문에 조선의 공업은 부문 간은 물론이고, 동일 부문에서도 종횡의 연관계열이 정비되지 못한 채 밀접한 상호관계나 균형적 발전이 거의 결여되었다. 일제의 공업정책 제3기에 이루어진 외형적 공업 발전은 어디까지나 불구적·파행적이었으며, '특수목적을 위한 군수공업의 이식과 전략물자의 현지 생산'이라는 하나의 허상에 지나지 않았다. 또한 조선 내의 주요 지하자원과 조선인의 강제 노동의 희생으로 이루어진 소산이었고, 성장의 과실도 모두 일제에 귀속되었을 뿐이다.

---

185 1931~1943년 기간 중 공장 수는 322%, 종업원 수는 515%, 공업생산액은 749%나 증가하였다. 동 기간 중 전 산업생산액에서 차지하는 공업생산액의 비중도 23%에서 37%로 크게 상승하였다.
(출처: 「조선경제연보」(1948))

일제하 경제구조의 3단계 전화과정(轉化過程)과 허상

이처럼 일제는 맨 먼저, 조선경제를 일본 경제권의 한 분지(分枝)로 예속시켜 식민지적 경제 관계를 구축하기 위해 토지조사사업에 의한 토지사유권 확립과 근대적 화폐·금융제도의 정비 작업을 완료하였다. 그 결과 조선경제는 식민지 종속체제로 전락하고, 자주적·주체적 발전 동력을 상실하고 말았다.

2단계로, 일제는 조선경제를 고의로 농업국으로 억압·정체시킴으로써 대일 식량 공급기지 역할을 충실히 담당케 하고, 상공업국가로의 발전을 봉쇄함으로써 일본 공산품의 완전한 독점시장의 기능을 강화하여 수탈과 본원적 자본축적으로 일본 자본주의의 발전을 꾀했다. 그로 인해 조선경제는 철저한 수탈형 모노컬처(monoculture) 경제구조로 기형화되고 말았다.

3단계로, 만주사변 이후 (특히, 1937년 중일전쟁 전후부터) 조선 전체를 대륙 침탈을 위한 전진 병참기지로 삼아 대규모 군수산업을 일으켰다. 그리하여 수탈형 영세농경의 반근대적 경제구조 위에 엉뚱하게 대규모 군수산업을 일으킴으로써 기형과 파행이 겹치는 이상(異常) 경제구조로 불구화되었다.

결론적으로, 일제하 조선경제는 자생적인 근대 지향 요소의 성숙으로 자본주의 경제 체제로 전화하는 역사적 과정을 거친 것과는 전혀 다르게, 오직 일제의 식민지 지배를 위해 자본주의 제도가 타율적으로 이식된 식민지 종속경제였다. 일본인 지주, 일인 기업가들이 조선에서 가득(稼得)한 방대한 부와 가속적으로 축적한 자본은 수탈과 착취의 산물이었으며, 민족경제를 침식해 짜낸 소산이었다.

따라서 일제하 통계자료에 나타난 조선경제의 성장이나 경제변수의 증대 현상을 가리켜 참된 경제성장, 의미 있는 경제구조의 개선이라 할 수 없으며 그건 한낱 허상에 불과했다. 그를 근거로 한 논의는 허구(虛構), 허론(虛論)일 뿐이다. 농산물 생산이 증대했을 때 그것이 조선 농민에게 귀속되는 것이 아니라 오히려 수탈이 강화되어 더 헐값에 더욱 많은 식량이 일본으로 실려 나갔고, 공업 성장과 GNP의 증대가 민족 공업과 민족경제의 발전을 뜻하지 않고 조선 근로자의 희생으로 일본 자본주의를 위해 그만큼 더 봉사했음을 의미하며 그 성과가 모두 일본인에게 돌아갔기 때문이다.

소작료 상한제와 귀속농지 개혁을 추진했던 미군정의 농업정책

일제 치하에서 기형화된 한국경제는 해방과 동시에 남북분단으로 농업과 경공업은 남한이 우위에 있었고, 중공업과 전력은 북한에 편재된 '남농북공'의 경제적 유대가 단절되고 말았다. 농업 부문을 제외한 모든 실물 생산 부문의 생산활동은 전면적으로 위축되었다. 거기에 격렬한 인플레이션이 발생하며, 경제적 혼란과 민생고가 나날이 심해지는 상황이었다.

1945년 9월, 미군정은 군정법령을 발하며 한국에 있는 총재산의

80% 이상을 차지하고 있던 일본인 재산의 접수·관리를 시발로 경제 정책을 펴 나갔다. 동년 10월엔 소작료가 총수확량의 3분의 1을 초과할 수 없도록 하는 '3·1제'를 공포하여 소작 농민의 경제적 지위를 향상했다.

소작료 최고 한도를 제한하는 조치만으로는 일제의 수탈 체제하에서 반예노적 생활과 극악한 빈곤 상태에 빠졌던 농민과 농촌사회의 여러 문제에 대한 근본 해결책일 수는 없었다. 농업생산력의 급격한 정체와 더불어 인구급증으로 인한 심각한 식량난 등의 문제를 해결하기 위해서는 무엇보다도 농지개혁이 절실하게 요구되었다. 당시 전 국민의 80% 이상을 차지하던 농민에게 '경자유전(耕者有田)의 원리'에 따라 토지를 제공해 주는 길만이 농민들을 오랜 반봉건적 생산 관계와 수탈적 소작제도의 질곡에서 벗어나게 하고, 농업생산력의 증대와 근대적 농업발전을 촉진할 수 있다는 것은 너무나 자명한 명제였다.

미군정 당국도 농지개혁의 필요성을 인식하고 〈토지개혁법초안〉을 성안했으나, 이미 고율 소작료 제한 조치로 불만이 많았던 지주층으로부터 저항이 거셌다. 무엇보다도 미군정의 입법기관이었던 '과도입법의원(過渡立法議院)'이 우회 전술로 이를 저지하는 바람에 입법 추진이 지지부진했다. 그런 우여곡절을 겪다 농지개혁 문제는 한국 정부가 수립된 후에 자주적으로 실시해야 한다는 이유로 개혁법안은 무산되고, 결국 전면적인 농지개혁은 이루어지지 못했다.

미군정은 전면적 농지개혁을 시행하지 못하자 일본인 재산을 관리하기 위해 설립한 '신한공사(新韓公社)' 소관 귀속농지만의 농지개혁을 결정하고, 1948년 3월 22일 과도정부 법령 제173호 〈중앙토지행정처 설치령〉을 공포하여 귀속농지의 분배를 단행했다.[186] 전체 귀속농지의 89.9%인 24만 5,554정보가 72만 7,632호 소작 농민에게 분배되었다.

한국인으로 구성된 입법의원이 농지개혁을 끈질기게 저지하는 상황에서 외부 세력이라 할 수 있는 미군정 당국에 의해 부분적으로라도 성사된 귀속농지의 개혁은 1945년 당시 총경지면적의 11.6%, 소작지의 16.7% 수준에 지나지 않았지만, 일제가 수탈했던 토지를 오랫동안 일본인 지주 밑에 종속되었던 한국인 소작인에게 분배하였다는 점에서, 그리고 한국에서 처음 단행된 농지개혁이라 할 수 있는 점에서 매우 중요한 함의를 지니고 있었다.

적산(敵産) 기업체의 관리와 원조·통제에 의한 민생 안정에 주력했던 미군정의 공업정책

미군정이 수행해야 할 공업정책의 1차 과제는 해방 당시 제조업의 94%가 일본인 자본에 의해 운영되었다는 사실을 중시하여 일본인 소유의 공장·광산을 민족자본가에 매각해 완전하게 가동함으로써 공산품 공급이 원활히 이루어지도록 하고, 근대적 공업화를 추진하는 일이었다.

---

186 귀속농지는 유상 분배 원칙에 따라 그 농지의 연간 생산물의 3배 가격으로 농민에게 분배하고, 매년 생산량의 20%씩 현물로 15년간 분할 상환하는 방식이었다.

미군정청은 1945년 12월 12일 군정법령 제33호를 발포하여 공장 등 주요 귀속재산을 접수·관리하고, 적당한 한국인 경영자에게 양도해 그 자산은 장래 한국 정부에 이관한다는 방침을 세웠다. 〈관재령(管財令)〉에 의해 귀속재산의 관리가 구체화되었고, 중앙과 지방에 관재기관이 설치되었다. 그리하여 일본인 소유였던 공장은 1946년부터 미군정청의 관리하에 생산·유통이 이루어지게 되었다.

미군정청의 관리 대상 공장은 대부분 면방직공장과 화학비료 공장이었으나 일본인 기술자의 퇴거와 전력난으로 인해 조업률이 지극히 낮거나 유휴상태여서, 생산량이 해방 전 수준에 훨씬 못 미쳤다.[187]

결국 부족한 원면과 비료 등은 미국의 점령지 원조프로그램인 'GARIOA(Government Aid and Relief in Occupied Areas)'의 원조에 의하였다. 또한 미군정청은 원조물자를 직접 도입해 국내 물자 수급을 조절하는 한편, '중앙물가행정처'에 의한 경제통제·가격통제를 시행하여 식민지 경제 체제로부터의 단절과 남북분단으로 인한 공업생산의 애로를 잠정적으로나마 해결하려고 했다. 이러한 원조와 통제를 통해 당시의 절박한 경제 상황을 극복하는 데 일시적이나마 어느 정도 실효를 거두었다. 그러나 장기적으로 볼 때 국민 생활의 필수품을 국내 생산으로 충당했어야 함에도 값싼 외국 원조물자에 의존한 것은 자주적 국내 생산기능을 가로막는 부정적 효과를 낳았다.

미군정청은 적극적인 원조 정책을 펴면서, 관리기업체를 매각하기

---

187 1946년 말 면방직공업의 조업률은 39% 수준이었고, 화학비료 생산량은 연간 3,603톤으로서 생산능력의 8.6%에 지나지 않았다.

시작했다. 당연히 경영 능력이 있는 민족자본가를 선정해 매각함으로써 그들이 한국의 공업화 선두주자의 역할을 담당하도록 해야 했으나, 미군정 당국은 귀속기업체 대부분을 일본인 기업주와 관계를 맺고 있었던 식민지 시절의 연고자와 미군정 이후 선임된 관리인들에게 우선하여 매각하였다. 그것도 염가로, 그리고 장기 연부 지급이라는 유리한 조건이었다. 거대한 적산(敵産) 기업체의 매각이 연고주의에 근거해 이루어짐으로써 재벌과 일족 중심의 독점체제가 급속히 형성되는 결과를 낳았다. 해방 후 한국의 공업화를 선도할 수 있는 기업가 그룹의 형성 기회는 무산되고 말았다.

미군정의 공업정책은 한국의 공업화와 자본주의의 발전 과정을 특이한 패턴으로 전개되게 하는 결정적인 전기가 되었다.

일제로부터 해방이 되고 정부 수립까지 한국의 통치권을 인수한 미군정 당국은 한국경제의 진로를 결정하는 정책 주체였지만, 독립된 한국의 경제정책 목표를 '민생 안정을 위한 응급 구호'에 두고 소비재 중심의 원조를 기초로 실현하고자 했지, 한국경제의 급격한 여건 변동에 대처할 적극적인 정책 의지와 한국 자본주의의 발전을 위한 기초적 조건의 구축에 대한 깊은 통찰은 없었다. 산업부흥을 위한 대책도 세우지 않았다. 그리고 인플레가 심화하는 상황에서 방만한 재정 운영을 계속함으로써 재정적자가 점점 늘어났고, 그로 인한 통화팽창으로 인플레이션이 더욱 격화되는 악순환이 되풀이되었다.[188]

---

188 미군정이 시작되고 예산상 재정적자가 1946년 세입 총액의 32.1%, 1947년 20.6%, 1948

지포는 한국 정부 수립 이전의 과도기이면서 군정이라는 비정상적 상황이긴 했지만, 한국의 자주적인 공업화와 한국 자본주의의 발전이라는 역사적 시각에서 볼 때 해방 직후 기초적 구축 작업의 전개가 지극히 중요하였다는 점에서 미군정의 경제정책을 그렇게 평가하지 않을 수 없다고 지적했다.

년에는 27.0%에 달했다. 이러한 재정적자는 조선은행으로부터의 차입금, 즉 통화 증발로 보전해 1945년 12월 114억 원이던 통화량이 1948년 9월에는 567억 원으로 5배 팽창했다. 일본 자본·기술진의 퇴거와 '남농북공'의 산업 분기화로 공산품 공급이 거의 중단된 상태에서 해방 후 억눌린 소비 욕구가 폭발하며 악성 인플레이션이 발생했는데 여기에 재정적자로 인한 통화팽창까지 더해지면서 1945년 8월 대비 물가가 1946년 12월 4.4배, 1947년 12월 8.4배, 1948년 9월에는 약 10배 상승했다.

『한국경제론』[189]

- 한국경제 내부구조를 해부·검진해 구조변동의 올바른 방향과 안정적 발전 정책 수립 뒷받침

『한국경제론』에서 지포는 1980년대 중반 한국경제의 내부구조를 거시적으로 해부·검진하여 어떠한 구조적 특징을 지니고 있는지를 고찰하였다. 경제의 구조적 특징이란 국민경제 내부구조의 특수성을 살펴 어떠한 패턴의 체질 구조를 지니고 있는가를 관찰하는 것으로서, 이를 제대로 살펴야 앞으로 경제 발전의 부정적 측면과 저지 요인을 배제하고 올바른 구조변동의 기본 방향을 설정함으로써 경제의 장기적·안정적 발전 정책의 수립이 가능하기 때문이다.

한 국민경제의 구조적 특징을 살피기 위해서는 공급·수요 구조, 산업구조, 소득구조, 고용구조, 투자·저축 갭(gap), 무역·경상수지 구조, 자본구조, 기업구조, 지역별 경제구조, 이중적 격차구조 등에 대한 다각적인 고찰이 필요하다. 여기에서는 거시적 구조의 특징을 파악하기 위해 투자·저축 갭과 무역수지 갭 사이의 인과관계, 산업구조의 변화 과정과 산업 간 내부 연관관계, 그리고 기업규모 간 이중구조의 특이성 세 가지 측면만 관찰·분석하였다. 이를 통해 한국경제의 구조적 패턴과 산업 내부구조의 패턴을 파악하고, 일련의 경제개발 과정에서 나타난 기업 간 격차구조의 한국적 패턴을 도출하고자 했다.

---

189 1986년 발간된 7인 공저의 이 저서에서 지포는 한국경제의 구조적 특징 부분을 집필하였다.

투자·저축 갭과 무역수지 갭과의 인과관계

투자·저축 갭과 무역수지 갭 사이에는 어떠한 관계가 있는지 살피기 위해 돈부쉬와 피셔가 밝힌 생산된 산출량과 판매된 산출량과의 항등식($Y = C + I + G + NX$; Y: 산출량, C: 소비지출, I: 투자지출, G: 재정지출, NX: 순수출)과, 산출량과 가처분소득과의 관계식($C = Y_d - S = Y + TR - TA - S$; Y_d: 가처분소득, S: 민간부문 저축, TR: 보조금 및 이자 등 이전 지불, TA: 조세 총액)으로부터 다음 식이 도출된다.

$$S - I = (G + TR - TA) + NX \quad\cdots\cdots\cdots\cdots\cdots\cdots ①$$

위의 식①은 민간부문의 투자에 대한 초과 저축($S - I$)은 예산 적자($G + TR - TA$) 플러스 순수출(NX: 수출 - 수입)과 같다는 것을 밝히고 있으며, 매우 중요한 내용을 시사하고 있다. 예산 균형($G + TR = TA$)을 이루고 있을 때는 민간부문의 투자에 대한 초과 저축은 무역흑자로 반영되고, 이와 반대로 민간부문의 저축을 초과한 투자의 과잉은 무역적자로 나타난다. 따라서 예산 적자가 일정할 때는 저축을 초과한 투자 과잉은 그만큼 무역적자로 반영된다. 그리고 무역수지 균형($NX = 0$)이 이루어지고 있는 상황에서는 국내 민간부문의 ($S - I$) 계정은 정부의 예산 적자(또는 흑자)로 반영됨을 알 수 있다.

식①을 다음과 같이 변형시키면 정부예산과 민간부문의 ($I - S$) 계정, 그리고 해외 부문과의 중요한 관계를 밝힐 수 있다.

$$TA - G - TR = (I - S) + NX \cdots\cdots\cdots ①'$$

　세수액이 재정지출과 이전 지불의 합계치를 초과하는 정부예산의 흑자가 나타났을 때는 무역흑자나 민간부문에 있어서 저축을 초과하는 투자과잉으로 반영된다. 이로부터 다음과 같이 정식화할 수 있다.

　정부의 예산 불균형이나 민간부문에 있어서 저축과 투자의 차액은 그만큼 무역수지 불균형으로 나타난다. 국민경제가 자체 생산량 이상으로 자원을 흡수할 때는, 즉 투자가 저축을 초과하거나 예산이 적자일 때에는, 그것은 곧 외국과의 무역적자로 나타나는 것이다. 반대로 한 나라가 소득 이하로 지출할 때는 무역의 흑자로 나타날 것이다. 이러한 사실은 한국경제의 국내균형과 국제균형의 해명에 있어 중심 과제가 된다.

　한국경제는 ①의 항등식에서 볼 때 그동안 민간부문의 투자가 저축을 초과했기 때문에 항구적인 무역적자를 나타냈다. 또한 정부의 재정적자가 무역수지 불균형을 더욱 가중되게 하였다.[190]

190　식 ①의 좌변이 $S < I$일 때 우변의 NX는 마이너스의 수치를 나타내지 않을 수 없고, 우변의 $G + TR > TA$ (즉, 재정적자)일 때는 $NX < 0$의 관계(즉, 수입이 수출을 초과하는 상황)가 더욱 확대될 것이다.

한국경제의 구조적 불균형의 실태와 원인

한 나라의 경제가 총공급과 총수요, 국내 저축과 투자, 그리고 수출과 수입이 균형을 이루어 나가는 것이 바람직하지만, 한국경제는 1953년 이후 한결같이 이들 간의 균형을 이루지 못한 채 장기적으로 불균형 상태가 지속되는 '구조적 불균형'[191]의 경제체질이 고질화하였다. 언제나 총수요가 총공급을 초과했고(총지출이 GNP를 상회했고), 총투자가 국내저축을 초과했으며, 수입이 수출을 초과하는 불균형 상태가 장기적으로 만성화된 것이다.

이러한 여러 측면의 불균형 상태는 제각기 독립된 현상이 아니고 위에서 밝힌 것처럼 상호 밀접한 인과관계에서 빚어진 현상으로서 지포는 이 연구에서 통계자료를 통해 GNP(총공급)에 대한 국내총지출(총수요), GNP에 대한 해외저축(해외저축률), 그리고 GNP에 대한 무역수지 적자가 얼마만큼 나타났는지 살펴봄으로써 구조적 불균형의 실태와 그 요인을 거시적으로 파악하고자 했다.

• GNP와 총지출 갭

경제기획원(현 기획재정부)의 연도별 주요 경제지표에 의할 때

---

191 경기변동이 경제 운행 과정에서 총수요와 총공급의 불균형 상태가 순환적·일시적으로 나타나는 현상이라면, 경제의 구조적 불균형은 한 나라 경제의 질적 구조의 특징적 현상으로서 경제가 기본적으로 균형 체계에서 괴리되는 구조적 조건이 형성됨으로써 불균형 상태가 나선형으로 확대되어 가는 경제체질을 가리킨다.

1962~1985년 기간 내내 국내총지출이 국민총생산을 초과하였다. 제2차 5개년 경제개발계획 기간인 1967~1971년에는 국내총지출 초과율이 연평균 12.6%이다 차츰 축소되어 1985년 2.8%(잠정치)를 보였다.

총공급을 초과한 총수요, 즉 GNP에 대한 지출초과분은 미국 등으로부터 외자를 도입하여 충당했다. 1954년부터 1961년까지는 무상원조로 초과 지출을 해결했으나, 1962년 이후에는 유상차관에 의해 충당했다. 그 결과 1985년 말 현재 467억 달러의 외채가 누적되었는데 이는 1985년 잠정 GNP의 5.7%에 해당하는 규모이다.

이처럼 외자도입에 의한 초과 지출은 1960년대의 절대적 빈곤과 경제적 후진성을 탈피하고 경제개발계획의 추진에 필요한 자본재, 기술 등의 도입을 위한 불가피한 정책적 귀결이었다.

• 투자가 저축을 초과하는 저축 갭(saving gap)

이러한 국내총지출 초과는 저축 갭에서 발생한 것으로서 그동안 총투자가 국내저축을 초과하여 지출된 것이 구조적 불균형의 원천이었다.

그래서 총투자와 국내저축의 차액만큼 해외저축인 외자도입으로 충당해 왔다. 총투자에서 차지하는 해외저축(외자도입)의 구성비가 1962~1966년 연평균 54.1%에 달한 후 시간이 흐르면서 낮아져 1985년에는 9.9% 수준을 나타냈다.

국내저축률을 초과한 투자율이 해외저축률로서 1967~1971년 기간 중 10% 수준을 웃돌다 점차 줄어들어 1985년에는 3.1%를 나타냈다. 해외저축률은 한 국민경제의 해외의존도를 가리키는 지표로서 그 수치가 제로에 이를 때, 즉 국내저축과 총투자가 균형을 이룰 때(총투자가 모두 국내저축으로 이루어질 때) 비로소 경제적 자립이 실현된다.

• 수출입 갭

한국은 제1차 경제개발계획이 시작된 1962년부터 1981년까지 수입이 수출을 초과하는 무역수지 불균형이 심화하다 1982년부터는 완화되기 시작해 1985년엔 초과 수입액이 852백만 달러를 나타냈다. 무역수지의 불균형은 GNP에 대한 지출 초과, 즉 저축을 초과한 투자지출이 낳은 결과이다.

초과 지출·저축 갭·외환 갭의 구조적 불균형의 체질화는 국내균형을 국제균형보다 우선한 결과

이처럼 한국경제가 초과 지출, 저축 갭, 그리고 외환 갭에서 헤어나지 못한 채 만성적인 구조적 불균형으로 체질화된 근원 요인은 발전도상국가의 거의 공통적인 현상이지만 국내균형과 국제균형의[192] 동시적 달성이 불가능했기 때문이다. 개발도상국에서 국내균형의 달성이란 경제 발전의 단계적 비약이 이루어지지 않고서는 불가능한 일이어서 장기의 경제개발을 추진하면서 일차적으로 국내균형을 달성하지 않으면 안 된다는 정책적 명제 아래 국제균형은 불가피하게 파괴되지 않

---

192 국내균형은 완전고용 GNP가 실현되고 총수요가 균형을 이루며 실업이 발생하지 않는 안정적 성장을 이루고 있는 상태를 말하며, 국제균형은 대외 무역수지의 균형을 말한다.

을 수 없다.

절대적 빈곤과 전근대적 농경사회에서 벗어나 공업화, 산업근대화를 성취하기 위해서는(국내균형을 달성하기 위해서는) 대량의 자본시설과 원자재 투입이 절실해 국내저축을 초과하는 투자 자극이 불가피했고, 국내총지출이 지극히 낮은 수준의 GNP를 초과할 수밖에 없었다. 이를 국제균형 측면에서 보면, 수출액을 훨씬 넘는 기계설비 등 자본재와 원자재의 수입으로 나타났다. 만일 국내저축만으로 투자지출이 이루어지고 수입 수요를 억제해 무역수지 균형만 고수하려는 정책을 폈다면 국제균형은 이룰지라도 경제개발, 산업근대화는 이룰 수 없으며, 과소생산과 유휴 노동력으로 인해 빈곤의 악순환이 되풀이되고 경제는 언제나 '저차(低次) 균형'에서 정체되었을 것이다.[193]

결국 1960년대 이후 우리나라는 산업화 과정에서 국내저축의 부족을 해외저축, 즉 외자로 충당하여 개발을 추진함으로써 급속한 공업화와 지속적인 경제성장을 이루어 왔지만, 다른 한편으로는 방대한 저축 갭(국내저축률보다 높은 투자율)과 수입초과가 나타남으로써 장기적으로 국제균형이 파괴된 채 외자가 누적되어 구조적 불균형의 체질로 만성화되었다.

---

193 경제성장과 투자, 고용 간 관계를 밝힌 해로드-도마(Harrod-Domar) 모델을 개발했던 해로드(Roy Harrod)는 경제성장률은 그를 뒷받침하는 자본공급과 투자의 기술적 관계에 따라 결정된다고 밝혔다. 그는 목표 경제성장(G)을 이루기 위해서는 그 목표 성장률에 (일정한 산출량에 대한 자본량의 비율인) 자본계수(C)를 곱한 만큼의 투자율(S: 필요 저축률)이 나타나야 한다는 것을 정식화했다. 즉, 경제성장률과 투자율 사이에는 $G = S/C$ 라는 관계가 성립한다. 일정한 자본공급이 이루어져야 일정한 성장이 가능하다는 기본원리를 나타내는 사후적 항등식이다.

구조적 불균형은 만성적 인플레이션, 이자율의 경직성, 환율의 경직적 운용 초래

이러한 구조적 불균형은 시장 메커니즘을 경직시키는 결과를 초래했다. 언제나 총지출이 국민생산을 초과했고, 투자가 저축보다 컸으며, 해외 부문에서는 수입초과가 나타나 시장의 가격기능이 경직화될 수밖에 없었다. 생산물시장에서는 물가가, 자본시장에서는 금리가, 외환시장에서는 환율이 그때그때의 수급 상황에 따라 완전경쟁에 의하여 자유로이 변동하는 것이 아니라 언제나 초과수요만을 일으켜 왔다.

그러한 항구적인 초과수요는 생산물시장에서 만성적인 인플레이션, 자금시장에서 이자율의 경직성에 기인한 저축과 투자의 불균형, 그리고 환율의 경직적 운용과 그로 인한 수입대체산업 및 수출산업의 대외경쟁력 약화를 초래했다.

산업구조의 특징
- 공업국형 구조로 단계적 전환, 3차(서비스) 산업이 먼저 발달, 농림어업의 상대적 낙후

산업을 분류하는 여러 기준 중에서 가장 전통적이며 보편적 기준인 콜린 클라크(Colin Clark)의 분류 방식에 의할 때, 산업구조란 GNP 가운데 1차·2차·3차 산업이 제각기 차지하는 구성 비율의 내용을 말한다. 클라크는 한 나라의 산업구조는 일반적으로 경제 발전에 따라 1차 산업 중심에서 2차 산업 중심으로 이행하고, 공업화 후기에 이르러 3

차 산업 중심으로 이행한다는 것을 체계적으로 밝혔다.

이러한 산업구조는 한편으로는 산업별 생산물에 대한 국내수요와 해외수요, 다른 한편으로는 공급 조건의 두 가지 측면에 의해 변화한다. 수요 측면의 후방연쇄효과(backward linkage)[194]와 공급 측면의 전방연쇄효과(forward linkage)[195]가 작용하여 산업구조의 변동에 영향을 미친다.

한국은 1962년부터 경제개발 5개년 계획의 추진으로 공업화와 더불어 경제 발전의 단계적 도약을 이루어 왔고, 지속적인 고도성장 과정에서 산업구조 면에서도 커다란 변화가 일어났다. 1차 산업 비중은 급속히 감소했지만, 2차 및 3차 산업의 비중은 계속 증가해 왔다. UN의 통계연감에 의거 우리나라의 산업구조를 선진국과 비교해 보면, 1980년 우리나라는 중진국형 단계에 놓여 있음을 알 수 있다. 1차 산업 비중은 계속 감소했으나 미국 등 선진국에 비하면 아직 높은 편이고, 2차 산업 비중은 오히려 영국, 프랑스, 캐나다를 웃돌아 선진국 수준에 이르렀으며, 3차 산업 비중은 선진국에 비해 매우 낮은 수준이다. 수출주도형 공업화 정책에 의해 2차 산업(특히 제조업 부문)의 빠른 성장이

---

194 후방연쇄효과란 어떤 산업의 제품 생산에 있어서 다른 산업의 생산물을 중간 투입재(원료)로 사용함으로써 그 다른 산업의 생산활동을 촉진하는 파급효과를 말한다. 예를 들어 철강산업이 철강제품의 생산을 위해 그 원료가 되는 철광석, 석탄과 같은 투입을 다른 산업에 의존하는 관계, 즉 산출에 대한 투입의 비율을 말한다.

195 전방연쇄효과란 어떤 산업의 제품이 다른 산업의 중간재로 사용됨으로써 그 다른 산업의 생산활동을 촉진하는 파급효과를 말한다. 철강이 생산된 후에 자동차, 선박, 건설업 등 다른 산업의 중간재로 쓰이는 관계, 즉 총수요에 대한 산업 간 수요 또는 중간수요의 비율을 말한다.

반영된 결과이다.

1985년 현재 한국의 산업구조는 다음의 특징을 띠고 있다.

첫째, 경제개발 과정에서 전근대적 모노컬처(monoculture) 산업 구조로부터 근대적 공업국형 산업구조로 단계적 전환을 이루어 왔다. 1960년대 후반 (가속적인 공업 성장이 이루어지는) 공업화 스퍼트(spurt) 단계에 이르면서 공업 부문의 급속한 구조적 변화가 일어났다. 1965년 중화학공업과 경공업의 비율은 각각 34.8%와 65.2%로서 경공업 비율이 압도적으로 높았으나, 그 후 중화학공업화가 진전되면서 1976년부터 경공업을 앞서기 시작했고, 1984년에 들어서는 중화학공업 비율이 60.1%에 이르며 20년 만에 역전되었다.[196]

둘째, 3차 산업의 특이한 한국적 패턴을 들 수 있다. 한국의 3차 산업은 2차 산업이 발전하기 전부터 다른 산업에 비해 월등하게 높은 비중을 차지하고 있었다. 그 내부구조를 보면 사회간접자본이 아닌 서비스 부문이 대종을 이루고 있는 점이 두드러진다. 원래 3차 산업, 특히 서비스 부문은 자기 스스로 생산력을 갖지 못하고 물적 생산(2차 산업)에 의존해 성장하는 특성이 있다. 이처럼 한국경제에 있어서 2차 산업이 발전하기에 앞서 3차 산업이 비정상적으로 비대해진 이유는 해방 후부터 1960년대 중반까지 소비재 중심의 미국 경제원조가 생산 혁명에 앞서 한국 사회에 소비 풍조를 조장하였고, 외국 상품의 도입·유통

---

196 1960년대에는 섬유와 식품공업 등 '초기산업(early industries)'이 성장을 주도했으나, 1970년대부터 기계·금속·철강·중화학공업 등 '중기산업(middle industries)'과 '후기산업(late industries)'이 성장의 중심을 이루면서 공업 부문의 이러한 구조적 변화가 일어났다.

과정에서 서비스 부문이 비대해졌기 때문이다.

셋째, 농림어업 부문의 상대적 낙후성과 빈곤을 들 수 있다. 경제기획원의 주요 경제지표에 의할 때 1985년 농림어업 부문의 취업 노동 구성비는 24.9%인 데 비해 GNP 구성비는 14.3%로서 상대적 낙후를 쉽사리 확인할 수 있다. 특히, 1차 산업의 대종을 이루는 농업 부문의 낙후로 매년 상당한 양의 농산물을 수입에 의존함으로써 국제수지를 악화시키는 요인으로 작용해 농업생산력의 증대와 농업구조의 고도화는 한국경제의 발전에 있어서 절대적인 명제이다.

이처럼 한국의 산업구조는 장기적 변화 추세로 볼 때 질적 고도화를 이루어 왔고 콜린 클라크가 밝힌 일반적 변동 법칙성을 나타내고 있지만, 공업화 중심의 개발 과정에서 농업 부문의 상대적 빈곤과 농업구조의 낙후성이 심화해 가고 있으며, 3차 산업이 공업화 이전에 비정상적인 비대 현상을 나타냄으로써 공업화 후기에 3차 산업 중심으로 이행한다는 '클라크의 법칙'에 반하는 유형이 나타난 게 그 특징이다.

한국경제의 산업 연관구조의 특징
- 1970년대 이후 전·후방 연쇄효과가 점진적으로 높아지고 있으며 산업 연관구조가 고도화

클라크의 산업구조 분석 방법은 세 산업 부문의 상대적 비중을 중시하는 거시적 접근 방법이고, 한 산업이 다른 산업에 얼마만큼 의존하

고 있으며, 또한 다른 산업에 얼마만큼 영향을 미치는가를 밝히는 방법이 산업 연관관계(interindustry linkage) 또는 투입-산출 관계(input-output relations)에 의한 산업구조분석이다. 산업 간 연관구조를 고찰함으로써 어느 부문이 소득증대효과와 생산유발효과가 큰가를 알 수 있고, 경제개발을 위한 전략적 산업 부문(즉, 투자의 우선순위가 높은 산업)을 선정할 수 있다.

이러한 산업 연관구조는 각 산업의 전방연쇄효과와 후방연쇄효과의 크기를 비교해 파악할 수 있다. 어떤 산업의 생산에 있어서 다른 산업의 생산물을 중간투입재(원료)로 사용함으로써 그 다른 산업의 생산활동을 촉진하는 후방연쇄효과는 총산출액에서 중간투입액이 차지하는 비율(중간투입비)로 측정하며, 어떤 산업의 제품이 다른 산업의 중간재로 사용됨으로써 그 다른 산업의 생산활동을 촉진하는 전방연쇄효과는 총수요액에 대한 중간재 수요액의 비율(중간수요비)로 측정할 수 있다.[197]

한국은행이 발표한 『1983년 산업연관표(Ⅰ)』에 의하면 '전 산업 평균 중간투입비'가 1970년 50.3%에서 계속 증가하여 1983년에는 59.5% 수준에 이르렀다. 이는 후방연쇄효과가 계속 증가 추세를 보인 것으로 그간 산업구조의 고도화가 점진적으로 진전되어 왔음을 나타내는 증표이다. 주로 가공도와 수입의존도가 높은 제조업 부문은 높지만, 농

---

197 후방연쇄효과는 어떤 산업의 최종수요 1단위 증가가 다른 산업의 생산에 미치는 영향의 상대적 정도를 나타내는 '영향력계수'로, 전방연쇄효과는 전 산업 부문의 최종수요가 1단위 증가할 때 개별 산업 부문이 받는 영향의 정도를 나타내는 '감응도계수'로도 계측할 수 있다.

림어업·광업 등 원시산업과 서비스 부문은 낮게 나타나고 있다.

'전 산업 평균 중간수요비'도 1970년 44.7%로부터 계속 증가세를 보이며 1983년에는 51.2%에 이르러 전방연쇄효과도 점진적으로 높아지고 있음을 알 수 있다. 이러한 증가 추세는 산업화 과정에서 산업 간 상호의존관계가 깊어짐에 따라 기초원자재와 중간생산물의 산업 간 거래량이 확대된 데 기인한다. 산업별로는 중간재적 기초산업과 중간재 생산 부문이 높고, 소비재와 자본재 산업은 낮게 나타나고 있다.

이처럼 산업 간 연관관계를 파악하는 중간투입비와 중간수요비가 각 산업의 평균치보다 큰가, 작은가에 따라 전 산업을 전·후방 연쇄효과가 모두 높은 '중간수요적 제조업형', 전방연쇄효과는 높고 후방연쇄효과는 낮은 '중간수요적 원시산업형', 후방연쇄효과는 높고 전방연쇄효과는 낮은 '최종수요적 제조업형', 그리고 전·후방 연쇄효과 모두 낮은 '최종수요적 원시산업형'의 네 가지 유형으로 분류할 수 있는데 이 중 첫 번째 전·후방 연쇄효과가 다 같이 높은 중간수요적 제조업형이 개발 투자 우선순위의 산업임을 알 수 있다. 이 유형의 산업군이 생산유발효과와 소득증대효과가 가장 크기 때문이다.[198] 한국은행의 『1983년 산업연관표(Ⅰ)』에 의하면 이 유형에 속하는 부문은 22개 업종으로서 그중 섬유사, 기초화학제품, 석유제품, 제철 및 제강·철강 1차 제품, 비철금속괴 및 동 1차 제품 등이 두 가지 연쇄효과가 가장 높은 부

---

198 자본과 시장이 제약된 나라에서 산업화를 추진하면서 모든 산업을 동시에 발전시킬 수 없으므로 생산과 개발의 연쇄적 유발효과를 극대화할 수 있는 전략산업 부문에 집중 투자해야 한다는 허쉬만(Albert O. Hirschman)의 불균형 성장론은 이러한 전·후방 연쇄효과를 중시한 산업연관분석에 기초를 두고 있다.

문으로 나타나 이들이 한국의 기간산업 부문임을 알 수 있다.

일반적으로 경제성장에 따라 각 산업 간 연관관계는 깊어지고 연쇄효과도 확대되는데 그것은 경제성장, 기술진보와 더불어 제품 생산이 여러 가지 우회적 제조 과정을 거치기 때문이다. 한국도 1970년대 이후 급속한 개발·성장 과정에서 전·후방 연쇄효과가 점진적으로 높아지고 있으며 산업연관구조가 고도화되어 가고 있음을 알 수 있다.

대기업·중소기업의 이중구조적 특징
- 정부의 대기업 위주 정책과 대기업의 중소기업 분야 잠식이 극심한 격차의 근본 원인

대기업과 중소기업[199] 사이에는 생산성, 설비투자효율, 노동장비율, 부가가치, 임금 등 여러 가지 측면에서 격차가 난다. 대기업과 중소기업이 공존하면서 산업사회를 이루고 있는 양극 병존형의 생산구조를 '이중구조(dualism)'라 한다.

1960년대 이후 고도성장과 공업화 과정에서 대기업은 급속한 성장을 이루어 왔고, 산업사회는 대기업 중심으로 발전해 왔다. 초기산업인 경공업도 대부분 대기업에 집중되었지만, 후기산업인 중화학공업의 개발

---

199 이 논문이 쓰일 당시엔 〈중소기업기본법〉에 따라 종업원 300인 미만과 자산총액 5억 원 미만 기업을 중소기업으로 규정하였다. 현재는 해당 기업 영위 업종의 평균 매출액이 일정 수준(예: 가구제조업의 경우 1,500억 원) 이하이면서 자산총액이 5천억 원 미만인 기업을 중소기업으로 규정하고 있다.

과정에서 대기업은 더욱 가속적인 성장을 이루었다. 대기업은 수입대체 공업화 유형에 따라 중소기업을 잠식하면서 존립 기반을 마련했으며, 중소기업과 상호보완적 관계가 아니라 경쟁적 관계에서 성장 기반을 확립했다. 특히, 1970년대 중화학공업화 단계에 이르러 대기업 위주 정책 기조에 따라 외국자본과 재정금융자금의 지원으로 급속한 성장을 이루었고, 새로운 형태의 독과점 기업으로 발전하게 되었다.

이 과정에서 중소기업은 희생되고 상대적으로 쇠퇴해 대기업과의 구조적 격차가 1970년대 중반까지 심화하였다. 경제기획원의 연도별 광공업 통계조사보고서에 의하면 개발의 단초기인 1963년 중소기업이 사업체 수의 98.5%, 종업원 수의 62.4%, 부가가치에 있어서는 49.8%를 차지하였는데 그 후 중소기업은 상대적으로 쇠퇴하여 1977년에 이르러선 종업원 수는 46.0%, 부가가치는 32.4%로 격감하였다.

그러다 정부의 중소기업육성책과 더불어 국민소득 수준의 향상으로 소비구조가 고도화·다양화되면서 중소기업제품의 수요 증가, 노동집약적 중소기업의 수출산업으로서의 비교 우위, 중화학공업화에 따른 보완 기능의 확대 등 중소기업의 새로운 존립 기반이 형성되며 점진적 성장세를 보였다. 그 결과 1970년대 후반부터 제조업에서 차지하는 중소기업의 구성비가 커지기 시작해 1983년엔 종업원 수의 54.8%, 부가가치의 37.2%까지 상승하였다.

그러나 중소기업의 이러한 성장이 (대기업과의) 국내적 분업 관계에 의한 자생적 생산 기반의 형성에서 비롯된 것으로 보기는 어려우며, 주요 지표로 볼 때 대기업과의 격차는 더욱 확대되었다.

먼저, 종업원 1인당 부가가치가 1967년에는 대기업 36만 6천 원, 중소기업 25만 5천 원이었으나 그 후 격차가 계속 확대되어 1984년엔 각각 871만 6천 원, 476만 3천 원이었다. 이는 1967년 대기업의 69.6% 수준이던 중소기업의 노동생산성이 1984년에는 54.6%로 하락하였음을 의미한다.

다음으로, 1967년 대기업의 51.8% 수준이던 중소기업의 노동장비율 (설비자산 이용 상황)도 1984년 29.3% 수준으로 크게 하락하였다. 대기업보다 열악한 중소기업의 노동장비율은 위의 1인당 부가가치에 그대로 반영되어 나타났음을 알 수 있다.

노동소득분배율에 있어선, 부가가치액에 대한 인건비 지출이 커 중소기업의 노동소득분배율이 대기업보다 높게 나타나는데 1967년 대기업이 37.7%, 중소기업 44.2%였으나 그 격차가 매년 확대되어 1984년에는 각각 45.7%, 63.4%였다. 중소기업이 대기업에 비해 대단히 자본이 빈약하고 노동집약적으로 운영되고 있음을 웅변해 준다.

또한, 대기업이 중소기업에 비해 유형고정자산이 많아 설비투자효율에서도 중소기업이 월등하게 높게 나타나는데, 대기업과 중소기업의 투자 효율이 1967년에는 각각 71.0%, 95.0% 수준이었으나 1984년에는 64.4%, 120.0%로 그 격차가 크게 확대되었다. 대기업에 비해 자본시설이 빈약하고 노동집약적인 중소기업의 실태를 여실히 반영하는 지표이다.

한편, (표 3)에서 보듯 한국의 중소기업은 지난 20년 동안 대기업의 발전에 밀려 상대적으로 그 비중이 크게 줄어들며 생산구조의 이중성이 더욱 심화하였지만, 일본은 중소기업의 비중이 미세하나마 커졌다. 종업원 수나 부가가치에 있어 중소기업의 비중 그 자체도 일본보다 훨씬 낮은 실정이다.

(표 3) 한국과 일본의 중소기업 비중 추이

(단위: %)

		사업체 수	종업원 수	부가가치
한국	1963년	98.5	62.4	49.8
	1983년	97.4	54.8	37.2
	증감(%P)	- 1.1	- 7.6	- 12.6
일본	1964년	99.4	69.4	53.3
	1983년	99.1	72.2	56.1
	증감(%P)	- 0.3	2.8	2.8

자료: 중소기업진흥공단. 중소기업경제지표. 1985.
일본 중소기업 백서. 1984.

이처럼 지난 20여 년 동안 한국경제에 있어 생산구조의 이중성이 심화하였을 뿐 아니라 중소기업의 비중이 일본 등 주요국에 비해 훨씬 열약한 실정이다.[200] 그것은 중소기업의 경영 능력과 창의적 기술혁신 부족, 협동조합의 기능 미흡 등 중소기업계 자체의 원인에서 비롯된 부분도 있지만, 그동안 정부의 대기업 위주 정책과 대기업의 중소기업 분야 잠식이 기업 간 극심한 이중구조 격차가 나타난 보다 큰 원인이었다.

우리 산업사회에 있어서 기업 간 격심한 이중구조 격차가 존재하고 있다는 것이 한국경제의 구조적 특징의 한 단면이라고 할 수 있다.

....

200 종업원 수와 부가가치에 있어 우리나라의 중소기업 비중이 일본뿐만 아니라 대만(1979년 기준 각각 74.0%, 56.0%), 미국(1979년 기준 각각 58.2%, 51.4%)에 비해서도 훨씬 낮다.

「소련 페레스트로이카의 북한 경제정책 변화에 미칠 영향」[201]

- 체제 변혁까지 일으키는 소련의 개혁노선 전철을 밟지 않으려 하겠지만 심화되는 경제난 타개를 위해 북한의 대외 개방 불가피

「소련 페레스트로이카의 북한 경제정책 변화에 미칠 영향」은 냉전 시대의 종식과 소비에트 연방의 해체를 가져왔던 '페레스트로이카(Perestroika)'의 경제정책 모형으로서의 기본 성격, 페레스트로이카 이후 소련에서 추진해 온 경제제도의 단계적 개혁 과정과 위기 국면에 처한 소련경제의 실상, 그리고 페레스트로이카가 실패하게 된 구조적 요인을 추구하고 나서 북한의 경제정책과 남북 관계에 미칠 영향을 분석·전망한 논문이다.

지포는 이 논문에서 소련의 개혁주의 노선으로의 대전환이라 할 수 있는 페레스트로이카의 추진 과정을 경제학자의 시각으로 정밀 해부하였으며, 거기서 도출된 시사점을 토대로 북한경제와 남북한 관계에 미칠 파급영향을 여러모로 분석하였다.

---

201 북한연구학회가 1991년 12월 '페레스트로이카와 남북한'이라는 주제로 발간한 『북한연구 총서 1』의 권두에 실린 논문이다. 이 논문은 우연히도 페레스트로이카의 경제정책을 추진 했던 고르바초프가 소비에트 연방이 해체되면서 대통령직에서 내려온 것과 거의 비슷한 시점에 발표되었다.

페레스트로이카의 경제 정책론적 기본 성격: 사회주의 경제의 현대적 모형

1986년 2월 25일 열린 제27차 소련 공산당대회에서 미하일 고르바초프(Mikhail Gorbachev) 서기장이 처음 사용한 것으로 알려진 페레스트로이카란 용어는 '재건', '개혁'을 뜻하는 러시아어로 소련 경제·사회의 개혁과 현대화를 목표로 1991년 12월 그가 권좌에서 물러날 때까지 추진했던 개혁정책 노선이다. 페레스트로이카의 최우선과제는 소련경제에 시장지향 개혁 요소의 도입과 국영기업의 자주적 관리 허용, 그리고 제한된 범위의 사유재산제도 인정으로 소련경제의 비효율을 제거하고 경제성장을 자극하여 국민 생활 수준을 향상하는 것이었다.

페레스트로이카는 스탈린(Joseph Stalin) 시절부터 군사력 강화와 공업화의 강행으로 국민 생활을 곤경으로 몰아넣은 '사회주의 경제 체제에 대한 비판적 자기 고백'이면서, 오랜 기간 지령형 관료 경제 체제에서 강제 노동에 시달려 온 소련 국민의 고통과 인내의 한계적 상황의 통찰에서 나온 고르바초프의 '경제개혁론'이었다. 고르바초프는 그의 저술 『Perestroika: New Thinking for Our Country and the World』(1987)에서 "칼 마르크스가 자본주의의 내재적 모순을 비판하는 이론적 프레임워크를 창출한 업적은 컸지만, 사회주의 경제를 건설하는 기술에 관해서는 아무것도 가르쳐 주지 않았다."라고 하면서 보람도 인센티브도 없는 강제 노동, 세계에서 가장 낮은 생활 수준, 생필품의 절대적 부족, 식료품을 사기 위한 긴 행렬, 물가체계의 왜곡과 혼란, 비대해지는 암시장, 화폐가치의 혼돈, 국가재정지출의 난맥상 등 걷잡을 수 없는 소련경제의 구조적 문제점을 밝힌 바 있다.

고르바초프의 수석 경제고문이었던 아벨 아간베기얀(Abel Agan begyan)도 소련경제가 안고 있는 문제점들을 솔직하게 밝히고, 스탈린으로부터 물려받은 중앙집권적 계획경제를 대체하기 위한 구체적 대안을 제시하였다. 그는 그동안의 획일적인 계획 방식이 경제의 불균형과 자원배분의 불합리성, 물자의 품귀현상을 일으킨 근원적 요인이라고 지적하면서 기술혁신과 새로운 투자정책의 설정, 가격메커니즘에 의한 자유시장 경제원리의 도입, 기업의 경영 인센티브, 개방경제 체제로의 대전환 등 페레스트로이카의 필요성을 역설하였다.

고르바초프의 경제개혁안은 1987년 6월 공산당 중앙위원회 총회에서 통과되었는데, 여기에 경제의 페레스트로이카의 기본 성격이 잘 나타나 있다. 경제개혁안은 모든 분야에 있어서 근본적 변화를 제시한 것으로서 기업의 완전한 원가계산 제도 도입, 중앙집권적 경제 운영의 근본적 개혁, 계획 입안의 근본적 변화, 가격형성제도와 금융·신용 제도의 개혁, 외국 경제와의 관계 개선, 새로운 경영관리기구의 창설과 자주관리원칙의 광범위한 도입 등이 포함되어 있었다. 그리고 이러한 경제 개혁을 위한 제반 제도를 망라하고 있고, 모든 경제 조치와 운용의 판단 기준을 규정한 〈국가기업법〉이 1988년 1월 제정되었다.

기존의 경제 체제·경제 제도·경제 질서와는 아주 이질적인 새로운 유형의 개혁 추진을 가리켜 일부 서방측에서는 계획경제의 포기인 동시에 시장경제원리에 입각한 자본주의 경제 체제로의 회귀라고 평가했지만, 고르바초프는 "우리의 목표는 사회주의를 강화하는 것이지 다른 체제로 대체하자는 것이 아니다."라고 분명하게 선을 그으면서 페레스트로이카는 '사회주의 경제의 현대적 모형'이라고 규정하였다.

이처럼 페레스트로이카의 경제개혁모형의 성격은 사회주의 계획경제의 골격을 그대로 유지한 채 시장경제원리를 도입하는 것이었다. 그러나 계획경제를 유지하면서 시장경제로의 이행은 정책 논리상 성립될 수 없으며, 현실적으로 실행하기도 어렵고 성과도 거두기 힘들면서 경제의 혼란만 부추길 수 있다.

시장경제원리를 도입하기 위해서는 생산수단의 사유제도 확립, 경제활동과 자유경쟁의 보장, 가격기구에 의한 시장 메커니즘의 작동이 선행되어야 한다. 중앙집권적 지시형 경제운용과 생산수단의 국유제도를 고수하면서 자유시장경제로 전환한다는 것은 모순으로서 실행할 수 없는 일이다. 시장 메커니즘은 기본적으로 각 경제주체의 자유로운 경제활동과 사유재산제도가 보장되어야 작동하기 때문이다. 양체제를 동시에 수용할 경우 중앙집권 관리체제도 원활하게 유지되기 어렵고, 시장경제도 실현될 수 없다.

지포는 고르바초프가 주장한 경제의 페레스트로이카의 원형, 즉 '사회주의 경제의 현대적 모형'은 이론적으로 성립할 수 없고, 현실적으로 실효를 거둘 수 없는 파행적 모델이라고 평가하였다. 실제로 페레스트로이카 추진 이후 소련경제는 가속적인 하강 국면으로 급선회했으며, 마이너스 성장세가 심화하였다. 계획도 없고, 시장도 없는 공백 상태에서 극심한 혼란에 빠지고 혼미를 거듭했다. 결국 서방측의 방대한 경제원조 없이는 회복 불능의 상황에 직면하자 1991년 7월 25일, 공산당 중앙위원회 전체회의에서 사유재산제도의 도입 등을 내용으로 하는 보다 혁신적인 당 강령을 채택하기에 이르렀다.

페레스트로이카의 실현을 위한 경제제도의 단계적 개혁 과정

페레스트로이카의 실현을 위한 소련의 경제제도 개혁 과정은 세 단계로 추진되었다.

• 초기 단계

— 1987년 6월: 소련공산당 중앙위원회 총회에서 기업의 자주 관리와 독립채산제를 내용으로 하는 경제개혁안이 의결되었다.

— 1988년 1월: 경제개혁안을 뒷받침하는 〈국가기업법〉이 제정되었다. 개인과 협동조합 등을 주체로 하는 영업의 자유, 일부 상품거래의 자유화와 기업의 자주화, 독립채산제를 주요 내용으로 하고 있지만 선거제에 의한 기업의 자주 관리는 거의 시행되지 않았으며, 독립채산제는 도입되었어도 성청(省廳) 등의 국가발주로 생산하여 국가가 결정한 가격으로 납품하는 형태로는 참된 의미의 기업의 책임과 자립이 실현될 수 없었다.

— 1990년 2월: 공산당 중앙위원회 총회에서 채택된 정강에 경제 개혁은 '계획적 방법과 시장적 방법의 유기적 결합'이라 명시하였다. 순수한 시장경제로의 이행이라기보다 사회주의의 틀 안에서 계획과 시장의 결합을 시도하고 있음을 분명히 하였다.

— 1990년 5월: 연방최고회의에서 루이시코프(Nikolai Ryzhkov) 수상이 〈조정된 시장경제로의 이행에 관한 기본구상〉을 발표하였다. 여기서 '개혁의 자연스러운 진전'이 이상적이며, '한 걸음 한 걸음' 국가의 영향을 축소하면서 시장경제를 확대해 나가야 한다고 밝혔다. 그러나 만 3년에 걸친 경제제도의 개혁 과정이 지지부진한 가운데 소련경제가 가속적으로 위기 국면으로 치닫자 종합적인 개혁이 불가피함을 느끼게 되었다.

• **종합적 개혁 단계**

— 1990년 10월: 생산수단·주택의 가속적인 사유화, 가격 자유화, 긴축재정 등을 주장한 모스크바대학의 수리경제학자이면서 고르바초프의 경제자문위원인 스타니슬라프 샤탈린(Stanislav Shatalin)의 〈500일 계획안〉을 수정하여 생산수단의 점진적인 사유화, 행정규제의 필요성 등을 담은 〈경제안정과 시장경제로의 전환〉이라는 경제 개혁의 단계적 기본구상이 소련최고회의에서 통과되었다.

— 1991년 3월: 이러한 기본구상에 따라 (생산비와 관계없이 책정되었던) 식료품을 비롯한 소비재의 소매가격을 평균 60% 인상하는 가격개혁을 단행하였다. 그리고 그 후속 조치로서 근로자의 봉급도 대폭 인상하고, 모든 은행예금을 자동으로 40% 증액시켰다.[202]

---

202 이러한 폭발적인 가격 인상과 화폐소득의 급증으로 인한 과잉유동성은 얼마 후 인플레이션보다 훨씬 격렬한 하이퍼인플레이션(hyperinflation)의 유발 요인이 되었다.

— 1991년 4월: 경제의 위기적 상황에 대처하기 위한 〈위기대책계획 안〉이 연방회의에서 채택되었다. 이 계획안은 1991년 2/4분기까지 적자경영회사의 민영화, 금융체제에 대한 중앙은행의 권한 강화 등 자유시장 경제 체제로의 전환을 위한 광범위한 내용을 담고 있다.

— 1991년 5월: 소련최고회의는 사상 처음으로 외국기업이 자본을 전액 출자하여 기업을 설립하고 외화로 과실 송금을 허용하는 외국인 투자 법안을 승인했다. 페레스트로이카 정책 추진 이후 가장 혁신적인 제도적 개혁이었다.

— 1991년 7월: 소련최고회의는 1995년 말까지 국영기업의 60~70% 에 대한 국가통제를 해제하고 이를 단계적으로 민영화하는 〈기업에 대한 비국유화 및 민영화에 관한 기본원칙법〉을 최종 통과시켰다. 또한 외국자본의 유치 확대를 위한 법인소득세 감면법안, 독과점 금지법안, 금융규제법안을 통과시켰다.

이와 같이 페레스트로이카 이후 4년 8개월에 걸친 경제제도의 개혁 과정을 살펴보면, 소련경제에 가격 메커니즘과 시장경제원리의 도입을 위한 확고한 거시적·중장기 청사진에 의한 개혁을 처음부터 추진하지 못했다. 보수와 개혁 세력의 대립 상황 속에서 시장경제로의 이행에 가장 골간이 되는 제도의 개혁을 이루지 못했으며, 그때그때의 상황 변화에 따라 대응하는 식의 지엽적인 개혁에 지나지 않았다. 또한, 특정 부문에 대한 제도개혁안을 결정하고도 이를 실행하지 않는 사례가 많았다.

• 쿠데타 실패 이후의 개혁 과정

1991년 8월 강경 보수파가 일으킨 쿠데타의 불발로 정치적 상황이 급변하며 공산주의의 종주국인 소련에서 공산당의 활동이 전면 금지되고, 마침내 공산주의의 종언을 고하기에 이르렀다. 공산주의의 조종(弔鐘)이 울리면서 소련은 서방세계의 사회민주주의와 자본주의 경제체제로 회귀하지 않으면 안 될 역사적 전환기를 맞았다. 경제제도의 근원적 변혁과 새로운 개혁정책모형이 창출되어야 할 상황이었다.

고르바초프 대통령은 불발된 쿠데타 이후 경제 개혁을 한층 가속하기 위하여 그리고리 야블린스키(Grigory Yavlinsky)를 비롯한 4인의 '경제위원회'를 구성하고 국가경제 운용의 전권을 위임했다. 9월엔 대통령 포고령으로 시장경제 도입의 가속화와 사기업의 확장을 위한 제도개혁을 추진하고자 '사기업 육성 특별위원회'를 설치하기도 했다.

그러나 연방정부의 권한이 크게 약화되고, (공식적으로 독립한 발트 3국을 제외한) 12개 공화국이 대부분 독립을 선언하고 있어 연방정부와 공화국 정부 간 관계를 어떻게 재편할지에 대한 방침이 서지 않는 한 격동의 와중에서 통일된 경제 개혁을 추진하기는 어려워 보였다. 12개 공화국이 단일경제권의 새로운 연방을 형성하여 더 혁신적이고 종합적인 개혁모델로 소련경제가 정상궤도에 진입해 성과를 거두게 될지 그 경제적 귀결이 주목되었다.[203]

---

[203] 이 논문이 작성되고 몇 달 후인 1991년 12월 소비에트 연방이 해체되면서 발트 3국과 (조지아를 제외한) 11개국으로 구성된 독립국가연합(CIS: Commonwealth of Independent

페레스트로이카 추진 이후 소련경제의 실상: 슬럼프플레이션의
함정에 매몰

• 투자 효율과 생산성의 급강하 현상

고르바초프는 페레스트로이카 추진 초기 소련의 국제경쟁력을 강화하기 위하여 과학의 발전과 기술혁신에 중점을 두었고, 그 전략으로 '우스카레니에(Uskoreniye: 가속화) 정책'을 표방하며 기계설비부문의 투자에 총력을 기울였다. 그러나 1차 산품(석유, 천연가스, 석탄 등) 위주의 모노컬처 경제·산업 구조를 단기간에 고부가가치의 기계설비부문으로 특화하는 구조적 혁신은 실현 불가능한 전략으로서 '가속화 정책'은 실효를 거두지 못한 채 중단되고 말았다. 생산재 부문에 중점을 둔 고르바초프의 산업정책은 오히려 소비재, 생필품의 절대적 부족을 초래해 국민들의 불만이 고조되어 갔다.

더욱 중요한 사실은 1989년에 이르러 고정자본과 건설투자 등 생산과 직결되는 기본투자의 신장률이 전년 대비 0.6%로 급속히 하락하였다. 생산시설 가동률도 현저히 떨어지기 시작했다. 투자재원과 기술 인력이 부족해 계획된 공공공사 가운데 미완공 공장·시설이 산적했고,[204] 공장 건물이 완공되었어도 거기에 필요한 제반 설비의 확충이

States)이 탄생하였다.

[204] 1990년 4월 현재 미완공 건설공사가 4천억 루블에 달했는데, 이는 1989년 소련의 실질 GNP 9,010억 루블의 44.3%에 해당하는 방대한 규모였다.

이루어지지 않아 가동되지 못하고 방치된 공장이 수없이 많았다.

　이러한 방대한 미완성 공장과 유휴 설비는 소련경제의 투자 효율과 생산성을 급속하게 떨어뜨렸다. 1971~1975년 연평균 83카페이크(kopek: 1루블=100카페이크)였던 기본 투자 1루블당 생산량이 1976~1980년에는 52카페이크로, 1981~1985년에는 다시 44카페이크로 급락했으며, 1986~1990년에는 거의 절반 수준인 41카페이크로 전망되었다.

　투자 효율과 생산성의 급속한 하락, 방대한 자원 낭비로 인해 생산은 정체되고 소련의 매크로 경제는 걷잡을 수 없을 만큼 위기 국면으로 빠져들어 갔다.

·슬럼프플레이션의 함정

　페레스트로이카 추진 4년째인 1989년부터 하강 국면으로 선회하던 경기는 1990년 계획 총투자액이 전년 대비 14.6%나 줄어들면서 공업생산·GNP의 마이너스 성장으로 슬럼프에 빠지기 시작했다. 더불어 극심한 노동쟁의와 민족분쟁으로 노동시간이 격감하고, 환경문제·산재로 인한 공장의 조업 정지(폐쇄)가 급증하면서 그러한 상황은 더욱 나빠져 1991년 1/4분기 중 GNP 성장률이 마이너스 12%를 나타냈다. 극심한 공급 쇼크에 의한 소비재와 생필품의 절대적 부족으로 민생은 갈수록 혼미를 거듭했다.

　소련경제가 정체 국면으로 급선회하면서 실업문제가 심각한 사회문제로 부상했다. 원래 사회주의 경제 체제에서는 실업이란 존재할 수 없는데 페레스트로이카 이후 경제제도의 개혁 과정에서 급속한 불황으로 인한 실업의 증가에다 군수산업의 민수산업으로 전환에 따른 노동력의 유동화, 소련군 병력 감축, 기업의 독립채산제 운용 등 여러 요인으로 인해 실업이 급증했다. 1989년 11월 현재, 아제르바이잔공화국의 실업률이 27.6%, 아르메니아공화국 18.8%, 타지크공화국 25.7%, 우즈베크공화국 22.8%, 투르크멘공화국 18.8%, 키르기즈공화국 16.3%라는 폭발적인 실업 사태가 발생했다.[205] 소련 정부는 1991년 7월 1일을 기해 수백만 명에 달하는 실업자에게 실업수당을 지급하기로 했다. '일하지 않는 사람은 먹을 수 없다.'라는 국가방침은 수정되었고, 노동자의 천국이라던 소련은 '실업 왕국'으로 변해 갔다.

한편, 소비재의 절대적인 공급부족과 과잉유동성으로 인해 통제할 수 없을 정도의 인플레이션, 하이퍼인플레이션이 가속적으로 진행되었다. 사회주의 경제학에서는 인플레이션은 자본주의 경제 특유의 산물로서 사회주의 경제 체제에서는 존재하지 않는다고 주장하지만, 소련이 페레스트로이카 노선으로 전환한 지 3년째인 1988년부터 구조적인 인플레 요인이 심화하기 시작하더니 급기야 격렬한 하이퍼인플레이션으로 발전했다. 소련은 정확한 물가통계를 발표하지 않아 물가상승률 수준을 알 길이 없지만 1991년 6월 22일, 러시아공화국 관영 인터팍스 통신은 "지난 5월 중 소비자물가가 전년 동기보다 평균 96% 상승해 생활난이 가중되고 있다."라고 지적하면서 "품목별로는 음식류 127%, 육류 180%, 어류 193%, 설탕 155%, 빵 158%, 의류 166%, 건축

205   삼본충부(森本忠夫). 1990. 『소련경제 730일의 환상』. 일본 동양경제신문사. 188~189쪽.

자재 132%, 자동차가 75% 상승했다."라고 밝혔다.

소련경제가 급속한 감속 성장으로 선회한 가운데 격렬한 인플레이션 현상이 동시에 발생하는 스태그플레이션 국면으로 빠져든 게 1988년부터였고, 이보다 훨씬 악화한 슬럼프플레이션 국면이 나타나기 시작한 것은 1990년부터였다. 이러한 국면은 1991년 들어 더욱 나빠져 결국 격렬한 '슬럼프플레이션의 깊은 함정(slumpflation trap)'에 빠지고 말았다.

• 유통기구의 붕괴

소련의 국가계획위원회 고스플란(Gosplan)은 국민경제의 장기 전망계획과 연차계획을 작성하여 생산목표를 정하고, 전국의 성청과 기업에 계획량에 대한 지령을 내리며, 이와 관련한 자원을 배분하는 역할을 담당한다. 국가기관이 국민경제 전반에 걸친 재화의 수급관계를 한정된 정보를 바탕으로 균형적으로 계획·배분하는 일은 지난한 작업이다. 그리고 그 광활한 영토에서 기업의 생산체계에 맞추어 적시적소에 물자를 배급하는 일 역시 쉽지 않아 자재공급이 중단돼 생산차질을 빚는 경우가 비일비재했다. 기업은 이러한 상황에 대비해 자재를 과다하게 주문함으로써 재고물자가 늘 산적했다.[206]

그리고 전통적으로 생산재 부문의 우선적 발전을 추진해 온 정책적 귀결로서 소비재의 절대 부족 현상이 페레스트로이카 이후 더욱 심화

---

206 이렇게 산적된 연간 재고가 GNP의 약 50% 수준인 5,000억 루블에 이르는 걸로 알려졌다.

하였다. 1989년에 이르러 생필품을 비롯한 대부분의 소비재가 국영상점에서 자취를 감추기 시작했는데 이는 페레스트로이카의 기본법이라 할 수 있는 〈국가기업법〉에 따라 도입한 기업의 독립채산제와 자기 자금 조달제가 재화의 유통 질서를 왜곡시켰기 때문이다.

기업들이 채산성을 높이기 위해 국가가 정한 가격으로 억제된 일반 소비재의 생산을 중지하거나 조업을 단축하고, 대신 국정 가격의 망을 피할 수 있는 개량품, 신상품('N 마크 상품')을 생산해 높은 이윤을 올리려는 경영전략을 펴[207] N 마크 상품 가격을 인상할수록 '소매가격 표시 생산 총량'을 기준으로 하는 지정계획량을 손쉽게 달성하다 보니 결과적으로 생산물량이 줄며 물자 부족이 심화하였다. 게다가 채산성을 높이기 위한 자주적 권한이 주어지자 국영기업이 공급 제한을 서슴지 않으며 암시장에 훨씬 고가로 내놓아 국영상점 앞 소비자들의 장사진이 갈수록 길어졌고, 상대적으로 암시장은 비대해져 갔다.[208]

이처럼 국영상점에는 상품이 자취를 감추는데 암시장은 성황을 이루며 같은 상품이 국영상점 가격의 몇 배로 거래되는 등 소비재의 유통기구가 붕괴하고 가격체계가 교란되었다.

---

207 'N 마크 상품'을 생산하는 기업은 그 상품을 판매하는 상점과 합의하여 가격을 결정할 수 있는데 상호 간의 이익 때문에 가격 인상이 손쉽게 이루어졌다.

208 일본평론사 발간 『월간경제연구지』 1991년 6월 호(8쪽)에 의하면, 1989년 소련의 암시장 연간 총거래액이 GNP의 약 30~35%에 해당하는 3,000~3,500억 루블에 이르는 것으로 추산되었다.

• 경제의 무정부상태

소련경제는 페레스트로이카 이후 경제 질서의 혼란, 생산체계의 교란, 격발하는 하이퍼인플레이션, 극심한 생필품 품귀현상, 방대한 실업, 갈수록 악화하는 국민 생활 수준 등 난제가 산적했다. 그리고 경제 개혁 과정에서 뿌리 깊은 교조주의가 낳은 이데올로기 갈등과 저항이 갈수록 고조되는 데다 자본 부족, 기술의 낙후성, 수출 격감으로 자체 회생력을 상실해 가고 있었다. 1990년 6월, 국가계획위원회 의장인 유리 매스류코프(Yuri Maslyukov)는 "오늘의 소련은 경제 개혁으로 계획도 없으려니와, 시장도 없다."라고 하면서 "관리의 진공상태, 즉 경제의 무정부상태가 나타나고 있다."라고 경고했다.

더구나 1991년 3월 소비재 소매가격을 평균 60%(어떤 품목은 2.5~10배) 인상하는 가격개혁의 단행과 그에 맞추어 근로자의 보수를 대폭 인상하고 모든 은행예금을 자동으로 40% 증액시키는 후속 조치로 인해 가격체계가 교란되고, 유동성이 넘쳐나면서 소련경제는 더욱 깊은 혼란에 빠져들었다.

소련의 일반대중은 70년 넘게 지배해 온 교조주의와 낡은 패러다임의 타성에 젖어 자유시장경제로 가기 위한 여러 제도에 잘 적응하지 못했다. 그런가 하면 오랜 기간 굴종에 대한 저항과 자유화의 물결 속에 고스플란 등 국가기관의 행정적 지시가 제대로 이행되지 않았고, 후생과 생활 조건의 개선을 위한 요구는 강렬하게 일어났다.

소련 정부의 개혁 지침은 생산과 분배 간 혼돈을 계속 증폭시켜 궁극적인 개혁 목표가 불분명해졌고, 시장경제로의 이행을 어렵게 하였다. 1991년 1월 실시한 부분적 통화개혁은 비용은 큰 데 반해 성과는 나타나지 않았다.

이처럼 소련은 중앙집권적 지령형 관리제도와 경제적 자유, 낡은 교조주의와 민주주의, 생산수단의 국유제도와 시장경제, 통제와 자율, 낡은 질서와 새 질서, 전통과 개혁 등 상반되는 여러 요소가 혼재하는 상황에서 혼란과 혼미를 거듭했다. 여기에 1991년 8월 강경 보수파의 쿠데타, 연방 소속 공화국들의 탈연방 자주독립 선언 등 정치적으로도 격랑에 휩싸이면서 소련경제는 그야말로 '시계 제로(visibility zero)'의 상황에 부닥치게 되었다.

소련경제 위기의 구조적 요인

소련경제가 페레스트로이카 이후 자체적 회생 불능의 '슬럼프플레이션' 국면으로 빠지게 된 것은 제도적 장애, 재정적자, 과잉유동성과 하이퍼인플레이션, 생산체계의 교란, 노동자들의 노동 의욕 저상(沮喪),[209] 농업생산의 침체 등 여러 요인이 복합적으로 작용한 결과였다.

• 제도적 장애요인

소련은 행정적 지령제도 아래에서 중공업과 군수공업을 주축으로

---

209 '기운을 잃다.'라는 뜻이다.

하는 생산재 생산 부문의 발전을 중시해 왔다. 그러면서 소비재 부문의 발전을 등한시한 것은 정책적 모순이었다.

재화 생산이 수요량을 무시한 채 일정한 생산량만을 일방적으로 결정하는 국가계획위원회의 도착적인 지표에 따라 이루어지다 보니 기본적으로 수급불균형 구조 속에서 절대적인 물자 부족 현상이 빈번하게 발생했다. 그리고 기업이 동 위원회로부터 지시받은 '금액 기준의 생산량 목표' 달성에만 치중하는 운영시스템도 문제였다. 그것이 기술혁신이나 품질향상, 원가절감, 생산성 지표, 수지 밸런스, 자금회전율 등을 그다지 신경 쓰지 않는 소련기업의 지극히 방만한 경영을 낳은 요인이었다.

소련의 중앙은행인 고스방크(Gosbank)는 정부의 엄격한 규제하에서 정부의 프로젝트에 따라 무제한 통화를 공급하며, 독립된 통화당국으로서 권한이 없는 통화정책 부재의 실정에 놓여 있었는데 이것이 인플레이션을 가속한 주요인의 하나였다.

국영기업 등의 독점구조도 시장 원리, 경쟁 원리의 도입을 어렵게 하는 제도적 장애였다.

• 재정적자 요인

제품가격의 국가통제와 생필품의 저가 공급 정책으로 적자경영에 허덕이는 국영기업에 대한 방대한 규모(1989년의 경우 1,030억 루블)의 국가보조금과 마이너스 경제성장으로 인한 실업수당, 비대한 관리기구의 유지비 등 비효율적인 지출이 증대하면서 해마다 엄청난 규모의 재정적자가 발생하였는데 이러한 재정적자가 소비재 부문 투자를 줄이는 요인으로 작용해 물자 부족을 가중시키고 인플레이션을 자극했다.

• 생산체계의 교란

산업연관상 정합성의 결여와 경쟁 원리가 배제된 계획경제가 낳은 현상으로서, 기업에 대한 자재 공급이 계획대로 진행되지 못하는 사례가 빈발하고, 국영기업 등이 채산성을 높이려고 독점가격으로 판매할 수 있는 'N 마크 상품' 생산을 선호해 정부가 지시한 일정량의 제품 생산을 회피함으로써 계획물량 생산에 큰 차질이 빚어졌다. 그리고 독립채산제와 자기 자금 조달제도가 도입되었지만, 기업들의 자주적 경영능력이 부족했을 뿐만 아니라 노동자들의 격렬한 파업이 생산에 심대한 영향을 미치는 등 전반적인 생산체계의 교란이 일어났다.

• 노동자들의 노동 의욕 저상(沮喪)

페레스트로이카 이후 소련 노동자들의 노동 의욕이 일반적으로 저하되고, 노동규율이 해이해져 무단결근자가 급증하였으며, 작업 중 조업이 중단되는 경우가 많아졌다. 일례로, 1989년 공업·건설 부문의 일하지 않은 노동시간이 총 4,000만 시간을 초과하는 것으로 추산되었다.[210] 이는 개인의 자주성이나 이니셔티브, 인센티브를 억제당해 온 소련 노동자들이 기대했던 것과는 달리 페레스트로이카 이후 (화폐소득이 증가해도 구입할 물자가 없고 하이퍼인플레이션이 격화되는 등) 생활 조건이 더욱 열악해진 데서 오는 현실에 대한 저항이 이런 형태로 표출된 것으로서 페레스트로이카가 낳은 역설이었다.

• 농업생산의 구조적 침체

1960년대 후반부터 농업과 그 관련 부문에 거대한 투자를 해 왔던 소련은 1980년대 들어서는 총투자액의 1/3 수준까지 확대하였고, 페레스트로이카 이후 농지의 새로운 소유 형태로서 임대제도와 사영(私營)제도에 이어 1990년 2월에는 토지 상속도 가능한 종신 점유제를 도입하는 등 농업생산을 촉진하기 위한 제도적 개혁을 단행했지만, 투자 규모와 노력에 비해 그다지 성과가 나지 않았다. 페레스트로이카 이후에도 광대한 농토를 가지고 있는 소련의 연간 농산물 수입량이 생산량의 14.4~18.8%에 이르렀는데 이러한 농업부문의 정체는 소련의 매크로 경제에 심대한 영향을 미쳤다.

농업부문이 이렇게 정체에서 벗어나지 못한 것은 구조적인 요인 때문이었다. 지난 30년간 공산품 가격은 평균 6.5배 상승했지만 농산물 가격은 거의 동결될 정도로 국가가 과도할 만큼 저렴한 가격으로 통제

---

210 삼본충부(森本忠夫). 1990. 『소련경제 730일의 환상』. 일본 동양경제신문사. 17쪽.

한 것이 농민들의 생산의욕을 떨어뜨리고 농업생산을 정체시켰다.[211] 그리고 콜호즈(kolkhoz: 집단농장)와 소호즈(sovkhoz: 국영농장)의 토지에 대한 임대제도, 사영제도 등을 도입했지만 전통적인 집단노동에 익숙한 소련 농민들이 토지 사유제도에 대해 잘 이해하지 못할 뿐만 아니라, 어떤 작물을 파종하고 어떤 가축을 사육해 어떻게 판매하고, 수입을 어떻게 재생산에 투입할 것인지에 대한 자주적인 경영능력을 갖추지 못했다. 또한 정부의 정책·약속에 대한 농민들의 불신에 기인한 정부의 농산물 매입 불응 풍조의 만연과 갈수록 심화하는 이농현상도 농업생산을 정체시킨 요인이었다.

이처럼 과도하게 저렴한 농산물 가격정책과 농민들의 자주성·경영능력 결여 등으로 인한 콜호즈나 소호즈의 적자 영농이 누적되어 1989년 정부의 영농보조금이 세출의 17.7%인 878억 루블에 이르렀는데 이것이 재정적자를 누적시키고 재정인플레이션을 유발하는 데 일조하였다.

결론적으로 소련경제 위기의 근원적 요인은 '사회주의 경제의 현대적 모형'이라 표방하고 추진해 온 경제의 페레스트로이카가 생산수단의 국유제도를 고수하면서 시장경제를 도입하려는 것과 같이 처음부터 경제 개혁을 위한 확고한 정책 비전이 결여되어 있었고, 그러다 보니

---

211 생산원가의 상승으로 정부가 매입하는 식료품 가격을 인상할 때도 소비자의 소매가격은 그대로 동결하고 그 차액은 국가보조금으로 충당하였다. 이러한 농산물 가격정책의 결과 식용 빵 소매가격은 1956년 이후 36년간, 축산물 소매가는 1962년 이후 29년간 동결되었다.

보·혁 대립 상황에서 시장경제로의 이행을 위한 가장 골간이 되는 종합적인 제도개혁을 체계적으로 실행하지 못하고 지극히 지엽적이고 임기응변식의 개혁에 그쳤으며, 그 추진 속도도 더디었던 데 있었다.

북한경제의 실상: 남북한 주요 경제지표의 비교

1990년 북한경제는 휴전 이후 최초로 부(負)의 성장(마이너스 3.7%)을 기록할 만큼 극심한 침체 국면에 빠져들었으며, 특히 원자재와 에너지의 공급부족으로 산업시설 가동률이 45% 수준에 지나지 않았다.

통일원(현재의 통일부)이 1991년 8월 발표한「1990년도 북한경제 종합평가」를 토대로 남북한의 주요 경제지표를 비교하면, 1990년 북한의 GNP는 231억 달러로서 2,379억 달러인 남한의 10%에도 미치지 못하며, 1인당 GNP도 20% 수준에 못 미친다. 북한의 GNP 대비 예산 비중이 71.9%(남한 16.3%)로서 예산의 기능·역할이 크고 광범위하며, 경제운용에 있어 재정영역의 절대적 비대화 현상을 나타내고 있다.

산업구조에 있어서 북한은 1차(26.8%) 및 2차 산업(56.0%)의 비율이 높고 3차 산업(17.2%)은 낮은 후진국형이고, 남한은 1차(9.1%)가 매우 낮고 3차 산업(46.1%) 비율이 가장 높은 준선진국형 구조다.

북한은 광물자원 매장량과 철광석(정광)·석탄 생산능력, 수력 발전량에 있어 우세한 것을 제외하고는 농수산업 부문·에너지 부문·공업생산 능력·수송·통신 부문 등 거의 모든 지표상으로 남한과 비교할 수 없을 만큼 큰 격차가 나고 낙후되어 있다.

무역 규모로 보면 남한과의 격차가 더욱 벌어진다. 1989년 북한의 무역 규모는 43억 6천만 달러로서 남한(1,239억 달러)의 3.5% 수준에 불과하다. 남한이 1986년부터 무역수지가 흑자로 돌아선 것과는 달리 1970년 이후 줄곧 무역적자를 기록하고 있다. 북한의 주요 무역대상국은 소련(54.1%), 중국(12.9%), 일본(11.1%)으로서 1980년대 들어 소련에 대한 무역의존도가 심화하였다. 1988년 소련과의 무역적자가 8억 5천만 달러로서 북한의 그해 총무역적자 11억 5천만 달러의 약 74%를 차지하고 있다. 소련에 대한 주요 수출 품목은 압연강재, 기계설비 등 그동안 집중적으로 육성해 온 군수산업 관련 제품과 외투, 축전지 등이었고, 소련으로부터 수입품은 원유 및 석유제품이 가장 많고 다음으로 기계설비와 수송 수단, 소맥 등이었다.[212]

북한 경제개발의 정체 요인
- 계획경제의 비능률, 경제개발 전략 실패, 열악한 사회간접자본, 낮은 기술 수준에 기인

이처럼 주요 경제 지표상으로 볼 때 북한의 경제개발이 정체되고 남한에 비해 크게 낙후된 것은 엄격한 중앙집권적 계획경제 체제의 비능률성, 경제개발 전략의 실패, 사회간접자본의 극심한 열악성, 그리고

---

212 박동운·박승준. 1990. 「한국의 북한경제정책과 남북한 경제교류 협력」 국방대학원 안보 문제연구소 간 『안보 학술논집』 제1집 제1호.

기술 수준의 열위에 기인한다.

북한은 소련과 동유럽에서 일고 있는 페레스트로이카나 글라스노스트 노선과는 달리 사회주의국가 가운데에서도 유일하게 철두철미한 스탈린식 중앙집권적 계획경제, 폐쇄경제 체제로 운영되었다. 중앙집권적 계획경제 아래에서 경제주체가 계획된 목표를 달성하기 위해서는 무엇보다도 동기부여가 필수 요소인데 북한은 경제주체의 이니셔티브에 의한 물질적 유인이 아니라, 이념적 유인에 바탕을 둔 중앙의 지령에 따라 노동을 강요당해 왔다. 이것이 물질적 유인과 시장의 자유경쟁 원리에 의해 경제활동이 이루어지는 남한에 비해 차원을 달리하리만큼 북한을 낙후시킨 근본 요인이었다.

그리고 북한은 개발 초기 단계에 중공업 우선 정책을 표방하고 노동력·자원을 동원하여 두 요소를 결합하는 생산 방식을 채택했다. 북한이 중공업 우선 정책을 표방한 것은 군비증강의 이유가 컸다. 그러나 경제개발 초기 단계에 경공업 기반이 결여된 채 중공업 우선 정책을 펴는 것은 도착적인 정책 논리로서 실패하지 않을 수 없다. 더구나 중공업 정책의 실행엔 대규모 자본 투하도 필요하고 고도의 첨단기술도 따라야 하는데 자력갱생, 자급자족의 폐쇄체제를 고수하는 북한으로선 현실적으로 경제운용에 많은 무리와 부담이 따르는 일이었다.

결국 군수산업을 주축으로 중공업 우선 정책을 강행해 군비증강은 이루었는지 모르나, 개방경제를 기조로 외자와 선진기술을 도입해 경공업 우선 수출주도 성장정책을 펴 온 남한과는 소비재 생산·중공업 등 모든 분야에서 큰 격차가 벌어졌다.

뿐만 아니라 경제개발이 원활히 추진되기 위해서는 철도와 고속도로망 등 교통·운송 체계, 전력, 댐, 수리시설, 항만, 보건의료 등 사회 간접자본의 다각적인 확충이 선행조건이다. 경제의 하부구조가 견고해야 비로소 (자유로운 자원 가동, 투자 효율, 원가절감, 생산성 향상, 생산 편익 등을 기대할 수 있는) 현대적 생산체계가 확립되어 산업 간 연쇄적 연관 작용에 의한 종합적인 경제개발이 촉진될 수 있는데, 북한의 사회간접자본시설은 너무 열악하고 낙후되어 있다. 대규모 투자재원이 소요되고, 장기에 걸친 단계적 투자가 필요하며, 투자의 회임기간이 매우 긴 사회간접자본 확충에 필요한 투자재원·주종자원·시설 장비·고도 기술 인력이 부족한 것이 그 이유이다. 이러한 사회간접자본의 극심한 열악성이 북한의 경제개발 정체의 원인이면서 낙후성을 단적으로 표현하는 지표라 할 수 있다.

한편, 고도 첨단기술이 개발되는 과정에서 창조적 파괴가 일어나며 신규투자가 촉진되고 새로운 상품이 생산되는데, 학술·과학·기술 정보가 차단되고 통신시스템이 낙후된 폐쇄경제 체제에서는 기술혁신을 기대하기 어렵다. 기술 수준의 열위성이 북한의 공업화와 경제개발을 정체시킨 또 하나의 요인이다.

페레스트로이카가 북한의 경제정책 변화에 미칠 영향

그러면 소련의 페레스트로이카가 남한에 비해 낙후되고 정체된 북한이 폐쇄적 지령형 계획경제로부터 탈피하여 개방과 개혁으로 일대 전환해 나가도록 유도할 수 있을 것인가.

• 소련형 경제 개혁에 대해 경직적 자세 견지

사회주의권에서 유일하게 스탈린식 공산주의 체제와 주체사상을 완강하게 고수하고 있는 북한은 경제 개혁만이 아니라 정치체제의 붕괴 등 체제 개혁도 일으키는 소련의 페레스트로이카와 글라스노스트 노선에 대해 극히 경직적 자세를 견지해 왔으며,[213] 김일성 유일지도 체제를 크게 위협한다고 인식하여 앞으로도 이를 용인하지 않을 것으로 보인다.

더욱이 페레스트로이카 이후 소련경제가 극심한 슬럼프플레이션의 함정에 빠져 구조적 위기 국면으로 급선회한 것을 예의 주시해 온 북한으로선 페레스트로이카의 경제적 귀결의 전철을 결코 밟지 않으려 할 것이다.

북한은 동구권과는 달리 페레스트로이카의 직접적인 영향을 받지 않을 것이며, 소련형 경제개혁패턴에 대한 거부반응이 더욱 강화되리라 전망된다.

설령 북한이 경제 개혁을 시도한다고 하더라도 그것은 어디까지나 주체사상과 체제 수호라는 대명제 아래 주체적 논리에 의하여 진행될 것으로 추단된다.

---

213 페레스트로이카 이후 소련과 북한과의 관계에 불협화가 증폭되고 있다는 것은 널리 알려진 사실이었으며, 페레스트로이카가 추진되자 북한이 소련 유학생 전원을 소환한 데서도 추단할 수 있는 부분이다.

• 북한의 대외 개방화 전략 추진 불가피

그동안 소련으로부터 구상무역(求償貿易)으로 받아 온 기계설비, 수송 수단 등 자본재와 원유의 도입이 소련경제가 위기 국면에 처하자 경화(硬貨) 결제로 바뀌면서 급격하게 감소하였고, 동구권과의 무역 규모도 격감함에 따라 북한으로선 시장 상실을 보완하기 위해 자본주의 경제권에서 해외시장을 개척하지 않으면 안 될 상황에 놓여 있다. 제3의 해외시장이 보완되지 않으면 기존의 생산 기반을 유지할 수 없어 최근 평균가동률 50% 수준에 지나지 않는 제조업 생산량이 더욱 격감할 터여서 대외개방화 노선으로 전환이 불가피하다.

그런 관점에서 1991년 9월 남북한 UN 동시 가입을 계기로 북한이 본격적인 개방화를 추진할 것으로 예상된다.

• 북한의 경제 개혁 불가피

북한의 대외 개방이 원활하게 추진되기 위해서는 과감한 경제 개혁이 선행되어 개방화의 장애요인을 제거하지 않으면 안 된다.[214] 경제 개혁과 개방은 새의 두 날개와 같이 불가분의 관계, 상호보완적이면서 촉진적인 관계에 있어 동시 병행적으로 추진되어야 한다.

---

214 북한은 이미 서방과의 무역을 늘리고 외국자본을 유치하기 위해 1984년 〈합영법〉을 제정한 바 있지만 체제의 경직성, 외채 문제, 수출 경쟁력 약화, 경화 부족, 환율 문제 등이 걸림돌이 되어 그 성과를 내지 못하고 있었다.

북한의 경제 개혁은 그 전략과 추진 과정에 있어 소련의 페레스트로이카의 전철을 밟아서는 안 될 것이다. 소련은 골간을 이루는 경제제도의 개혁을 무시한 채 지엽적인 개혁만을 추진했기 때문에 경제 질서의 혼란과 혼미를 거듭했다. 토지 사유제도, 생산수단 소유제도, 국영기업 민영화, 중앙통제·규제 완화, 화폐개혁, 화폐의 태환화, 자유로운 가격체계 확립, 유통시장 발전, 합리적인 금융정책, 재정적자 축소, 외자 및 기술 도입, 합작투자 등 경제제도 전반의 개혁이 동시 병행적으로 추진되지 않고서는 시장경제원리의 도입은 기대할 수 없다.

　북한은 경제 개혁을 추진하면서 소련경제가 페레스트로이카 노선으로 대전환한 이후 위기 국면에 처하게 된 근본 요인을 자세히 추구하여 그 전철을 밟지 않도록 새로운 정책 모델을 창출해야 할 것이다. 그러한 정합성 있는 정책 모델에 따라 종합적·거시적·전면적 개혁이 단계적으로 추진되어야 할 것이다.

　한편, 북한은 사회주의 체제를 고수한 채 중국식 경제 개혁 노선을 따를 가능성이 크리라 전망된다.

· 남북한 경제교류와 협력 불가피

　북한경제의 내재적 한계성과 긴박성 때문에 대외 개방과 경제 개혁이 불가피한 가운데 국제정치적으로는 소련공산당이 해체되고 마르크스·레닌주의의 폐기를 선언함으로써 공산주의의 종언을 고하는 역사적 대변혁기를 맞고 있고, 경제적으로는 EC 경제통합을 비롯하여 권역별 블록(block)화 현상이 갈수록 고조되고 있다. 이러한 상황 변화를 의식하지 않을 수 없는 북한은 대외 개방에 있어서 먼저 남북 간 경제교류와 협력관계를 우선하여 고려하게 될 것이다.

그동안 정부는 남북 간 직교역의 확대, 제3국에서의 공동 합작투자와 같은 다자간 협력체제의 구축, 지하자원과 관광자원의 공동개발 추진, 휴전선 일대 공동 공업단지 조성, 그리고 3통(통신, 통상, 통행) 등 경제교류를 위한 다양한 제의를 해 왔지만, 북한의 태도는 불투명했고 그 실현은 요원했다.

그러나 남북한의 UN 동시 가입 등 일련의 상황 변화를 계기로 남북 간 화해와 교류의 기운이 성숙하고 있다. 이미 지난1991년 7월 27일 남북 간 합의에 따라 남한 쌀 5천 톤과 북한 무연탄의 직교역이 이루어지기도 했다. 소련의 페레스트로이카 노선의 직·간접 영향으로 심각한 정체 구조 속에 파묻혀 있는 북한으로선 개방과 경제 개혁으로 대전환이 불가피하면서 남한과의 경제교류와 협력 필요성도 이전보다 훨씬 더 커졌다.

후기

　모사재인 성사재천(謀事在人 成事在天). 진인사대천명(盡人事待天命). 사람이 꾀하는 일의 성사 여부는 하늘이 정하니 사람으로선 그저 할 바를 다할 뿐…. 모두 일의 결과보다는 '최선을 다하는 과정'에 방점이 찍힌 고사성어다. 일제의 우리 농촌 수탈이 기승을 부리던 무렵, 남도의 궁벽한 시골에서 태어나 학자로서 외길을 걷다 향년 67세로 생을 마감한 지포 선생의 진지하고 엄숙한 삶의 자취와 마주하면서 이 글귀들이 문득문득 떠올랐다.

　선생은 어려운 환경에서 거듭 불운을 겪으면서도 묵묵히 정진했다. 학자로서 '끊임없는 연찬'의 자세를 흩트리지 않았다. 늘 긍정적이고 발전지향적인 삶의 태도를 견지했다.

　지포 선생은 임종 때까지 개발경제학자, 거시경제학자로서 본분을 다하였다.
　나고 자라면서 농촌의 빈곤과 지역의 낙후를 직접 보고 겪었던 영향으로 소명 의식을 갖고 오랜 기간 지역개발 연구에 신념과 열정을 쏟았다. 이론에 그치지 않고 지역사회·지역경제의 발전을 위한 구체적인 청사진과 실행 전략을 마련하여 이를 대외적으로 적극적으로 펼쳐 나갔던 '실천주의 학자'였다.

스태그플레이션에 대한 백가쟁명의 해명 논리를 체계적으로 정리하고 종합적인 처방을 제시하였다. 개항 이후 한국경제를 긴 호흡으로 분석·통찰하여 경제 정책적 함의와 그 구조적 특징을 도출하였다. 자본주의 시장경제와 사회주의 경제를 대표하는 미국경제와 소련경제의 위기 상황을 해부·진단하고 경제정책의 대전환과 체계적인 제도 개혁을 권고하였다. 한 세기에 걸친 근대 및 현대 매크로 경제학의 지적 조류를 조감하여 경제 세계관·경제철학·학설·이론적 프레임워크 및 분석 방법에 있어 어떠한 변혁이 이루어져 왔는지 경제사적으로 조명하여 세상에 내놓았다.

이치, 섭리를 믿는 편이었던 선생은 일찍부터 '법열(法悅)의 힘'이 필요하다는 것을 깨닫고 아침마다 가부좌를 틀고 반야심경 등을 외며 명상과 자신만의 수양 생활을 하루도 거르지 않았다. 원불교에 귀의하고 나서는 일심으로 '일원(一圓)의 진리'를 믿었으며, 열반에 들어 원불교 총부가 있는 익산(영모묘원)을 영원한 안식처로 삼을 만큼 '겸허하면서 진지한 교도'였다. 신앙, 종교적으로 늘 경건했다.

선생은 영암 구림 출신 왕인 박사 현창의 일을 맡아 그것이 '극일(克日) 의지의 민족적 표현의 하나'라 여기고, 박사가 심어 놓은 일본문화의 뿌리에 대한 고증과 한·일 문화 교류사의 재조명에 진력했다. 그리고 박사의 유적지 복원·정비사업에 역량을 아끼지 않았다.

선생은 경제 현상과 경제문제에 대한 사색과 천착, 독서와 집필로 늘 서재에 파묻혀 지내면서도 일가친척에게 어려움이 닥치거나 문중에 일이 생기면 발 벗고 나서 종손으로서 책임을 다했다. 아내에게 공경으로 대하고 그녀의 부덕을 늘 칭송했던 지아비였으며, 자식들의 자유의지를 중시하고 결정과 선택을 존중했던 아버지였다. 서도 삼매경에 들곤 했고, 무등산에 오르길 좋아했으며, 청신한 밤이면 때론 평상에 앉아 달빛을 음미하며 '혼술'의 아취(雅趣)에 젖기도 했던 애주가에, 드러나지 않으면서 맵시 있게 옷을 입고 안팎 어디서건 '입성'에 신경 썼던 멋쟁이였다.

수(壽)를 오래 누리진 못했지만, 경제학자로서 자신의 '지치 밭(芝圃)' 전남대학교에서 수많은 인재를 길러내며 귀중한 연구저술을 남겼고, 지역개발과 지역사회 발전에 이바지하였으며, 독실한 신앙으로 충만하고 고결하게 살다 갔다. '진실 생활과 수덕(修德), 그리고 사회 기여'의 삶을 추구하며 보낸 한평생이었다.

지포 선생의 삶을 더 일찍 조명하지 못한 게 무척 아쉽다. 선생을 잘 아는 분들이 거의 생존해 있지 않아 육성 증언을 많이 듣지 못해, 주로 기록에 의존했다. 선생의 자취를 확인하는 데 한계가 있었다. 100년을 채 살기 어려운 인간이기에 후대를 위해 스스로든, 다른 사람을 통해서든 삶의 기록은 남기는 게 좋으며 그 기록은 정확해야 한다는 것을 다시금 느꼈다.

선생의 청아한 정신세계, 깊고 넓은 학문의 세계를 제대로 이해하지 못하면서 선생의 삶을 조명한다는 것이 저어되고 저어되었지만 부족하더라도 후세에 도움이 되리라는 믿음 하나로 만용을 부리게 되었다.

지포 민준식 선생 연보

Ⅰ. 학력 및 경력

1925. 2. 28. (음력 2. 6.)	전라남도 영암군 금정면 아천리 799번지에서 여흥 민씨 영훈(泳勳) 공과 함양 박씨 화덕(花德) 여사의 1남 1녀 중 장남으로 출생. * 호적에는 1925년 1월 15일생으로 기재되어 있으나 이는 오기임.
1933. 4.~1939. 3.	금정공립보통학교 졸업.
1939. 4.~1944. 3.	일본 야마구치현 이와쿠니시 소재 고수중학교에 입학하여 2학년까지 다니다 황해도 명신중학교에 3학년으로 편입하여 졸업.
1944. 4.~1945. 3.	광주사범학교 강습과 수료.
1947. 9.~1951. 8.	동국대학교 정경학부 경제학과 졸업. 경제학사의 학위를 받음.
1951. 9.~1953. 9.	광주고등학교 교사.
1953. 10.~1954. 4.	목포공업고등학교 교사.
1954. 4.~1955. 10.	광주여자고등학교 교사.

1955. 10. ~1956. 10.	광주여자고등학교 교사 겸 전라남도 문교 사회국 학무과 장학사. * 이 기간 중 조선대학교 법정대학 경제학 과 출강.
1956. 10. ~1960. 8.	전남대학교 상과대학 경제학과 전임강사.
1960. 9. ~1965. 11.	전남대학교 상과대학 조교수.
1961. 7.	개교 10주년 기념 제2회 학술강연회에서 「후진국 경제계획의 문제점」을 발표함.
1964. 4. ~1965. 8.	전남대학교 대학보사 편집위원.
1965. 8. ~1968. 4.	전남대학교 대학보사 편집국장.
1965. 12. ~1967. 12.	전남대학교 상과대학 부교수.
1966. 6.	전라남도 · 전남산업개발협의회 공동 주최 전남산업개발연구회에서 「전남의 산업 구 조분석과 개발 우선순위」를 발표함.
1966. 7. ~1968. 7.	전남대학교 대학원 위원.
1968. 1. ~1974. 12.	전남대학교 상과대학 교수.
1968. 1. ~1969. 12.	전남대학교 상과대학장.
1968. 3. ~1969. 2.	전남대학교 부설 경영학전공 연수생 과정 원장(겸임).
1968. 4. ~1969. 3.	전남대학교 부설 한국사회개발연구소 소장.
1968. 6.	동 연구소 주최 『발전도상국가에 있어서의 사회개발의 제 과제』를 주제로 하는 제1회 심포지엄(광주학생회관에서 2일간)을 주재

하고, 기조 강연으로 「근대화와 인력개발」을 발표함.

* 심포지엄 성과에 대하여 1968년 10월 연구소에 대통령 특별지원금이 주어짐.

1969. 3.	『사회개발연구』 제1권 제1호를 발간함.
1969. 4.~1974. 12.	전남대학교 부설 지역개발연구소 소장.
1969. 6.	동 연구소 주최 『지역사회 개발의 전략』을 주제로 하는 제2회 심포지엄(광주학생회관에서 2일간)을 주재하고, 기조 강연으로 「지역사회 개발의 기본 전략」을 발표함.
1970. 1.~1971. 12.	전남대학교 상과대학장(재임).
1970. 3.~1974. 12.	전라남도 평가교수.
1970. 3.~1974. 12.	전남대학교 교육공무원 일반징계위원회 위원.
1970. 5.	『지역개발연구』 제2권 제1호를 발간함.
1970. 5.~1974. 12.	전남대학교 교과과정심의위원회 위원.
1970. 6.	동 연구소 주최 『호남 지역의 종합 구조분석』을 주제로 하는 제3회 심포지엄(광주학생회관에서 2일간)을 주재하고, 기조 강연으로 「호남 지역의 구조적 정체성의 요인 분석」을 발표함.
1970. 10.	동 연구소에서 『사회과학방법론』을 주제로 하는 세미나를 개최함(아시아 재단 후원).
1971. 6.	동 연구소 주최 『근대화와 도시화의 제 문

제』를 주제로 하는 제4회 심포지엄(YMCA
강당)을 주재하고, 기조 강연으로 「도시개
발의 기본 전략」을 발표함.

1971. 8.	『지역개발연구』제3권 제1호를 발간함.
1971. 9.~1974. 12.	전남대학교 인사위원회 위원.
1972. 3.~1973. 2.	경북대학교 대학원 졸업.

경제학박사의 학위를 받음.

* 박사학위 논문: 『한국경제의 Disaggregation
분석에 관한 연구』.

1972. 6.	『지역개발연구』제4권 제1호를 발간함.
1972. 6.	동 연구소 주최 『농촌근대화의 종합적 접근』

을 주제로 하는 제5회 심포지엄(광주상공회
의소 강당)을 주재하고, 기조 강연으로 「농
촌근대화에의 사회경제적 접근」을 발표함.

1972. 12.	전남매일신문사로부터 제1회 교육부문 대

웅상(大熊賞)을 받음.

1973. 6.	『지역개발연구』제5권 제1호를 발간함.
1973. 6.	동 연구소 주최 『광주권 개발계획의 종합

적 접근』을 주제로 하는 제6회 심포지엄(광
주상공회의소 강당)을 주재하고, 기조 강연
으로 「광주권 개발 투자의 전남경제에 미칠
효과 분석」을 발표함.

1973. 7.	건설부장관으로부터 신규 산업기지로서

	흑산·비금지구 개발의 타당성 조사에 대한 용역 의뢰를 받고 동 연구소에서 현지조사반을 편성·조사하여『신규 산업기지 흑산·비금지구 개발타당성 조사보고서』를 제출함.
1973. 12.	국민훈장 동백장(제783호)을 받음.
1973. 12.	건설부장관으로부터 신규 내륙공업단지로서 석곡·주암지구 개발의 타당성 조사에 대한 용역 의뢰를 받고 동 연구소에서 현지조사반을 편성·조사하여『신규 내륙공업단지(석곡·주암지구) 개발타당성 조사보고서』를 제출함.
1973. 12.	동 연구소에서『다도해 개발의 전략』을 주제로 하는 제7회 심포지엄을 개최함(광주상공회의소 강당).
1974. 6.	동 연구소에서『도서개발의 종합적 접근』을 주제로 하는 제8회 심포지엄을 개최함(광주상공회의소 강당).
1974. 8.	『지역개발연구』제6권 제1호를 발간함.
1974. 8. ~1974. 12.	전남대학교 대학원 위원.
1974. 10.	『지역개발연구』제7권 제1호를 발간함.
1974. 11.	일본국제교류기금으로 일본 동경대학(경제학부) 초청 객원교수로 결정됨.

1974. 12.~1978. 12.	전남대학교 제8대 총장.
	대학관리책임자로서의 중책을 맡고 '연구하는 대학 풍토의 조성'을 지표로 삼아 대학 발전의 3대 기초적 조건인 주체적·객체적·제도적 조건의 확충을 위해 노력함.
1975. 4.~1978. 5.	중앙도서관 앞 광장을 만들고 조경하여 교육위락공간을 조성함.
	용지(龍池), 대강당 주변을 비롯하여 캠퍼스 내 조경과 구내연결도로의 확충 등 교육환경조성에 노력함.
	* 재임기간 중 완공된 구조물은 총 13동, 구조물 연건평면적은 총 49,170㎡임.
1975. 10.~1976. 7.	김종필 국무총리의 전남대학교 방문을 계기로 캠퍼스 내에 위치한 '용주마을'의 이전에 대한 건의가 관철되어 정부의 특별지원으로 그동안 대학 발전 및 교육환경의 저해요인이었던 용봉부락을 매수·이전하고 조경을 단장함.
1976. 6.	자유중국정부 초청으로 대만 방문, 국립성공대학과의 학술교류를 위한 자매결연에 조인함. 양교가 매년 교수 2명을 객원교수로 초빙할 것을 약속함. 그 후 양교 간 교수 초빙은 계속 실현됨.

1976. 10.	지역개발연구소 주최 『영산강 개발 효과의 다각적 고찰』을 주제로 하는 제11회 지역개발세미나(가톨릭센터 회의실)에서 「영산강 유역 개발사업의 전남 지역 경제 발전에 대한 전망」을 발표함.
1978. 2.	미국 미주리주립대학의 초청으로 미국 방문, 양교 간 학술교류를 위한 자매결연에 조인함. 1978년 3월 학기부터 교수 3~4명의 미주리대학에의 유학이 계속 실현됨.
1978. 12. ~1980. 6.	전남대학교 제9대 총장으로 재임(再任). 재임기간(1년 7개월) 중 완공된 구조물은 총 7동, 구조물 연건평면적은 총 15,533㎡ 이며, 기공 건축 중인 구조물은 총 7동, 연건평면적은 총 11,917㎡임. 재임 중 25개 학과 증과, 학생 정원 2,485명 증원됨.
1980. 6.	전남대학교 총장직 사임.
1980. 6. ~1980. 8.	전남대학교 상과대학 교수.
1982. 3. ~1982. 8.	원광대학교 경상대학 교수.
1982. 9. ~1983. 2.	한국정신문화연구원 정치경제연구실 수석연구관.
1983. 3. ~1984. 8.	원광대학교 경상대학 교수.
1984. 9. ~1990. 2.	전남대학교 경영대학 교수.

1985. 7.~1992. 9.	(사)왕인박사현창협회 제2대 회장.
1990. 2.	전남대학교 정년퇴직.
	국민훈장 모란장을 받음.
1990. 3.~1992. 8.	호남대학교 객원교수.
1992. 9. 24. (음력 8. 28.)	식도암과 투병하며『20세기 경제학의 조류: 케인스혁명과 반혁명의 궤적』의 집필을 마무리하고, 광주광역시 북구 중흥동 370-9 자택에서 고요히 세상을 떠남.
	1992년 9월 26일 오전 9시 30분, 원불교 광주교당 대법당에서 교회 연합장으로 영결식이 열렸으며, 전라북도 익산군 왕궁면에 있는 원불교 영모묘원 양지 녘에 안장됨.

II. 저술

1963. 2.	[논문]「저개발국의 개발계획모델과 외자의 개발 효과의 제 형태에 관한 분석」 전남대학교 대학원 논문집 제9집, 1963: 215~242쪽.
1964. 2.	[논문]「한국경제의 Disaggregation 분석에 관한 일시론(一試論)」 전남대학교 대학원 논문집 제10집, 1964: 117~150쪽.
1966. 12.	[논문]「전라남도에 있어서 개발 투자의 효과 분석」 전남대학교 농어촌개발연구 제4집, 1966: 181~204쪽.
1969. 3.	[논문]「근대화와 인력개발」 전남대학교 사회개발연구 제1권 제1호, 1969: 69~98쪽.
1970. 5.	[논문]「지역사회 개발의 기본 전략」 전남대학교 지역개발연구 제2권 제1호, 1970: 1~20쪽.
1971. 8.	[논문]「호남 지역의 구조적 정체성의 요인 분석」 전남대학교 지역개발연구 제3권 제1호,

1971: 1~22쪽.

| 1972. 2. | [논문]「경제 발전과 인구정책: 한국의 인구 정책을 중심으로」 |
| | 전남대학교 대학원 논문집 제18집, 1972: 73~90쪽. |

1972. 12. [박사논문]『한국경제의 Disaggregation 분석에 관한 연구』

경북대학교 대학원.

1973. 6. [논문]「농촌근대화에의 사회경제적 접근: 새마을운동의 전개과정에 대한 현장 점검을 중심으로」

전남대학교 지역개발연구 제5권 제1호, 1973: 1~34쪽.

1974. 8. [논문]「광주권 개발 투자의 전남 지역 경제에 미칠 효과 분석: 소득·고용·생산 능력 및 연관효과를 중심으로」

전남대학교 지역개발연구 제6권 제1호, 1974: 9~42쪽.

1974. 10. [논문] (공저)「호남지방 경제개발의 기본전략」

전남대학교 지역개발연구 제7권 제1호, 1974: 1~62쪽.

1983. 6. [저서]『거시경제이론의 새 과제: 스태그플

	레이션의 해명 논리』
	유풍출판사, 1983.
1986. 8.	[저서] (공저)『한국경제론』
	경세원, 1986.
1986. 9.	[저서] (공저)『한국경제의 이해』
	전남대학교 출판부, 1986.
1987. 2.	[저서] (공저)『한국의 사회와 문화』제8집
	한국정신문화연구원, 1987.
1987. 10.	[논단]「일본문화와 박사 왕인: 학문·예술·윤리·기술의 개조… 아스카(飛鳥) 문화 꽃피워」
	광주일보사, 1987: 160~166쪽.
1989. 3.	[저서]『미국경제의 위기: 레이거노믹스의 귀결과 경제학의 현상』
	매일경제신문사, 1989.
1991. 12.	[저서] (공저)『페레스트로이카와 남북한』
	도서출판 샘물, 1991.
1992. 10.	[저서(유작)]『20세기 경제학의 조류: 케인즈혁명과 반혁명의 궤적』
	대왕사, 1992.

* 이 외에 문교부(현 교육부) 또는 각 기관에 제출된 논문 수는 15~16편에 달함.

III. 원불교 교단 약력

1969년(원기 54년).	배우자 박금남 여사의 연원으로 원불교에 입교, 법명 원종(圓宗).
1983~1986년(원기 68~71년).	원불교 광주교구 청운회장.
1987년(원기 72년).	종산(宗山)이라는 법호가 수여됨.
1987~1992년(원기 72~77년).	원불교 광주교당 고문.
1988년(원기 73년).	법사위(法師位)로 승급됨.
1989~1992년(원기 74~77년).	원불교 광주교구 봉공회장.
1991~1992년(원기 76~77년).	원불교 중앙교의회 부회장.

참고 문헌

1. 광주광역시. 2023. 『광주향토문화백과』. 디지털광주문화대전(www.grandculture.net).

2. 광주일보사. 1989. 「저자와 잠깐… '미국경제의 위기' 펴낸 민준식 교수」. 『월간 예향』 57(6): 245-247쪽.

3. 민준식. 1969. 「근대화와 인력개발」. 『사회개발연구』 1(1): 69-98쪽. 전남대학교 사회개발연구소.

4. 민준식. 1970. 「지역사회 개발의 기본 전략」. 『지역개발연구』 2(1): 1-20쪽. 전남대학교 지역개발연구소.

5. 민준식. 1971. 「호남 지역의 구조적 정체성의 요인 분석」. 『지역개발연구』 3(1): 1-22쪽. 전남대학교 지역개발연구소.

6. 민준식. 1972. 『한국경제의 Disaggregation 분석에 관한 연구』. 경북대학교 대학원 박사학위 논문.

7. 민준식. 1973. 「농촌근대화에의 사회경제적 접근: 새마을운동의 전개과정에 대한 현장점검을 중심으로」. 『지역개발연구』 5(1): 1-34쪽. 전남대학교 지역개발연구소.

8. 민준식. 1974. 「광주권 개발 투자의 전남 지역 경제에 미칠 효과 분석: 소득·고용·생산능력 및 연관효과를 중심으로」. 『지역개발연구』 6(1): 9-42쪽. 전남대학교 지역개발연구소.

9. 민준식. 1983. 『거시경제이론의 새 과제: 스태그플레이션의 해명 논리』. 서울: 유풍출판사.

10. 민준식(공저). 1986. 『한국경제론』. 서울: 경세원.

11. 민준식(공저). 1986. 『한국경제의 이해』. 광주: 전남대학교 출판부.

12. 민준식. 1987. 「일제 및 미군정 시대의 경제정책과 경제구조」. 『한국의 사회와 문화』 제8집: 3-67쪽. 서울: 한국정신문화연구원.

13. 민준식. 1987. 「(논단) 일본문화와 박사 왕인」 『월간 예향』 37(10): 160-166쪽.

14. 민준식. 1989. 『미국경제의 위기: 레이거노믹스의 귀결과 경제학의 현상』 서울: 매일
경제신문사.

15. 민준식. 1991. 「소련 페레스트로이카의 북한 경제정책 변화에 미칠 영향」 북한연구학
회 『북한연구총서』 1: 1-87쪽.

16. 민준식. 1992. 『20세기 경제학의 조류: 케인즈혁명과 반혁명의 궤적』 서울: 대왕사.

17. 북한연구학회. 1991. 『북한연구총서 1 페레스트로이카와 남북한』 광주: 도서출판 샘물.

18. (사)왕인박사현창협회. 1986. 『성기동(聖基洞) 창간호』 광주: 광주매일출판국.

19. 성씨이야기편찬실. 2014. 『여흥민씨(驪興閔氏) 이야기』 서울: 올린피플스토리.

20. 양진형. 1989. 「80년, 최선을 다했지요」 『금호문화』 48(6): 78-88쪽.

21. 여흥민씨 단양공파보편찬위원회. 2003. 『여흥민씨단양공파보』 포천: 대진문화사.

22. 이혜화. 2018. 『소태산 평전: 원불교 교조 박중빈 일대기』 서울: 북바이북.

23. 자오중전 등. 2016. 『세계 약용식물 백과사전 2』 파주: 한국학술정보(주).

24. 전남대학교. 1982. 『전남대학교 30년사(1952-1982)』 광주: 전남대학교 출판부.

25. 전남대학교. 2012. 『전남대학교 60년사(1952-2012)』 광주: 전남대학교 출판부.

26. 전석홍. 2022. 『왕인박사유적지 정화와 왕인박사현창협회(『성기동』 제15호 본책 부
록)』 광주: 솔기획.

27. 한국정신문화연구원. 1987. 『한국의 사회와 문화』 제8집. 서울.

28. 허문명 외. 2016. 『한국의 일본, 일본의 한국』 서울: (주)은행나무.

경제학자
지포 민준식 선생

ⓒ 민형종, 2024

초판 1쇄 발행 2024년 6월 7일

지은이   민형종
펴낸이   이기봉
편집   좋은땅 편집팀
펴낸곳   도서출판 좋은땅
주소   서울특별시 마포구 양화로12길 26 지월드빌딩 (서교동 395-7)
전화   02)374-8616~7
팩스   02)374-8614
이메일   gworldbook@naver.com
홈페이지   www.g-world.co.kr

ISBN   979-11-388-3190-1 (03810)